Interpellation

刘复生　汪　荣／著

询唤与协商

"主旋律"文学的创作现状与发展走向

and consultation

THE PRESENT SITUATION AND DEVELOPMENT TREND OF THE LEITMOTIF LITERATURE

社会科学文献出版社

SOCIAL SCIENCES ACADEMIC PRESS (CHINA)

本书系 2009 年度国家社科基金项目"'主旋律'文学的创作现状与发展走向"（项目编号：09CZW056）最终结项成果

目录
CONTENTS

本书所说的"主旋律"文学以小说为主，大体上是指那些反映国家所倡导的主流意识形态或社会文化价值的文学作品。它们往往受到国家有关部门（如各级政府和部队的宣传、文化部门）的扶持和肯定，比如各种形式的资助、推介、授奖等，也包括根据这些作品改编的影视剧版本获准在央视黄金时段播出。事实上，电视剧版本能否在央视黄金时段播出已成为普通大众辨识"主旋律"文学的一个重要标志（根据 2007 年广电总局规定，从 2 月份起的至少 8 个月时间内，所有上星频道在黄金时段一律只准播出主旋律电视剧。审查要经过省广电局、省委宣传部、国家新闻出版广电总局、中宣部四级）。

必须指出的是，这里所说的主流意识形态并不仅限于官方政策或政治合法性的层面，而是宽泛地指称国家肯定或赞赏的各种社会主流价值。"主旋律"文学正面传达着对于这些价值的肯定与确信。相比较而言，所谓"纯文学"则往往致力于探索社会、人性的复杂面相，其中不乏负面信息的呈现，甚至包括对社会主流价值的某种程度上的质疑，在思想立场上比较暧昧。在技巧上，"主旋律"文学更多讲求情节性，在叙事上相对传统（既包括 19 世纪的西方叙事传统，也包括中国古典小说传统），而"纯文学"则往往注重形式上的复杂性与探索性。应该说，它们代表着两种不同的艺术方向，对于社会文化的健康发展和人类心智的丰富来说，这两种文学类型都不可或缺。笔者认为这两种创作类型本身没有文学价值上的高下，它们都有一个写得好不好的问题。但值得警惕的是，前者不能因弘扬主流价值而走向僵硬、狭窄和单调，后者不能因追求片面深刻而走向丧失人文立场与价值判断。

在这一点上，人们对"主旋律"文学还存在某种普遍的误解。事实上，"主旋律"文学在近年来的发展已经极大地超越了早期的单调格局，在内容表现上呈现多样性，在艺术形态与技巧上也达到了相当的高度，取得了思想上、艺术上的重大成就与巨大突破。它与所谓的"纯文学"在总体艺术水平上的差距也正在趋于消失（其实本来就是模糊的）。这也可以解释为何在近年来大量"主旋律"小说能够产生轰动性的社会影响。当然，在一定程度上，这种影响往往和其影视剧版本的传播效应有一定关系，有一些小说作品还有和影视剧作品同期推出的"同期书"，如《大法官》《誓言无声》等，有的甚至是影视剧的后期产品，如张晓亚版的《狼毒花》（《狼毒花》原为权延赤发表于 20 世纪 90 年代的中篇小说，2007 年同名电视剧播出后由解放军文艺出版社再版，同年中国友谊出版公司又出版了由编剧张晓亚在剧本基础上改编的长篇小说）。对于"主旋律"作品来说，小说与影视剧的融合、渗透是个较为普遍的现象，它一方面说明"主旋律"小说较易获得改编和播出，也说明"主旋律"题材的市场号召力与巨大的社会阅读需求。

"主旋律"小说在早期即 20 世纪 90 年代以前，较多局限于革命历史题材、"反腐败"题材和某些改革题材（以"大厂文学"为主），此类创作题材在近年来仍是重要的"主旋律"作品类型，它们保持了"主旋律"创作的延续性，但在艺术上表现得更加成熟。

比较突出的是革命历史题材，比如《历史的天空》、《八月桂花遍地开》（徐贵祥著）、《亮剑》（都梁著）、《狼毒花》（张晓亚著）、《军歌嘹亮》（石钟山著）、《我是太阳》（邓一光著）、《楚河汉界》（马晓丽著）、《走出硝烟的女神》（姜安著）等。但值得留意的是，这些老题材出现了新的丰富变化和自我更新，它既表现为文学观念上的变化，也表现为艺术上的拓展。新的革命历史小说在很大程度上摆脱了以往的美学禁忌，突破了旧有写作陈规的框限，释放了对革命历史的新的想象空间，使人耳目一新。

"史诗类"与"传奇类"的作品（革命历史小说的两大类型）都突破了旧有的创作模式，新的史诗类创作试图以更宏阔的历史时空维度来观照历史进程，而不是如此前的小说那样更多的是从"我方"的立场，以强烈的政治判断来回顾辉煌的过去，此类"新革命历史小说"之中的优秀之作不乏深沉的历史感。而且它们对于革命历史进程中的生命代价和具体的牺牲也不再仅仅关注其升华的崇高意义，对于"敌手"也不再妖魔化、脸谱化，而是尽可能地放置在具体的历史、政治情境中来看待，这使革命史诗容纳的历史空间和复杂因素更为丰富。新革命历史创作对国民党政治集团和国民党将领也试图做出公正、客观的历史评价（如国民党在抗战中的积极作用，国民党某些将领个人的军事素质和人格闪光点，《亮剑》中的楚云飞即为代表），对共产党军队内部的错误、缺陷也做出了反思，如《历史的天空》对八路军内部派系斗争进行了正面描写。

新的"革命历史传奇"在人物塑造上的突破更为明显，其所塑造的革命英雄如李云龙（《亮剑》）、姜大牙（《历史的天空》）、关山林（《我是太阳》）、常发（《狼毒花》）等亦正亦邪，具有异常鲜活的个性，非常不同于早期同类小说中的英雄形象，他们的血性、勇气，敢爱敢恨、直爽又不乏粗鲁的性格，都给人留下深刻的印象。

在他们身上，各种相互矛盾的性格因素戏剧性地组合在一起，挑战了旧"革命历史小说"英雄人物的单面化的刻板形象。相比 20 世纪 80 年代初的靳开来（《高山下的花环》）、刘毛妹（《西线轶事》）等形象所开创的"有瑕疵的英雄"人物谱系，也是一次全新的突破。在这一题材的创作脉络上他们的出现的确具有革命性的美学意义。

革命历史小说的另一个重要变化表现为一些亚类型的出现，比如以《暗算》（麦家著）、《誓言无声》（钱滨、易丹著）为代表的"红色悬疑"小说，将侦探、推理等悬疑因素和共产党情报工作的革命历史内容相嫁接，制造了扣人心弦的紧张情节，也塑造了全新的革命英雄形象。另外，以《父亲进城》（石钟山著）、《我在天堂等你》（裘山山著）、《去日留痕》（燕燕著）等小说为代表的追述革命父辈情感生活的革命言情小说，通过父母辈的情感史与生命史带出革命历史叙述，并将家庭伦理、日常情感和宏大的革命主题相交织，传达了当代人对革命历史的认同与反思，带有浓重的抒情性和较强的情绪感染力。再如《狼烟北平》（都梁著）在对错综复杂的政治、军事斗争的描写中，穿插着对老北京生活的书写，展示了一幅富于民俗学意义的生活风情画卷和市井浮世绘，闪烁着京味文学的流风余韵。

此外，"反腐败"题材和"新改革"题材的创作也成果颇丰。"反腐败"小说具有较大影响的作品有《抉择》《国家干部》《十面埋伏》（张平著）、《绝对权力》《国家公诉》（周梅森著）、《省委书记》《高纬度颤栗》（陆天明著）等。其中某些作品在沿袭此前同类作品小说模式的同时，在对腐败问题的揭示和对其社会、人性根源的思考上也有新的进步，如《绝对权力》提出的"递延权力"现象，《高纬度颤栗》对腐败的社会土壤的深刻发问，都富于思想的启示性。"新改革"小说代表性作品有《中国制造》《至高利益》《我主沉浮》《我本英雄》（周梅森著）等，它们在展现社会生活的深度和广度上有所提升，涉及包括金融、经济、政治（也包括某些"反腐"因素，但主要内容不在"反腐"）在内的错综复杂的社会生活内容，试图对中国改革进程进行全方位呈现，具有一定的反思意识。

　　除了这些经典的题材类型，近年来的"主旋律"小说还在品类、题材领域上有新的拓展，出现了一些新的题材和小说类型，或者说，它把"主旋律"的表达空间有力地伸展到了其他题材领域，其中比较有代表性的是具有明确"主旋律"气息的当代军事小说与历史小说。

　　军事小说早已有之，广义地说，革命历史小说有很多也属于军事小说之列，20世纪80年代当代文学中也有以朱苏进等为代表的作家创作的一批军事小说，但"主旋律"文学兴起以来却很少有表现当代军旅生活的作品。而近年来的军事小说却有着鲜明的主流意识形态内涵，比如《突出重围》（柳建伟著）、《波涛汹涌》（朱秀海著）、《DA师》（王维著等）、《惊蛰》（王玉彬、王苏红著）、《沙场点兵》（邵均林、黄国荣、郑方南著）等，它们主要反映了当下的军事生活，比如演习、训练等，但它们所试图回答的问题则是：在走向"崛起"的时代，中国军队如何承接光荣的革命传统，以回应当代世界格局向中国军队提出的挑战，并承担起沉重的历史使命。这些作品潜藏着一种对当代军事变革的焦虑意识以及超越了这种历史焦虑的自信的精神风貌，向人们呈现了当代中国军人的崭新形象。作为一个侧面，它们也反映了当代军人的丰富的情感世界——当然，也有专以此为内容的小说如《一路格桑花》（党益民著）等。

　　另外，"主旋律"历史文学近年来也取得了不俗实绩。《贞观长歌》（周志方著）、《天下粮仓》（高锋著）、《汉武大帝》（有多部小说版本，另外还有江奇涛等著由中央编译出版社推出的剧本）、《大秦帝国》（孙皓晖著）等。应该说，将此类历史小说归入"主旋律"可能会产生一些争议，但这批作品已明显地渗透进"主旋律"的思想内容却是不争的事实，它们完全应被看成"主旋律"创作在古代历史领域的延伸。其实这也是 20 世纪 90 年代以来以《雍正王朝》《康熙王朝》为代表的影视剧作品频繁亮相央视一套黄金时段的重要原因（比较典型的如《康熙王朝》在阐明反对分裂、民族团结的主题时可谓浓墨重彩，如电视剧中康熙收复台湾的情节就在该剧中占了长达 18 集的篇幅）。以《贞观长歌》为代表的这批小说所选取的时段大多是中国历史上的黄金时期（这和此前历史小说偏爱晚清时期形成对照），这种历史书写正是对当代中国自我想象的隐喻。

本书重点针对 20 世纪 90 年代末以来出现的"主旋律"小说进行研究，尤其是已经形成相对成熟的创作类型，也产生了巨大的社会文化反响的"历史小说"、"新革命历史小说"、"大厂小说"和"反腐败小说"，基本上代表了当代"主旋律"小说创作的最高成就，也符合当代读者对"主旋律"文学的习惯认知。

第一章

历史再现的文化政治

——历史小说研究

第一节 重新审视历史叙事

一 议题的产生：定义"主旋律"历史小说

从 20 世纪 90 年代开始，历史小说的创作就一直保持强劲的发展态势，成为当代文艺创作中最重要的题材类型之一，产生了诸如《雍正皇帝》《曾国藩》《贞观长歌》等多部重量级作品，并形成了自己独特的书写传统与文本谱系①。伴随其在出版市场的畅销与影视剧版本的走红，历史小说吸引了大众的目光，获得了良好的社会效应和经济效应。

就题材而言，历史小说主要描绘古代王朝的重大历史事件，以塑造帝王与英雄人物形象为重点。由于不反映当代社会的生活世界，历史小说通常被认为是最客观最具知识性的小说类型。然而，当公

---

① 本部分的讨论对象包括：二月河的《康熙大帝》《雍正皇帝》《乾隆皇帝》、唐浩明的《曾国藩》、高锋的《天下粮仓》、江奇涛的《汉武大帝》、周志方的《贞观长歌》等文本。

众把这些小说定义为"历史题材"的同时，它们的另一重身份却被有意或无意地忽略了——它们属于"主旋律"作品。

历史小说怎么可能与意识形态相关？历史小说不是关于真实事件的讲述吗？把风马牛不相及的历史小说与"主旋律"两个概念牵线搭桥，产生的会不会是一个"伪命题"？在笔者看来，产生上述质疑的原因，或许是"去政治化"的思潮与"文学性"的洁癖作祟。而当我们跨越美学阐释的栅栏，将历史小说放置在文化生产的场域中进行讨论时，就会发现历史小说具有显著的意识形态特征。

一方面，就作家作品与意识形态之间的关系而言，任何一部历史小说要进入合法的发行渠道，都必须通过主流意识形态管理部门的审查机制与管理体系。这就意味着为了通过审查，就不可避免地发生创作形态上的改变。这种"意识形态的幻影"甚至深入作家的潜意识之中，指导了作家的创作。与硬性规定对位的，还有文艺政策对作家的激励机制和消费引导，如文学奖项、允许其影视剧版本在中央电视台黄金时段播出等。在这两方面的督促下，绝对纯净化的历史叙述不可能存在，在主流意识形态与作品之间、政策框架与叙事策略之间存在着契约与共谋的关系。

另一方面，主流意识形态不可能轻易放弃历史小说的领地。在一个具有史传传统的国家，政治变迁体现在文化领域中的最突出的特征就是历史叙事的变迁。换而言之，历史阐释权是葛兰西意义上的文化领导权中最核心的部分，关系一个政权合法性的建立。在这个意义上，历史话语的陈述不是单纯的叙事工程，而是复杂的符号运作和象征行为。与此同时，我们还需要注意的是历史小说这一叙事文体的功用：对普罗大众传递历史知识，将严肃的历史知识转化为生动的故事讲述，从而在情节的演绎中实现教化与宣传的目的。梁启超在《论小说与群治之关系》中认为"欲新一国之民，不可不先新一国之小说"①，在这里，小说被当作"新民"的工具，历史小说当然更是个中翘楚，具有传达主流意识形态、构筑国族共同体想象的重要性。

由此可见，"主旋律"历史小说是主流意识形态话语机制在历史叙述领域的拓展和延伸，主流意识形态不可能放弃对历史世界的想象，而历史小说也必然反映和渗透了某些"主旋律"思想。

尽管如此，"主旋律"历史小说所面对的依然是一个"尴尬的文坛地位与暧昧的文学史段落"，是文学领域的二等公民。首先，由于20世纪80年代以来"新启蒙主义"思潮对文学领域的影响，"'纯文学'的神话被构造出来，在这种文学史和文学理论、批评叙述中，'政治性''意识形态''商业性'是文学的原罪，含有'非文学''反审美'的本性"。② 在这样的评价机制中，不追求形式创新和先锋手法的"主旋律"历史小说自然首当其冲，成为其贬抑的对象。此类小说虽然在美学上相对保守，注重的是故事内容讲述而非形式创作，二月河甚至采用的是传统章回体，但我们却不能据此判断其没有文学成就或单纯划定为通俗小说。③ 其次，较之其他"主旋律"小说，历史小说具有意识形态的隐蔽性，其叙事策略和表达方式都不如当代题材直接鲜明，因此在"主旋律"文艺政策中并未受到格外重视。

由于上述"双重的边缘身份"，在当代文学的研究中，"主旋律"历史小说虽然在现实社会中占有强势地位，但难以得到学术研

---

① 张少康：《中国文学理论批评史教程》，北京大学出版社，1999，第327页。
② 刘复生：《历史的浮桥——世纪之交"主旋律"小说研究》，河南大学出版社，2005，第37页。
③ 在范伯群、汤哲声、孔庆东合著的《20世纪中国通俗文学史》（高等教育出版社2006年3月版）中，笔者所论述的"主旋律"历史小说中的二月河、唐浩明等的作品与台湾的高阳作品被归纳为"新历史小说"，被认为是通俗文学的类型。

究者的承认和重视。而这种悖反情境的形成，正是文学研究领域具有反讽意味的一幕。但这一研究状况的存在，却为我们提供了一种具有价值的研究领域。正视该类作品的存在，对其进行细致深入的分析，是发现学术盲点和生长点的努力，也是对愈来愈苍白无力的"纯文学"研究提出的挑战。

而笔者的问题意识亦由此凸显。"主旋律"历史小说受到现实政治、历史记忆、意识形态多重逻辑的复杂缠绕，使得该类作品在文本内部多元含混、话语杂糅，值得我们对其进行文本细读与症候式分析。而在外部研究方面，20世纪90年代以来所形成的"新意识形态"则以当代中国自我形象的想象干涉文本意义的建构，使得"主旋律"历史小说不再是单纯的文艺作品而成为一个"文化事件"。"历史再现的文化政治"这个议题的重要性正在于此。追问"再现"（representation）以及如何再现，其实是在对"主旋律"历史小说进行知识考古学的考察，而考察的目的，则是为了考察隐藏在文学叙事背后的意识形态国家机器运作的轨迹。这种文化政治意义上的批评向度，正是本课题的研究目的所在。

二　事件到来①："价值观"的知识考古学

直至今日，我们依然为历史叙述的"价值观"问题困惑不已。在大众媒体的公共讨论中，历史小说因为"价值观"问题备受争议——每当由历史小说改编的电视剧上映时，作品中重塑的帝王形象及其背后隐含的"价值观"就会被普罗大众当作攻击的枪靶，进行猛烈的批判，甚至成为当时热门的文化事件。在新时期以来的当

---

① 小标题来自杜小真、张宁编译：《德里达中国讲演录》，中央编译出版社2003年4月版，第80页。德里达认为：解构全然不是非历史的，而是别样地思考历史。解构是一种认为历史不可能没有事件的方式，就是笔者所说的"事件到来"的思考方式。

代文化史上，历史小说的"价值观"问题被如此反复地批判，又一次次地"原画复现"，的确是一个奇特的现象。而不管是媒体还是大众，他们对历史小说"价值观"最常见的指责就是：鼓吹帝王崇拜、传播封建思想、阻碍历史教育。① 因此，这些质疑的声音也就构成了历史小说必须负担的原罪与创作者们挥之不去的阴影。

从最初的《雍正皇帝》到《汉武大帝》再到《贞观长歌》，批评历史小说的声音持续不断，并有将"价值观"问题道德化的趋势。而当历史叙述转化为道德争端时，我们就不得不重新考察这些声音了——关于"价值观"的担忧抑或只是这一文化现象的表层，蕴藏在表面的喧嚣之下的，则是当代中国转型时期公众特殊的"情感结构"与文化潜意识。从 20 世纪 90 年代至今，中国社会一直处在改革与转型的过程之中，在"一体化"与"新意识形态"之间、在"反现代性的现代性"与现代性之间、在"社会主义历史遗产"与现代化方案的发展主义之间存在的种种空白和缺憾都有待补充与整合，而公共领域的价值取向更是多元杂糅、众声喧哗。而历史小说中重塑的帝王形象以及背后反映的价值取向无疑触动了公众敏感的神经。转型时期种种的焦虑与紧张都在对历史小说"价值观"的批判中找到了出口，得到了舒解与释放。但是，在承认这一点的前提下，当这一过于道德化与本质主义的思维方式有愈演愈烈的趋势时，就不得不引起我们的反思：这一过度单一化的批判中是否构成了另一种压抑机制？

"不要把孩子和脏水一起倒掉"。然而，道德批评与本质主义恰恰是最具危险性的阐释方向——过度轻易地界定出自我与他者的位

---

① 参见《王蒙批评中国电视帝王戏太多》，载 http://www.shaanxi.cn/Html/2005 - 3 - 14/102120. Html，文中王蒙的意见很具有代表性，表达了知识界与民众对于历史剧的批评态度与"反封建"立场。

置，从而产生了强烈的二元对立心态，进而攒足火力向对方开炮却无视对方存在的合理性。这样的批评方式显然无力进行思辨型的思考与有公信力的文化批评，而只能落入某种阐释的循环。在这个意义上，打破常见的道德化批评的思维惯性，改换一种客观化和清醒化的论辩思路是必要的。

历史叙述必须被重新审视。而福柯的知识考古学无疑是打开文本密室的钥匙。这一理论为我们所提供的阐释线索是：用考古学与系谱学的方法，"来揭示我们现在习惯接受的知识、历史、常识、思想等的合法性及合理性，它的基础是如何建立起来的，它们凭什么得到这些合法性并拥有了合理性？……福柯把我们过去认为的天经地义的知识基础给揭开了、掀翻了，它们只不过是由权力建构的'话语'，而'话语'建构了一个知识的'秩序'……应当做的是把一些原来的观念基础，从不言自明的状态中抽离出来，将它上面建立的问题'解放'"。① 福柯所揭示的方法论意味着一种研究范式的转变：不再纠缠于知识是否准确无误，而是将视线投注在考察编纂知识的行为上，他反复追问的问题是隐藏在文本的面具背后那个逻辑上的"大前提"——也就要求我们对话语的发生进行"语境化"的解释、追踪（tracing）话语产生的谱系以及考察权力与意识形态如何对知识进行编码与解码。

那么，在此基础上，让我们把问题从思想史领域转换到历史叙述领域，模仿福柯的提问方式，我们需要追问（抑或存疑）的是：历史小说的"价值观"是怎样在文本中被建构出来的？这样的历史叙述是在怎样的历史语境下产生的？"价值观"作为一种话语，与权力的关系是什么？在这里，历史叙述的"价值观"问题不再作为道

---

① 葛兆光：《思想史研究课堂讲录》，生活·读书·新知三联书店，2005，第53页。

德议题出现，而是作为一种话语被加上引号而悬搁和问题化了。只有追踪话语的来龙去脉，才能理解真实的文本生产语境。

从对"价值观"问题的讨论拓展开来，历史小说描述的对象是帝王及其生活世界，这就不可避免地要涉及历史人物的评价问题，而大部分的历史小说都倾向于对人物进行翻案叙述，去塑造一个"开明的好皇帝"①，这一趋向的发生与文本所采取的叙事策略无疑与当时的语境有关。英雄的指认与典范的转移意味着什么？为什么要为帝王翻案？意识形态与翻案工程之间的关系是什么？转型时期的情感结构以及由此产生的批评实践是否遮蔽了这一时段历史小说叙述中所包含的其他丰富而多元的面向？历史小说除了叙事表层塑造帝王形象与阴谋权术之外，是否还提供了一些具有开拓性和合理性的价值表述？这些都是值得深入探讨的议题，需要放置在知识考古学的视域下做症候式分析，从而揭示历史叙事作为知识话语中隐含的权力运作的印痕。

值得注意的是，小说内部是众声喧哗的话语状态，尤其是历史小说这种长篇的史诗性的作品，它的内部充满了复杂而暧昧的表述方式以及叙事缝合，任何单一的观念都无法全面阐释作品的意义。恰如英美新批评理论所强调的那样，任何小说包括历史小说的文本空间都是复杂而含混的，只有进行细读的工作（close - reading），才能深入文本的肌理，充分掌握文本的内在张力。在这些缠绕不清的问题和复杂的议题中，我们绝不能诉诸简单的黑与白、好人与坏人的道德判断，而需要进行绵密细致的文本解读与意识形态分析，才能打开思考的空间。

---

① 参见王若谷《"好皇帝主义"值得崇赞？》，载 http://news.sina.com.cn/o/2005 - 03 - 14/22095359598s.shtml。

第二节　历史镜像与现实隐喻

一　帷幕背后①：历史、小说、现实的对话互动

"主旋律"历史小说这个概念的意涵无疑是众声喧哗的，任何表面化的理解都可能导致误读的发生。"多重逻辑的复杂缠绕"意味着概念内部多重面向之间的张力与矛盾：历史与小说、小说与现实、历史与现实之间的混杂形态，同时值得注意的还有隐藏在叙事行为背后徘徊不去的意识形态幽灵。

首先要拆解的是历史与小说之间的二元对立。历史（作为教科书的历史）是真实的吗？是否存在一个真空的、纯净的历史？对于"历史是信史"的迷信导致的是另一种歧见的发生：历史小说也必须是符合历史真实的。这可以从大众对"主旋律"历史小说不符合真实历史情况或历史小说虚构了历史的指责中看出来。

但后现代理论其实早已在历史学科内部打破了"历史是信史"的铁律。新历史主义代表人物海登·怀特认为，"历史修撰就所涉及的史实性材料而言，与其他方式的写作没有什么区别。历史修撰中最重要的不是内容，而是文本形式，而形式说到底就是语言，因此，历史'是以叙事散文话语为形式的语言结构'"。② "新历史

---

① 小标题来自康慨：《意识形态的帷幕与21世纪的迷茫》，《中华读书报》（2010年10月27日04版）。此文中，英国社会学家齐格蒙特·鲍曼借用米兰·昆德拉随笔集"帷幕"的比喻，认为意识形态如同"厚重的帷幕"，让人们"视而不见"，这一比喻说明了意识形态的"幻影性"。

② 〔美〕海登·怀特：《后现代历史叙事学》，陈永国、张万娟译，中国社会科学出版社，2003，第1—2页。

主义"的立场在起源上强调了历史书写之中蕴含的文学性因素，也就是在历史书写过程中重现了叙事操作的可能。叙事的想象与虚构不再专属于文学领域，而是参与了历史学的建构。历史书写只是作为一种特殊的叙事装置与话语形式而存在，历史叙事所具有的终极真理倾向荡然无存。于是，历史学方法论的真实性被解构了，"历史整体性"转化为碎片化的段落和任人摆弄的拼图游戏。

历史的表述中必然存在人为添加的因素。事实上，以历史素材为依托的历史学家根本无法摆脱主体的叙事冲动——将琐碎的历史材料串联成整体性的历史叙述需要叙事的想象与虚构。而当历史的真实被消解，被转换成另一种"拟史"的叙事策略，历史小说的真实性也就更岌岌可危了。就其本质而言，"历史小说"的概念本身就充满漏洞：小说的本质是虚构，那么历史小说作为小说类型的一种，在逻辑学三段论的意义上自然属于虚构。那么，我们对历史小说真实性的诉求又从何谈起？小说家强烈的主体性比历史学家尤胜——他离不开人物性格的发展逻辑，并将之放置在人物关系与历史情境之中，从而叙事虚构不可避免。在这个意义上，历史与小说之间只是签署了一份关于临界点的保密契约而已：小说借由历史产生知识上的"拟真"效果，历史借由小说构成完整的故事链条。

小说叙述行为又何曾不是一个透明的界面？经由它可以看到历史材料的原初样貌，怎样叙述或以哪种角度叙述，获得的效果可能是完全不同的。在这里，作家的立场、意识形态的观念对叙事方式与叙事立场的采用具有重要作用。而主流意识形态正是在文本的被操作层面和历史材料被组织、历史人物被塑造的过程中完成了自己的意识形态腹语术。①

其次值得讨论的就是"主旋律"历史小说中小说与现实、历史与现实之间的关系。如果摆脱庸俗社会学那种粗糙的文学反映论，现实主义的叙事其实可以重获生机。在现实生活与小说叙事之间，始终存在着亲和关系。任何叙事都不是无本之木无源之水，作家因现实生活的触动，提笔写人生的比比皆是。现实中的种种社会问题可以是激发作家创作心理的"触媒"，从而构成小说的主题；也可以直接参与到小说文本的内在肌理，成为叙事单元和情节主线。而在受众方面，根据阐释学中的"视域融合"理论，读者在对作品进行解读时，都是从自己生活的语境出发，使用自己的前理解来投入文本世界的。这就意味着，作者与读者之间存在"心有灵犀"的契约关系，他们共享了一个文本生产的文化环境，也就对现实有了共同的想象方式。小说的虚构，不过是转移了讨论当代议题的讨论场域而已。

而不直接使用当代生活场景，将历史作为叙事空间的设置，则是作家出于叙事策略的考虑。其优势如下：其一，历史上的真实事件可以作为叙事的材料，历史小说只需将历史材料加以当代的阐释，不需要自己构思情节；其二，历史世界的"去政治化"是"安全"的保证，既可以使某些社会议题得以讨论，又可以将其限定在历史视域中，从而避免可能导致的意识形态的危险；其三，公众对于历史的强烈兴趣是小说市场的保证，写作行为可以得到良好的回报。因此，历史小说与当代小说同样具有鲜明的现实关怀，只是将生活

---

① 此处受杜赞奇论述的启发，他认为："与以往的进化历史相比，我所强调的是历史演员是怎样以某些特定的民族或共同体的表述来抵制另外一些表述，又如何在这一过程中把散失的意义和过去据为己有。"参见〔美〕杜赞奇《从民族国家拯救历史：民族主义话语与中国现代史研究》，王宪明等译，江苏人民出版社，2008，第14页。

世界挪移到古代场景中。"重要的不是神话讲述的时代，而是讲述神话的时代"，历史叙述是被建构的叙述，与当代生活密切相关："当前的历史题材大众文化与历史政治和现实政治的关系如此紧密，以至于它已经成为大众日常政治的一个重要形式。……当人们希望能人治国、社会稳定时，便有了《雍正王朝》和《康熙王朝》等'明君戏'；……当国家进行粮食购销系统改革时，便有了《天下粮仓》等'重农戏'；当人们对民族复兴、再造盛世充满热情时，便有了《汉武大帝》等'盛世戏剧'。"① 从上述例证可看出，历史绝非现实生活的绝缘体，而是与现实在社会问题的讨论上进行了良好的互动。"主旋律"历史小说在艺术与生活的辩证关系中达到了平衡：当艺术模仿生活，现实为小说创作提供了生活的养料；当生活模仿艺术，小说作品则为生活提供了一种解决问题的可能。

但是，我们依然不能对"主旋律"历史小说做出更为积极的想象。写作固然是作家的个人行为，但我们不能忽视其"身处于主流意识形态之中的作家"的身份。② 事实上，"主旋律"历史小说从来没有脱离"新意识形态"的规训，将历史镜像作为现实隐喻的结果，只是在"想象中解决"和转移现实中日益矛盾的社会问题而没有直面问题本身。这是一次在脱逃中的落网、一个悖论：作家因使用历史作为转喻空间而得以"安全"地揭示社会问题，并提出解决的方案；而在另一方面，因为社会问题被禁锢在历史世界之中，只能是压抑了现实的实践可能，而只能作为"政治无意识"存在。

---

① 姚爱斌：《暧昧时代的历史镜像》，载陶东风主编《当代中国文艺思潮与文化热点》，北京大学出版社，2008，第335页。

② "身处于主流意识形态之中的作家"的概念来自刘复生：《历史的浮桥——世纪之交"主旋律"小说研究》，河南大学出版社，2005，第30页，在其理解中，这类并不意味着作家具有官方身份，"意识形态成为他们思考与写作的基点，虽然他们未必有这种清晰的理性认识与自我感觉"。

过度的历史拟像的生产则可能导致文本的内爆。通过采用新的阐释路线，主流意识形态在"主旋律"历史小说中架构了一套新的叙事策略与历史表述，而这种阐释方式就是"耦合"（articulation）。在英国伯明翰学派斯图尔特·霍尔的理论表述中，耦合理论指的是"一种理解方式，即理解意识形态的组成部分何以在一定条件下通过一种话语聚合在一起"。①"主旋律"历史小说文本内部话语众声喧哗的原因正在于此，耦合了历史记忆、小说叙述、现实生活的"主旋律"历史小说，其实是作为话语表述的"平台"呈现在受众眼前的。而历史记忆则是这一表象系统中最关键的一环，与所指意义的滑动与延异（différance）相比，历史世界本身是一个巨大而空洞的能指符号。

二 盛世怀想：身份认同与记忆的仪式

"主旋律"历史小说通过挪用历史世界的符号，完成了自身的话语建构。但是，历史世界本身并不是主流意识形态进行表意实践（signifying practice）的理想场所——它意义含混、歧义丛生——可能导致公众对"前现代"的指认、封建专制与暴力的无端联想以及对历史叙述价值观的质疑，从而在历史世界内部解构自身的叙事整体性和意识形态编码。

事实上，"主旋律"历史小说所选择的人物与涉及的朝代都极具争议性：诸如清世宗雍正、汉武帝刘彻、唐太宗李世民等皇帝虽然开创了一个个盛世帝国，但他们夺权的过程和施政方针都具有严重的道德问题。负载着这些正义与法理的论辩，历史世界的合法性其

---

① 斯图尔特·霍尔：《接合理论与后马克思主义：斯图尔特·霍尔访谈》，载周凡主编《后马克思主义》，周凡译，中央编译出版社，2007，第196页。

实已经摇摇欲坠，而要在这个能指符号上建立新的叙事想象，更是难上加难。但正是这样充满吊诡的情境才迫使我们进入问题的核心：面对举步维艰的叙事，主流意识形态为何依然坚持使用历史世界作为叙事背景，并在此基础上建立叙事框架？

想要回答这个问题，首先需要辨析的就是小说、历史与民族国家之间的关系。在感世忧国（夏志清语）、涕泪交零（刘绍铭语）的中国白话文学传统中，小说叙事从"五四"运动起就具有鲜明的政治意味，与民族国家的命运紧密相连："小说之类的虚构模式，往往是我们想象、叙述'中国'的开端。国家的建立与成长，少不了鲜血兵戎或常态的政治律动。但谈到国魂的召唤、国体的凝聚、国格的塑造，乃至国史的编纂，我们不能不说叙述之必要，想象之必要，小说（虚构！）之必要。"① 因此，小说"以虚击实"的民族国家想象与政治意识形态的文学表意实践之间具有互文性关系。由于与国族命运之间紧密联系，中国的小说就不再是作为文本内部的"认识世界"的自洽性行为，而是在修辞层面上进行的"改变世界"的文化实践。"文学被赋予了重大的政治使命，这是中国文学特殊的现代性进向。"② 正是小说所承载的国族关怀与人文意识，意识形态才对小说叙事格外重视和关注。

历史世界作为小说叙事背景的意义，正是在国族想象的层面上被凸显出来。作为记忆的容器，关于历史世界的叙述与其说是一种客观的知识系统，不如说是负载了公共想象的情感载体，是作用于读者或受众的国族召唤；而意识形态国家机器对于历史世界的改写与挪用，则表明了历史作为知识与权力之间不可分割的关系。权力

---

① 王德威：《想象中国的方法：历史·小说·叙事》，生活·读书·新知三联书店，2003，第 1 页。
② 陈晓明：《中国当代文学主潮》，北京大学出版社，2009，第 74—75 页。

以知识传播与再生产的方式完成对历史的想象，并以操作阅读与观看行为来对公众进行教育与规训。历史世界对意识形态的重要性在于：共同体想象是民族国家建立的根本，个体通过共时性的文化想象来构筑对国家的认同，而历史记忆则是共同体想象的重要来源。

由于民族主义的文化无意识，个体与历史记忆构成了一种想象的文化共同体关系，在这种关系中，历史记忆是自我认同与自我身份确认的"认识装置"，个体不再是现代性状况下分裂的原子式的个体，而是一个具有向心力与凝聚力的社群。由此，历史记忆具有了抽象意义上的"纪念碑"①（monument）意味，是带有纪念性和礼仪性的：历史记忆被放置在某种"神性"的纬度中，接受国民的祭祀，并产生集体心理上的共同体幻觉。这是记忆的仪式与文化的招魂术——在文本的阅读或观看中，受众遭遇的是宗教弥撒般的感情。毫无疑问，历史记忆是汇聚身份认同并诉诸情感的灵药。

这是关乎身份认同、民族主义话语以及意识形态内部向心力的重大命题。随着全球化时代的来临——信息与资本的跨国流通与跨国公司的去地域化趋势十分普遍——与之相应的是身份认同危机的来临。具体到中国语境，在转型时代发展主义的"新意识形态"和与之对应的迅速变更的文化语境中，主流意识形态越来越难以通过原有的文化资源来整合社会族群，从而将民众询唤为国族主体。而历史世界无疑是构筑共同体的最好资源，这一具有号召力的文化记忆成为主流意识形态表述的工具。

---

① 此处受巫鸿关于美术史中"纪念碑性"的论述的启发："一座有功能的纪念碑，不管它的形状和质地如何，总要承担保存记忆、构造历史的功能，总试图使某位人物、某个事件或某种制度不朽，总要巩固某种社会关系或某个共同体的纽带，总要界定某个政治活动或礼制行为的中心，总要实现生者与死者的交通，或是现在和未来的联系。"参见《九鼎传说与中国古代美术中的"纪念碑性"》，载巫鸿著，郑岩等译：《礼仪中的美术：巫鸿中国古代美术史文编》，生活·读书·新知三联书店，2005，第48页。

在"主旋律"历史小说中，主流意识形态对历史世界的想象第一个重要的表征是清世宗雍正、汉武帝刘彻、唐太宗李世民等皇帝形象的征用。这些形象如同幽灵般重现的原因是：他们是带有神话性质的帝王与英雄，他们的历史是作为中华民族祖先的历史。"那些希望自己的国家有所作为的人必须告诉人们，应该以什么而自豪，为什么而耻辱。他们必须讲述富有启迪性的故事，叙说自己民族过去的历史事件和英雄人物——任何国家都必须忠于自己的过去和历史上的英雄人物。"① 在中国儒教的文化传统中，祖先崇拜具有核心价值。对祖先的尊崇意味着个人从未消失在历史之中，而是在历史川流中获得不朽，这是建立个人与历史认同的关键。

带有历史记忆的祖先崇拜无疑是带有宗教意味的，"神圣的东西从来都离政治不远"，宗教不仅为权力提供了上对下的合法性来源，还提供了下对上的深层机构、信仰与传统。② 根据王明珂的人类学研究，在 19 世纪末 20 世纪初的传统帝制向共和体制转型的过程中，"炎黄子孙"与"英雄徙边记"传说的使用，构造了主流与边缘、汉族与少数民族的新的共同体联系，使得华夏社会与政治边缘地区的联系加强，虽处于一个大动荡的时代却形构了新的国族主体。③ 而"主旋律"历史小说中皇帝形象无疑也具有相同的意识形态功能。

祖先崇拜对主流意识形态的功用更为直接地表现在血缘与族裔的表达上。在民族主义多元混杂的声音中，基于族裔的发声是最具合理性与合法性的。"族裔民族主义，它强调由历史，甚至是基因决

① 〔美〕罗蒂著，黄宗英译：《筑就我们的国家：20 世纪美国左派思想》，生活·读书·新知三联书店，2006，第 1—2 页。
② 〔英〕特德·C. 卢埃林著，朱伦译：《政治人类学导论》，中央民族大学出版社，2009，第 80—81 页。
③ 参见《近代中国炎黄论述》，载王明珂《英雄祖先与弟兄民族》，中华书局，2009，第 189—190 页。

定共同体的自决，这种共同体具有文化上和渊源上的归属感。"① 祖先崇拜意味着血缘上不可分割的关系，皇帝形象是基于家族血缘的图腾符号；借助皇帝形象的翻案与重构，个体、民族主义、意识形态之间构成了一个不可拆解的链条，主流意识形态整合了基于血缘、地域、民族等现代社会中多元的原子式的个体，夯实了自身政权的统治基础。

而主流意识形态对历史世界的想象更为显著的表征则是对盛世帝国表象的征用。汉唐与满清等中国历史上的盛世帝国是一段如同纪念碑式的历史，它们对意识形态表意实践的功能主要有以下三点：首先，盛世帝国作为历史的镜像，表征的是当下民族自信心增长的集体无意识。"主旋律"历史小说中对于盛世帝国的怀想与当下社会对"中国崛起"的呼唤构成了对位关系。主流意识形态征用"中国崛起"的情感诉求，并将其吸收到自身的表意系统之中，从而掌握了对这一思潮的话语权与阐释权。这一文化领导权的获取使得民族主义思潮带有了国家主义的性质。

其次，对盛世帝国的想象与民族主义的激情互为表里，以诉诸情感的方式表达了主流意识形态的一种乌托邦建构："焦虑与希望是同一种集体意识的两个面孔，所以，大众文化的作品，即使其功能是让现存的秩序——或者比现存秩序更糟的一种秩序——合法化，而为了达到这种目的，它就不能不倾斜于最深层的、最基本的集体性的希望与幻想，由此，不管它们采取何其扭曲的方式，也是为这些东西提供了传达的机会。"② 由此，这种想象方式遮蔽了现代性图

---

① 〔英〕爱德华·莫迪默、罗伯特·法恩主编，刘泓、黄海慧译：《人民·民族·国家——族性与民族主义的含义》，中央民族大学出版社，2009，第151页。

② 〔美〕道格拉斯·凯尔纳著，丁宁译：《媒体文化：介于现代与后现代之间的文化研究认同性与政治》，商务印书馆，2004，第188页。

景中发展主义导致的弊端，以凸显希望的方式强化了主流意识形态的合法性来源，以暗度陈仓的方式完成了现实政治的合理化书写。

最后，主流意识形态借助于盛世帝国的想象，在后现代的历史碎片中重新拼贴出"文化中国"的形象，将各个阶层整合在一个史诗性的宏大叙述之中。较之"一体化"时代的宰制性意识形态，"文化中国"更具包容性与柔和性，它建构在民族主义这一现代社会最大的政治之上，并且奠基于"自然法"——对历史的怀旧与对原乡的乡愁，更有合理性与合法性。事实上，"文化中国"意识形态的有效性在于用一种情感诉求取代了政治诉求，从而以偷换概念的方式完成意识形态的替代性方案。它在全球化的语境中，搭建了一座历史的浮桥，以民族主义的名义完成了社会主义的国家认同向民族国家的共同体认同的过渡。

历史世界对于"主旋律"历史小说来说，正是这样一份债务与遗产，一份危险的礼物。经由复杂而暧昧的叙事编码，"主旋律"历史小说完成了自身的"知识—权力"的诗学践行。通过对盛世帝国的阐释与再生产，主流意识形态创造性使用话语资源，生产了民族主义的超验主体，也规训与整合了社会各个阶层的诉求，从而在历史世界中完成了自身的表意实践。

第三节　英雄神话、国族想象以及
叙述的政治学

一　断裂与跨越：英雄典范的转移

1992 年初邓小平发表"南方谈话"，不仅在经济领域重启了经济改革的进程，还引发了整个 20 世纪 90 年代文化语境的改变。与意识形态的变化相对应的，则是历史小说叙述对象的改变：从兴兵起义的农民领袖李自成到英明帝王李世民、从明末的风雨飘摇到大唐的盛世荣光。在这一过程中，主流意识形态完成了自身的历史性重塑：通过对历史的招魂，询唤了新的国族主体的出场。主流意识形态建构了新的评价机制与价值系统，历史小说则转移了叙述关怀的焦点，英雄的典范价值被重新形构，而"主旋律"历史小说的命名亦由此发生。

唐浩明《曾国藩》的出版过程正好说明了文本生产与文化语境之间这种复杂而暧昧的关系。早在1987年，唐浩明就给出版社编辑提交了关于曾国藩的选题申报材料，但由于题材的敏感性，主管部门一直没有批准；直到1990年至1992年间，《曾国藩》三部曲才先后出版，获得社会的强烈反响。由于曾国藩被认为是镇压太平天国的罪魁祸首，并被当时的百姓称之为"曾剃头"，因此一直为主流意识形态所抵制，但到了20世纪90年代后，由于现代性改革方案的进一步实施，主流意识形态对其评价逐渐发生了变化，曾国藩被认为是晚清一代的中兴之臣，他的儒家处世哲学与领导艺术备受推崇，成为现代社会的人际关系教科书。于是，《曾国藩》成为畅销书，20年累计重印29次超过200万册。[①] 曾国藩对个人功名的追求是转型时代诸多成功案例的变相表达，也是市场机制下个人英雄主义的胜利，正是基于此，公众不再挑剔曾国藩的暴力镇压与统治，反而关注的是他发迹的过程。在20世纪50—70年代的历史叙述中，诸如曾国藩这类镇压农民运动的重臣无疑是"人民之敌"，是意识形态的禁忌。但在新意识形态之中，曾国藩则成为图腾式的英雄。禁忌与

---

① 参见《曾国藩：5万字到120万字还原"曾剃头"》，http://finance.sina.com.cn/roll/20101103/23303507910.shtml。

图腾之间的翻转，对强调阶级斗争与农民起义的"一体化"意识形态而言，无疑是历史的颠覆与反讽。

无独有偶，对历史人物的翻案同样发生在二月河的《雍正皇帝》及其影视剧版本《雍正王朝》中，向来被公众认知为刻薄寡恩、为政暴虐的"冷面王"雍正在新的历史书写中成为筚路蓝缕、兢兢业业的领袖。二月河通过突出雍正的勤奋和对国家的操劳这个人格的面向而重塑了雍正形象，使他成为一个值得民众"了解之同情①"的人物。"了解之同情"意味着：现在的我们必须重返历史现场，站在历史人物所处的生命情境中，想古人之所想，虑古人之所虑，将心比心地来评价古代人物。道德在这里相对化了，"人性"成为衡量历史正义的标准。于是，在"人性观"的阐释视角中，历史人物被重新塑造，与之相伴随的则是一系列历史事件的重新阐释与历史整体性的重新架构。

同时值得注意的还有"主旋律"小说的文本谱系内部从内政到外交的叙述重心转移。与《曾国藩》三部曲、《雍正皇帝》（1990—1992 年出版，电视剧版本于 1999 年上映）、《天下粮仓》（2002 年）几部较为关注内政和社会问题（诸如赈灾与反腐败）的小说不同，《汉武大帝》（2005 年）、《贞观长歌》（2007 年）则把视角更多地转向外交关系中，面对西北部（某种意义上的现代民族国家）的侵袭，汉武帝与唐太宗无不忧心忡忡，他们增强内部实力的最终目的就是挫败西北部游牧民族的进攻，维护国家的安全。换句话说，他们始终处在备战与战争的边缘地带。

就整个意识形态上层建筑而言，历史整体性总是与历史主体紧

---

① 陈寅恪：《冯友兰中国哲学史上册审查报告》："凡著中国古代哲学史者，其对于古人之学说，应具了解之同情，方可下笔。"参见张旭东《陈寅恪先生所谓"瞭解之同情"》，原载《东方早报》，http://news.163.com/10/0725/09/6CE9B2L400014AED.html。

密相连。从阶级斗争与农民起义的"反抗者"到维护和管理国家的"统治者","主旋律"历史小说通过小说领域英雄典范的转移重构了自身的历史想象，更换了文化领导权的建构机制，也询唤出新的历史主体（现实中的中产阶级与"成功人士"）。恰如张慧瑜所说："曾经在50－70年代的历史中获得主导位置的革命文化和历史叙述被改写成为一种国家/民族的'现代'神话，中国呈现为一种作为民族国家的'现代主体'的位置，一个拥有悠久历史和传统并在近代遭遇现代化的历史中逐渐实现了现代化的新主体。"① 在这里，国族认同的主体替换了阶级认同的主体，公众的认同在新的历史语境中被重新洗牌，被整合为基于民族主义的意识形态。于是，历史整体性得以重新建构。

由此，"主旋律"历史小说对主流意识形态的价值凸显出来。一方面，它"以虚击实"，通过折射与隐喻的方式确认了新的国族主体的出场，为主流意识形态的转型提供了合理性与合法性的解释；另一方面，它又通过文学这种虚构的形式满足了情感的诉求，以柔性的叙事空间想象性解决社会问题，转移了公众的视线，为转型时代提供情感抚慰。

重新叙述历史带来的影响是不可估量的，它绝不是想象领域的简单操弄，而是关涉整个意识形态表意系统的转向，而敏锐的国际观察家们已然从这一改变中嗅到了中国意欲向国际社会暗示的信息。在新加坡资深外交官马凯硕的《新亚洲半球》一书中，他首先援引学者朱影的话："80年代的清宫戏主要讲的是清政府的腐败和晚清时期的文化衰落，而20世纪90年代晚期和21世纪初的清宫戏却着

①　张慧瑜：《从"泥腿子将军"到"无名英雄"——"红色题材"影视剧与"新历史主体"的浮现》，载《艺术批评》2010年第9月号，第21页。

力描述清朝早期的繁荣和国家统一。"随后，他评价道：

> 中国再现和续写其历史的努力对中国和全世界来说都是令人兴奋的。这将使国际文化产生剧烈的化学反应。中国只是刚开始这一续写历史的过程。要了解中国成为富有的、成功的文明国家后将如何作为，我们只需重温以前中华文明鼎盛时期的作为即可。①

于是，历史再现的叙事表征成为国际社会探测当代中国改革水温的温度计。它们借由虚构叙事的路径来解读中国文化症候并推测中国政治动向。"主旋律"历史小说的重要性由此可见一斑。

二　想象性解决："大和解"的叙事策略

历史的"含混性"导致阐释的多种向度与多种可能。② 历史材料的表征背后总是蕴藏着多个层次的意义空间，对于同一个历史事件，由于阐释立场与分析方法不同，故事的叙述就可能产生不同的效果。在这个意义上，"叙述历史的方法"格外重要。在 20 世纪 90 年代以来的叙述中，对"帝王将相的家谱"的叙述已然转换了方略，作家更多地采用正面论述，将叙述对象进行人性化处理，并不约而同地采取"大和解"的叙事策略，以此作为"翻案"的手段，这无疑是"主旋律"历史小说的一个突出的症候性特征。

"统治者/统治阶级的思想要在社会中取得最广泛的接受，获得

---

① 〔新加坡〕马凯硕：《新亚洲半球：势不可当的全球权力东移》，当代中国出版社，2010，第 131 页。

② 洪子诚：《问题与方法：中国当代文学史研究讲稿》，北京大学出版社，2010，第 21—22 页。

多数人由衷的拥戴和认同，就意味着它不可能是铁板一块的系统和表述，它必须以某种方式吸纳、包容被统治阶级的文化、表述于其中。"① 关于文化领导权问题，葛兰西极具建设性地提示了任何意识形态统治的顺利都脱离不了公众愿望的实现这一观点。就现代政治的运作而言，对理想愿景的允诺是政权与民众之间的契约，也是政权合法性的来源。主流意识形态必须吸纳被统治阶级的乌托邦想象，才能巩固自己的统治基础。

而"大和解"的叙事策略与主流意识形态之间的共谋与契约正在于此。"大和解"的意义在于：它既在历史小说的叙事空间中触及了具体的社会问题，又在虚构的文本内部解决了这些问题；与此同时，它并不触动主流意识形态的统治基础，反而是巩固了上层建筑。在接受者方面，在阅读（或观看）历史故事的演绎中，受众不仅抒发了心中对社会问题的看法，又在这些问题被想象性解决的同时得到宣泄的快感。

在"主旋律"历史小说中，"大和解"叙事策略的第一种方式是用另一套更大的修辞来掩盖原有的矛盾。以"天下"与"社稷"等宏大叙事来遮蔽地方与中央、臣子与皇帝、反抗者与统治者之间的矛盾是一种惯常的翻案策略。在此类叙述中，皇帝或英雄人物被塑造成为"会当凌绝顶，一览众山小"的孤独者形象，他们的远大抱负和崇高志向是常人难以企及的，而这些宏大的理想又与国族利益联系在一起，因此更具说服力。在《汉武大帝》中，作者铺陈了汉武帝刘彻孤傲而顽强的一生，也展示了他的无奈和苍凉。在向老臣卫青解释自己为何连年征战不休、不肯与民休息时，汉武帝有如此一番夫子自道："朕并非无情！汉朝虽然已经建立了几十年，但很

---

① 戴锦华：《电影批评》，北京大学出版社，2004，第194页。

多事情都还处于草创阶段。加上匈奴人胡人不断侵扰，朕要是不在制度上加以改革，后世就无章可循。如果不南征北讨，天下就永无安宁之日。而要办这些个事，就不能不劳民伤财呀！朕把挨骂的事儿，在朕这里都做完喽，后世子孙如果再像朕这样继续劳民，那就会走上秦朝灭亡的老路。这也是为了让太子将来继位以后，多施仁政，朕可以让你放心。"在这段话中，汉武帝以"为万世开太平"为己任，以"天下布武"的方式来完成"天下大治"的目标，可谓用心良苦。值得关注的还有匈奴人胡人的因素，这一他者的存在是汉武帝确立自我权威的合法性来源，终其一生，汉武帝都以匈奴为征讨对象，以扩张主义民族英雄的姿态完成了霸业的神话。他所开创的盛世成为民族自信心的资本，于是，国族主体的宏大话语掩盖了国族内部"国家本身已是伤痕累累（卫青语）"的问题。在国族主体重塑这一外向的层面上，国内矛盾不再占主导地位。

"大和解"叙事策略的第二种方式是皇帝或英雄在民间社会的除暴安良。在这里，朝堂与江湖之间不再是两个对立的权力空间，经由皇帝的媒介，两者被连为一体。有趣的是，"主旋律"历史小说中，发迹前的皇帝或英雄都格外喜欢在民间走动，并喜欢在微服私访时"路见不平一声吼"，那时他们的立场与百姓是相通的。正因为这种亲民的姿态，他们获得正面的描写。《雍正皇帝》中的四阿哥胤禛形象可谓是翻案叙述的典范，第一卷《九王夺嫡》书写了雍正在登基前一系列"为民做主"的事件：他在江南鼓动灾民闹事；他在城隍庙摆下鸿门宴设计地方官员和富商为灾民捐银子赈灾；他为开源节流，揽下追讨国库银两这等吃力不讨好的苦力活……他敢作敢当又敢得罪朝廷权贵，俨然一副侠骨柔肠。而在民间野史中雍正最为人诟病的血腥夺位过程，则被描述为八阿哥与太子两败俱伤、四阿哥隔岸观火的格局。雍正以其干练内敛的性格获得康熙赞许，是以亲授皇帝之位。雍正在登基之前的种种表现成为他获得正统颇有说服力的依据。由于《九王夺嫡》中雍正在民间的种种义举，雍正"冷面王"形象被赋予了勤政爱民、务实肯干的开明君主的阐释，颠覆了民众以往对他的刻板印象。

"大和解"叙事策略的第三种方式是对帝王或英雄形象的道德化与人性化改造。帝王被塑造为更有人间气息和七情六欲的个人英雄。这一性格面向的塑造，与帝王对事功的追求相反，主要表现在私人事务方面，表现在与妻妾和臣子的人物关系中。《贞观长歌》中的唐太宗李世民的塑造就使用了这种方法，他与安康公主之间既是父女又是知音的关系为读者津津乐道，他的爱女之情溢于言表。而对于太子李建成的东宫幕僚魏征而言，李世民对他这个参与了"玄武门之变"的旧敌人的宽恕与仁慈，俨然是人君中的典范：

> 魏征道："如果，如果你一定要让我做这个谏议大夫，能答应我的第一条劝谏吗？"李世民眉毛一挑："你说。"魏征一字一顿道："改礼葬隐太子。"
>
> 在场所有人的面色都为之一变，大家的目光都落到李世民脸上。李世民手抚马背，低头沉思片刻，突然转过脸对长孙无忌道："传朕旨令，追封建成为息王、元吉为海陵王！按礼制厚葬！"魏征、韦挺、王珪、冯立闻言面面相觑，一时热泪盈眶，一齐跪倒："谢陛下隆恩！"李世民扶起魏征："该说谢的是朕呀，只有礼葬隐太子，才能安天下百姓之心，全朕仁悌之义！你的这条劝谏，抵得上十万精兵呀！"

在处理魏征的问题上，唐太宗表现出知人善谏、择善而从的个人品质，正是这一品质折服了太子旧党，使他们心服口服。而作者也通过这一事件冲淡了唐太宗在"玄武门之变"中为夺取政权不择手段的嗜血性，从而使李世民成为人格完满的典范。

"大和解"叙事策略的第四种方式是创伤记忆的展示与治愈功能。面对现实社会的种种弊端，大众无疑具有逃避心理。在这种集体的无意识中，历史小说因其"去政治化"的文类特征而备受青睐，成为大众追捧的对象。而主流意识形态则把握住了这种集体的无意识，通过矛盾的演绎与矛盾的解决来从历史中救赎个体，使阅读（或观看）的行为成为宣泄和释放的过程，从而在精神层面释放了个体的压抑与愤怒。在充满传奇色彩的《天下粮仓》中，故事聚焦在乾隆元年旱灾引发的粮荒问题上，与之相关的则是精彩的宫廷权力斗争。但作者高锋的立意却并不在此，而着重在"反贪思廉"的议题上。与晚清小说《老残游记》相仿，《天下粮仓》的主人公米河的游历过程正是展示清官惩恶扬善、为民做主的过程，其中有一幕惊心动魄的场景：在米河的监督下，王士俊将酷吏陆九通等人处刑。在这个场景中，王士俊首先抱拳向着受害的村民下跪，并流着眼泪痛陈陆九通等人因村中男女老幼交不起租就将数十人活活投入了酱坛子的暴虐行为，谴责他们"畜生不如"，他脱帽弯腰请罪，随后将陆九通等人投入之前他们残害村民的大坛子里面，于是，"人群'嗾'的一声，像是爆炸了什么似的一片震动！"王士俊处死酷吏的方法当然大快人心，但值得注意的是这充满暴力的行为背后独具的表演性。同样的暴力行为展示了以往的创伤记忆，并在"以其人之道还治其人之身"的方法中使得民众感觉到自己的胜利与正义在握，之前的创伤与愤怒得以治愈。原本，官员与村民之间因为之前的创伤记忆而矛盾重重，充满了仇恨，但通过王士俊的自我忏悔与处死酷吏，仇恨得以缓解和宣泄。在《天下粮仓》中，以同样的暴力手段惩治贪污腐败的还有米汝成在裕丰仓外坪场上让勾结米店哄抬价格的贪官王连升吃沙子。腐败问题本身的根源被搁置了，暴力与惩治暴力在这里成为宣泄情绪的手段，暴力快感起到了缓和矛盾的作用。

经由"大和解"的叙事策略，主流意识形态在历史世界中完成各种冲突力量的想象性重组，在中央与地方、反抗者与统治者、中原与游牧民族之间进行了整合。治愈、整合、大和解的过程是共时性的，在对未来和平的应许与现实不满的抚慰中，"主旋律"历史小说在历史世界中完成对现实政治的回应。"因为象征行为毕竟不是实际行为，对社会矛盾的象征性解决毕竟不是真正的革命，所以，文本实际上是压抑现实矛盾（压抑革命冲动）的一种方式。……'社会矛盾的象征性解决'也可解为'改造现实的冲动的象征性满足'"①，在詹明信的理论脉络中，叙事是作为一种象征行为存在的，它在故事的幻象中宣泄了公众的情绪和欲望，从而有效地转移或悬置了真实社会中存在的问题。然而，对于意识形态国家机器而言，历史世界既能提供抚慰与宣泄，又能维持稳定的社会格局。在这个意义上，"主旋律"历史小说的历史叙述不啻为解决现实社会问题最好的方法。

三　秩序的重申：父／家／国的层叠叙事

在《汉武大帝》中，因汉朝和亲政策而远嫁匈奴的南宫公主形象多次出现。在汤泉宫后山上，年少的刘彻向父亲汉景帝反复呢喃："南宫姐姐走了！别让南宫姐姐走了！"景帝以"朕不是个好父亲"作答；随后，侍者春陀将一只风铃递与景帝，说道："这是南宫公主临行前为陛下编织的风铃。她说他不能就近侍候您了，让这风铃陪伴着父皇。她说，这铃声就是她的歌声。"风铃所传递的诗意与和亲

---

① 黄应全：《西方马克思主义艺术观研究》，北京大学出版社，2009，第 337 页。

政策的反诗意两相对比，面对此情此景，汉景帝情何以堪！景帝发出一声叹息，内心蕴藏的无奈苍凉油然而生。而刘彻的心情又何尝不沉重？多年之后，他还向匈奴降臣金日磾打听南宫公主的下落，被金日磾告知"她侍奉了两代单于，大匈奴最尊贵的母后，就是南宫阏氏"。

在与大臣韩嫣的对话中，刘彻回忆了儿时的另一段经历："朕记得，有一年朕和先帝去甘泉宫避暑。匈奴右贤王突袭云阳，兵锋逼近长安。入夜后，先帝领着朕登骊山。观望远方的点点烽火。那烽火夜照甘泉的景象，可真是令朕永生难忘！可边境的百姓就遭殃了，每年被杀掠的人口，动以十万人计。而国家是有法令的，边民不得内迁。长城太长，防不胜防！所以朕，再不想做一个墨守成规的太平天子！朕决心反击匈奴！是可忍孰不可忍！朕不在乎是哪种学派，只要是能够富国强兵，只要能够有利于尊王攘夷。朕必行之！"

就精神分析的层面而言，姐姐远嫁他乡与国家遭遇侵袭是刘彻的童年记忆中两个难以磨灭的片段。这两个事件构成了如此清晰的互文关系，以至于在刘彻的男性主体的心理层面构成了双重的创伤经验：首先是私人领域的血缘亲情被异族切割和阻碍；其次是自己的民众和财富被随意抢夺而国家无能为力。诸如此类创伤经验发生在刘彻身上则更带有詹明信所谓的"国族寓言"意味，在"家天下"的王朝统治中，皇子刘彻不仅代表了个体，也代表了国家。他的被侮辱和被损害事实上被想象为整个国族主体的创伤经验。如果考虑到刘彻这样的创伤经验，他在之后的生涯中追求富国强兵和武力征服的扩张主义民族主义情绪就具有了合理性与合法性。

因此，南宫公主的身份就更具有象征意味了。刘彻与南宫公主，都是建构国族想象的表意符号。如果说刘彻的身上叠合了男性主体、家族政治与国家统治三个层面，那么南宫公主指涉的意义则是女性客体、父权工具与政治联姻。她是在汉朝国势贫弱的情况下作为和亲工具被送到匈奴的，她的远嫁绝非私人层面的男女之情而带有鲜明的政治意味。对于汉景帝而言，南宫公主是自己作为父亲的私有财产，也是"家天下"在象征意义上的国家的女儿；将她送到匈奴，代表了汉朝对匈奴的屈服与妥协。这是一段"男性所有财产"被占有以及带有耻辱性的历史。"民族主义似乎是一种深刻的父权制意识形态，它将主体位置赋予到男人身上，促使他们为领土、所有权以及宰制的权力而战。"① 被侮辱和被损害，对于一个国家来说，是国族主体生命史中不可磨灭的创伤记忆，也是"复仇"的心理动因。南宫公主正处在这种表意的焦点位置。正因为她"缺席的在场"，围绕刘彻的整个叙事过程才带有"被压抑者的重返"的意味。

汉景帝死后，刘彻经过一番政治角力继承了王朝正统，继承了"父亲的梦想"：废除藩镇割据收回封地（中央与地方）、打败匈奴（夷夏之辨）、建立儒家意识形态（儒道之争）。这几项加强中央集权的举措都是汉景帝时期有心想做却做不到的事。刘彻心中那个永生难忘的"烽火夜照甘泉"的景象是家族史中父子两代人共同经历的劫难，是他们心中难以磨灭的创伤记忆，也是刘彻奋发图强的起点。对边民的"不忍之心"和对南宫公主的血脉之情一样，构成了父/家/国三者之间的层叠叙事。

"血缘家庭的表象、'分享艰难'——再一次以国家的名义索取下层社会的奉献牺牲、民族主义的激愤热忱，这些似不相干的表象与话语，便如此在表达并遮蔽转型期社会矛盾与危机的意义上，获

---

① 刘禾著、宋伟杰等译：《跨语际实践：文学、民族文化与被译介的现代性（中国，1900－1937）》，生活·读书·新知三联书店，2002，第285页。

得了一个彼此冲突又和谐共谋的组合。"① 如果说《汉武大帝》通过叙述家族女性的创伤记忆凸显了刘彻中央集权、父/家/国三者同构的必要性，那么在《康熙大帝》中，同样的父/家/国同构则表现在"抛却"与"担当"、"牺牲"与"忠诚"之间的戏剧张力上。两部作品虽然采用不同的处理方式，却同样书写了稳定的秩序对促进社会发展与巩固国家主权的意义。事实上，《康熙大帝》中描写了一个男性主体生成的过程：他通过树立自身理想中的父权形象，不断征服和抛却令自我生厌的成分，从而回归这个想象的理想秩序。

康熙继承大统的方式很特别。在故事的开头部分，先帝顺治因最讨其欢心的董鄂妃死去而触发心中佛性，于是决心出家与青灯黄卷相伴。出家事件使孝庄皇太后费心不已，因为这空出的龙位将导致清帝国处于混乱之中。而小小年纪的康熙临危不惧继承大统，使政局趋向稳定。在这里，"家天下"的儒家式担当与佛教的出世之举之间、顺治与康熙之间形成对比，康熙以继承大统的方式完成了"弑父"（一个不负家族重任的父亲），并得到父权社会允诺的皇帝之位。或许，父/家/国同构关系中，皇帝只是权力金字塔中的一个符号，重要的不是谁来坐那个权力的高位，而是权力象征秩序的平衡与稳定。

"朕年轻的时候确实想做千古圣君，可是年纪大了，怕做什么千古圣君。凡是千古圣君必定要忍受千年之悲万载之痛啊！"在新的历史书写中，皇帝那孤独者的形象又如幽灵般显现。家国利益成为秩序的代名词，男性主体与国族主体重叠为一体。在这样的秩序架构中，皇帝的理想与秩序的稳定是首要的，而旁人的牺牲则是无可奈何。皇帝为权力牺牲亲近之人，并在过程中有切心之痛，方能凸显

---

① 戴锦华：《隐形书写——90年代中国文化研究》，江苏人民出版社，1999，第218页。

皇帝的"圣明"和"分享艰难"的苦心。《康熙大帝》中的容妃就是这样一个悲剧人物。孝庄死后留下懿旨要皇太子胤礽继承帝位以免诸子相争,康熙则认为胤礽不足以开创下一个太平盛世,容妃秉懿旨力争,为了大局稳定康熙不得不将之贬为奴,虽然在康熙心中容妃是他最知心的人。在汉臣周培公方面,他有运筹帷幄消灭吴三桂的功劳,却由于满汉势力在朝廷内的相斗,康熙不得不将之贬到盛京,而周培公则心悦诚服不变忠心,在晚年为帝国绘制地图。在这里,容妃与周培公的委屈都是为了成全帝国秩序的稳定运转,为了确立康熙作为父/家/国权力意志的绝对崇高。他们的"牺牲"和"忠诚"从反面确证了康熙作为国族主体的崇高形象,进而才能消灭鳌拜,平定三藩,收复台湾,平复噶尔丹,建立名耀古今的丰功伟业。

由此,不管是《汉武大帝》还是《康熙大帝》,都是在父/家/国的名义下重新整合出一个"想象的共同体",一个汇聚在秩序之下默默奉献与牺牲的社群。"家与国的再度联袂登场,与其说是出自一种高明的文化策略,不如说它是另一处文化的共用空间,是多种政治/社会利益集团彼此冲突与合谋所造成的一次耦合。"① "主旋律"历史小说借由人们对历史怀旧的乌托邦想象构造了一个历史的幻境,"超级家庭"的血脉亲缘构成了一个超大的能指,重申了属于父权社会的秩序与稳定诉求并由此促成新的认同聚落。

四 历史的焦虑:对于"翻案"的一种阐释方法

恰如本雅明所言,"没有一座文明的丰碑不同时也是一份野蛮暴力的实录"②。在"主旋律"历史小说中最为人诟病的一个死穴是:

---

① 戴锦华:《隐形书写——90 年代中国文化研究》,江苏人民出版社,1999,第 217 页。
② 本雅明:《历史哲学论纲》,载〔德〕阿伦特编,张旭东、王斑译:《启迪:本雅明文选》,生活·读书·新知三联书店,2008,第 269 页。

帝王或英雄在获取政权和管理国家的过程中使用了不道德的、暴力的手段进行政治斗争，这种精神是专制主义的。就这点而言，他们得到和使用权力的过程既不合理又不合法，是"自我命名仪式的完成与对他者伦理的缺失"。

那么，"主旋律"历史小说又是如何处理这些问题的呢？在"主旋律"历史小说的翻案中，这些伦理问题似乎被回避和搁置了，而被替代为更宏大的叙述。这些英雄能够在国族危难之际挺身而出，并经由他们勤勉的统治使帝国达到辉煌的巅峰，这些成就是值得为后人津津乐道的。国族危难与危局新政，正是翻案者建构英雄神话的起因。基于这样的逻辑，一个值得玩味的细节是《贞观长歌》裁剪史料的方式：在电视剧版本中，"玄武门之变"这一决定初唐政局的重大事件，被放置在线性叙事之前，成为唐太宗李世民的史前史，故事一开场就是唐朝内忧外患，内部有太子旧党李艺占据泾州，外部有突厥的颉利可汗要攻入长安，李世民登基时竟然找不出合乎礼制的白马。在风雨飘摇的乱世，英雄们的"高大全"形象（《汉武大帝》电视剧导演胡玫语）是国族主体的符号，也是民族主义的象征，他们能够在父/家/国同构的意义上带领国家走向强盛的彼岸。

只有面对强大的外族威胁，民族主义才如此重要，以至于国家内部的矛盾需要迅速解决以应对外部的挑战。在《曾国藩》中，曾国藩的两大事功是镇压太平天国和洋务运动；在《康熙大帝》中，康熙先平定鳌拜、吴三桂与台湾，才开始关注地缘政治方面的蒙古噶尔丹；在《汉武大帝》中，刘彻先是顺应晁错的遗志撤藩加强中央统治，其后再打击匈奴势力；在《贞观长歌》中，李世民是先控制住内部政治的权力斗争，之后才向外讨伐突厥。"夷夏之辨"的情感基础是如此根深蒂固，俨然是高悬在国民头顶的达摩克利斯之剑，以至于民族主义成为一个无须追根溯源的"自然法"原理。根据杜赞奇的论述，"民族主义一般被看做一个社会中压倒其他一切认同，诸如宗教的、种族的、语言的、阶级的、性别的甚至历史之类的认同，并把这些差异融会到一个更大的认同之中"。① 面对他者的威胁，国家的安全问题上升为主要矛盾，而国家的内部矛盾则变得次要。民族主义成为"最大的政治"，地方与中央之间、阶级与阶级之间、地区与地区之间的内部冲突就不值一提了，"整合"的合法性由此凸显。

回到现实语境，我们不能忽视的是后冷战时代的文化政治。"决定着'中国'叙事以这样而不是那样的形态出现的更关键因素，并不是诸多有关中国的历史故事和文化符号，而是特定时期的中国在全球体系中所处的位置以及关于这一位置的认知。"② 新帝国主义在世界范围内的权力运作构成了对第三世界国家"惶惶然的威胁"，不管是政治层面还是文化层面，中国都无法忽视世界范围内的综合国力竞争与国家利益的角逐。与此同时，当主流意识形态收编了国家内部对于"中国崛起"与"民族复兴"的强烈诉求，并将其塑造为一种全新的认同机制时，民族主义就成为强势话语。民众个体必须对民族国家的宏大话语负有道德义务③——这一基于"爱国主义"的情感结构使得个体无条件地成为主流意识形态所询唤的主体。正是国内与国际双重的"历史的焦虑"使得"大和解"成为可能。

值得注意的是，在"大和解"的叙述策略中，内部冲突的解决与一个有决断力与号召力的帝王是密不可分的，正是英雄们个人能

① 〔美〕杜赞奇著，王宪明等译：《从民族国家拯救历史：民族主义话语与中国现代史研究》，江苏人民出版社，2008，第 8 页。

② 贺桂梅：《重讲"中国故事"》，载《天涯》2009 年第 6 期，第 158 页。

③ 我们不能忽视，道德伦理具有"他律性"。这意味着个体的"在世存有"不得不承担社会所要求他的道德义务和伦理诉求。

力的强大，才能在矛盾的各方势力中游刃有余，"大和解"才得以实现；同时，这类英雄只有占据着父/家/国三者同构的国族主体的位置，才能获取象征着权力的那个高位，代父权社会行使权力。在这个意义上，英雄的形象构成一个巨大的能指符号，他处于国族寓言的核心位置，所有矛盾汇聚的焦点——"翻案"不得不为之，并且必须建构一个"高大全"的英雄神话。

在这里，翻案者们尚未言明却又念兹在兹的"高大全"形象其实正是对马克斯·韦伯所指认的卡里斯玛（Christma）的呼唤。在韦伯的定义中，"'卡里斯玛'这个字眼在此用来表示某种人格特质；某些人因为具有这个特质而被认为是超凡的，禀赋着超自然以及超人的，或至少是特殊的力量或品质。这是普通人所不能具有的"。①韦伯从基督教思想中所借来的"卡里斯玛"概念使得领袖的人格具有超验性，他的合法性来源不在凡俗生活之中，而在他与超越性的神圣世界的联结。与此同时，作为权力的执行者，卡里斯玛领袖的权威与其追随者对他的推崇又是契约关系而非绝对服从，两者之间是相辅相成的。

> 这里蕴含着一个模糊的悖论：一方面，在纯粹意义上，卡里斯玛式领袖自身就是权力的源头和终结，他不需要任何外在的力量赋予或证明他的权力；然而，另一方面，这种权力又只能在实际的支配过程中得到体现，一旦失去了现实力量，卡里斯玛也就失去了意义。

---

① 〔德〕韦伯著，康乐、简惠美译：《韦伯作品集Ⅲ：支配社会学》，广西师范大学出版社，2004，第263页。

　　这段话意味着：来自神圣源头的卡里斯玛领袖的魅力并非是绝对的权力意志，其领袖权威的实现需要被追随者的选择才能实现，而追随者选择其作为卡里斯玛的原因无外乎他能实现追随者的各种利益，但"韦伯心目中的'利益'又绝不仅是经济性的，在更深的程度上，它是一种内心的幸福体验"。① 在"主旋律"历史小说中，民族主义以及"大和解"的诉求正是在此刻与历史人物耦合成卡里斯玛式领袖，一个超验的英雄神话。

　　论述至此，我们才能解释此小节开头提出的问题：皇帝施行暴力与不正义的合法性何来？卡里斯玛式领袖是自身的立法者与施行者，他的权力是建立在"追随者的承认"这个基础上，而在"被支配者的选择性追随"这个问题中，个人的利益占据首位。群众与领袖的关系变成了契约关系，推崇卡里斯玛式领袖的原因是：他保证个人的利益不受损害，保证"一种内心的幸福体验"。而在"主旋律"历史小说中，这种"内心的幸福体验"正是民族主义，它提供了共同体的族群认同、安全感、归属感。

　　更进一步说，问题的核心还不在此处，不在历史世界而在现实政治中。历史叙述只是主流意识形态对历史材料的重新编码，而解码的秘符则需要回到现实政治。在处理历史素材的过程中，意识形态国家机器只是挪用了皇帝或英雄的符号，至于这符号内部的意义则是需要重新填充和塑造的，英雄只是巨大的空洞的能指，所指的意义则旨在满足主流意识形态的诉求。历史世界只是主流意识形态征引来引起大众怀旧的叙事空间，所有线索的阐释权都收拢在主流意识形态那只"看不见的手"中。于是，英雄符号变成了一个格外含混的指称——

---

　　① 参见刘琪、黄剑波：《卡里斯玛理论的发展与反思》，载《世界宗教文化》2010 年第 4 期，第 87 页。

我们必须分辨出卡里斯玛式领袖的英雄神话意涵到底是什么？是大众所批判的指向封建专制主义的旧"卡里斯玛"，还是指向市场经济体制下的新"卡里斯玛"？是指向封建专制的"前现代"，还是社会转型时期的"新权威主义"（新自由主义的另一副面孔）？①

同样值得注意的还有"民族主义"的概念，古今之间所指认的民族主义意涵是大不相同的。历史世界中的民族主义情绪（抑或更明确地命名为"汉族主义"）来自帝国时期不同族群之间的边境冲突，是农耕民族与游牧民族的冲突（在叙述中被假想为现代民族国家），被指认为自我与他者的尖锐对立。而在现代世界体系中，既然民族国家的主权已经确定，那么游牧民族的政权就成为中华民族共同体的组成部分，民族主义所指称的内容就与历史世界不相符合。"主旋律"历史小说在这个概念的论述上具有表意的含混性，导致了读者的"视觉误差"。

抑或"主旋律"历史小说只是借用历史世界的民族主义话语来为主流意识形态做辩护而已。正如戴锦华富有洞见地指出："民族主义潮汐自身布满了纵横交错的裂隙，但至少在大众文化的构造与接收意义上，它是'内源性'的，而并非出自'刺激/反映'、'压迫/反抗'的模式。"② 民族主义话语为主流意识形态所收编，"确乎起到了转移普遍的身份焦虑与潜在的阶级冲突的作用"③。作为意识形态的话语工具，民族主义既是凸显又是遮蔽——一方面，它宣泄了"大国崛起"的民族诉求，表达了中国富强之后的自信、活力与向

---

① 参见刘复生对新旧两种"克里斯玛"领袖的辨析，刘复生：《历史的浮桥——世纪之交"主旋律"小说研究》，河南大学出版社，2005，第88页。
② 戴锦华：《隐形书写——90年代中国文化研究》，江苏人民出版社，1999，第217页。
③ 戴锦华：《隐形书写——90年代中国文化研究》，江苏人民出版社，1999，第208—209页。

心力；另一方面，它遮蔽了全球化时代资本与资讯流通的跨国界性，新自由主义躲藏在民族国家的面孔背后，既获取自己的经济利益，又以民族主义话语稳定第三世界国家的统治结构。① 在新自由主义主宰的后冷战时代，民族国家与超民族国家（跨国公司的全球化、美国的新帝国主义）之间复杂而暧昧的关系不仅驱动了国际关系的风云变幻，同时也在民族国家内部构筑了"大和解"与新的国族想象。

因此，我们从现实政治的"民族主义"出发观看历史世界的"民族主义"只能是"寓言式解读"（本雅明意义上的）；那么民族主义的内核到底是在梦的第几个"中国套盒"中呢？尽管如此，我们依然对民族主义抱有热情——布迪厄认为经济资本可以转换为文化资本，詹明信认为经济就是文化、文化就是经济——民族主义情绪的高涨至少说明了"中国崛起"不仅仅是在市场经济和发展主义的层面上获得了巨大的进步，还在文化层面使中国人挺直了腰杆，告诉国民"我们今天怎样做中国人"②。

第四节　历史书写中的政治智慧

一　历史作为方法：反思"民族国家"思想框架

在颇不平静的 20 世纪的中国，"西方"从来是"缺席的在场"。

---

① 参见沃勒斯坦关于"全球资本主义经济与民族国家的世界体系"之间关系的观点。"现代国家与全球资本主义劳动分工的要求有着密切的联系，后者为了使资源非匀称性流动，必然在资本主义的核心区域缔造强大国家，而在边缘区域缔造弱小国家"，相关论述见于：〔美〕杜赞奇著，王宪明等译：《从民族国家拯救历史：民族主义话语与中国现代史研究》，江苏人民出版社，2008，第6—7页。

② 借用自张旭东：《全球化时代的文化认同：西方普遍主义话语的历史批判》，北京大学出版社，2006，第1页。

作为一个想象的异邦，它不仅是真实的空间所在，还是中国知识分子用来征引的话语资源。而西方现代性方案则是中国社会改革（不管是革命还是启蒙）最重要的理论参照。

值得讨论的是，19世纪以来资本主义在全球范围内的扩张不仅摄取政治与经济利益，还诉求于文化输出，建构文化领导权，这套西方现代性方案正是在这样的文化语境中被提出来的。作为一个"普遍主义"（universalism）的理论体系，这套方案最显著的特征是：历史进步被描述为带有目的论的线性时间流向，西方世界被构造为现代性的"黄金彼岸"，而东方世界则是万马齐暗的专制社会，东方只有学习和模仿西方，才能在"冲击—反映"（费正清语）模式下走向"开化"。这套西方现代性方案对第三世界国家影响至今，中国语境中的"古今中西之争"正是在这个理论背景下进行的讨论。

我们只有在福柯所谓的"知识—权力"话语批判中才能发现这个理论体系在看似客观科学的表象之下隐藏的权力操作痕迹。"从历史的角度看，亚洲不是一个亚洲的观念，而是一个欧洲的观念"，汪晖颇具解构意味的论述为我们指出，"在19世纪和20世纪的大部分时间里，亚洲话语内于欧洲现代性的普遍主义论述，并为殖民者和革命者制定他们的截然相反的历史蓝图提供了相近的叙述框架，这个框架的三个中心和关键概念是帝国、民族—国家和资本主义（市场经济）"。① 正是西方现代性方案的存在，才使得东方为西方形塑，成为衍生性的话语。革命与启蒙的合理性与合法性都内在于这个西方现代性方案之中，并在此基础上展开现代性或"反现代性的

----

① 汪晖：《亚洲想象的谱系》，载《现代中国思想的兴起下卷第二部》，生活·读书·新知三联书店，2008，第1539—1540页。

现代性"实践：推翻封建帝国、建立现代民族国家、建立市场经济。

"19 世纪的主流是以'民族—国家'反对'帝国'。"① 在中国与西方相遇的 1840 年鸦片战争后，中国被强行拖入资本主义世界市场体系，并在此语境下学习与模仿西方，展开本土化的现代性实践。这是一个"漫长的 19 世纪"②，近代史上的屈辱与不堪成为中国人奋发图强的心理动机，落后的焦虑与崛起的热望使中国革命拆除了清帝国的封建统治，并在此建立自己的民族国家，整合为统一的文化共同体以应对外部世界的挑战。因此，中国所追求的现代性是在一种国族危机的情况下，在"被翻译的现代性"（translated modernity)③ 的理论框架中进行的阐释与践行。

然而，古代中国是否有一种原发型的现代性（alternative modernity)？一个毋庸置疑的事实是："现代中国的内外关系事实上继承了前民族—国家时代的多种遗产，并按照主权国家的模式对这些遗产进行了改造。"④ 中国问题的特殊性与复杂性正在于此，与欧洲的普遍主义的现代性民族国家架构不同，中国继承了大量古代帝国的"民族主义原型"，⑤ 并将这种"民族主义原型"整合进现代的国家体制并加以创造性地使用。这就意味着，中国本土化的现代性实践与欧洲普遍主义的现代性方案之间有所不同，与民族国家的框架并不重合。帝国与民族国家之间，中国现代国家体制与西方民族国家

---

① 汪晖：《亚洲想象的谱系》，载《现代中国思想的兴起下卷第二部》，生活·读书·新知三联书店，2008，第 1532 页。

② 韩毓海：《五百年来谁著史：1500 年以来的中国与世界》，九州出版社，2010，第 225 页。

③ 刘禾著，宋伟杰等译：《跨语际实践：文学、民族文化与被译介的现代性（中国 1900 – 1937)》，生活·读书·新知三联书店，2002，第 6 页。

④ 汪晖：《亚洲想象的谱系》，载《现代中国思想的兴起下卷第二部》，生活·读书·新知三联书店，2008，第 1605 页。

⑤ 戴锦华：《隐形书写——90 年代中国文化研究》，江苏人民出版社，1999，第 200 页。

理论模型之间构成了经验与理论、现实与概念之间的矛盾和张力。"在历史研究领域，一些历史学家重新讨论帝国范畴，其主要目的是从多元性政治共同体的角度思考民族—国家的限度。将这一范畴引入对于现代历史的描述，也意味着单一主权的国家体系及其形式平等的规范关系并不能提供关于国家形态和国际关系的实质描述。"[①]于是，在现时段的人文学界，中国古代帝国的历史不再单纯地道德化和本质主义化地被指认为"反封建"的对象，而是需要重新思考与论辩的话语资源。不管是柯文"在中国发现历史"[②]的呼吁，还是沟口雄三论述中"作为方法的中国"（方法としての中国），都是试图在中国历史、文化以及思想史的内在理路中挖掘中国的现代性，在东方历史世界中为世界提供理论思考的努力。

重新阐释历史的热情不仅发生在人文学界，"主旋律"历史小说也遵循了同样的逻辑。在二月河的康乾盛世三部曲、江奇涛的《汉武大帝》、周志方的《贞观长歌》等小说中，盛世以及铸就盛世的英雄被作者们从正面加以叙述和翻案，盛世的方方面面被作者们以民族志书写的方式巨细靡遗地描摹：从宫廷内苑到民间世界、从内政治理到外交关系、从制度运行到精神世界。如同斑驳迷离的织锦，历史材料经由文学叙述得以复活，重构的盛世生活世界以绚丽的幻象刺激着读者们的眼睛。

但如果我们据此就对"主旋律"历史小说做出唯美主义的判断，那就没有把握到问题的核心——"帝国"叙事。事实上，主流意识形态通过小说这一虚构框架探讨了帝国与民族国家之间千丝万缕的关系，并将

---

① 汪晖：《关于"早期现代性"及其他》，载《中华读书报》2011 年 1 月 19 日，第 85 期第 13 版。

② 参见〔美〕柯文著，林同奇译：《在中国发现历史：中国中心观在美国的兴起》，中华书局，2002。

历史世界的话语资源导入现实政治之中，以达到"以虚击实"的效果。

首先，"主旋律"历史小说在历史世界中"想象性解决"了主权诉求与地缘政治的问题。例如《康熙大帝》写到康熙作为"十全老人"的种种功绩，其中就包括收复台湾，平定噶尔丹叛乱，他在清朝前期就划定了帝国的边界，这一主权范围一直延续至今。其次，"主旋律"历史小说用帝国的制度范畴对现实政治进行了创造性的读解，并在此基础上拓展出属于中国的普遍主义，例如《贞观长歌》中对民族关系的处理。最后，"主旋律"历史小说建构了国民关于文化中国的想象，从而维护了全球化时代的国族认同机制。

"想象的力量足以创造或超越现实。"① 正是在这个意义上，我们论述的议题才更为清晰：帝国的体制建设因素如何在"主旋律"小说中显影，并成为当下处理主权诉求、民族问题、国族认同的话语资源？换句话说，当西方现代性中作为普遍主义的"民族国家"概念遭遇各种本土化实践的挫折，导致各种动乱发生的时候——"帝国"作为中国的特殊主义，如何为当今世界提供"另一种想象的可能"，从而成为"普遍主义"？

二　地图与国家：主权诉求的叙事表征

在当代西方政治学的定义中，"国家正常来说包括四个因素：人民、领土（只与特定国家相关的一个确定的地理空间）、主权（特定领土范围内的最终合法权威）和政府"。② 而另一个关于民族主义与主权关系的论述则更为深刻："民族主义是一种深深扎根在领土、地方和空间中的社会和政治运动。民族主义运动除了进行领土操作

---

① 〔美〕史景迁：《文化类同与文化利用》，北京大学出版社，1997，第17页。
② 〔美〕利昂·P.巴拉达特著，张慧芝、张露璐译：《意识形态：起源和影响》，世界图书出版公司，2010，第52页。

外，还诠释和适应空间、地方和时间；由此，民族主义运动相互交替地创造着一种地理和历史。"① 领土（地理空间）是民族国家生存与发展的根本，它绝不仅仅是一个客观的生产资料，还是投射了国民的主体想象的客观对应物。

国家不可能放弃自身的领土与主权，"台湾是中国不可割舍的一部分"是中国政府在国际交往中反复强调的核心利益与重要原则。对主流意识形态宣传部门而言，则需要通过各种形式反复重申这一原则和立场，以此加强国族认同。而"主旋律"历史小说无疑是实现这一意识形态生产的最好场域。其一，在国际法中，国家领土的认定是需要有历史材料作为依据的，"自古以来"是国际社会认定机制的标准，这就说明了"历史"的重要性。在"主旋律"历史小说中讲述"收复台湾"的故事，则是通过叙述来摆出各种"证据"。其二，"收复台湾"是加强文化共同体建构的话语材料，而小说叙事的"以虚击实"无疑是宣传民族主义的重要手段。台湾问题与东亚地缘政治（日本对台湾的 50 年殖民统治、台湾与东南亚国家之间的亲密关系）以及美国在太平洋地区的利益密切相关，设立假想敌意味着自我/他者的分野，这使得民族主义在国家内部的统摄力大大增强。其三，在两岸关系尚不明朗的情况下，在历史小说的叙事场域中"收复台湾"无疑是"想象性解决"国家统一问题最好的方式。

二月河的《康熙大帝》以及影视剧改编本《康熙王朝》用极大的篇幅叙述了清王朝击溃郑氏家族，收复台湾的过程。在电视剧版本中，"收复台湾"的过程竟长达 18 集，可见主流意识形态在台湾问题上的格外重视。

---

① 〔西〕胡安·诺格著，徐鹤林、朱伦译：《民族主义与领土》，中央民族大学出版社，2009，第 16 页。

《康熙大帝》中对施琅形象的重塑抑或能说明意识形态如何影响人物的塑造。公众对施琅的"反叛"行为印象深刻，施琅因台湾郑氏家族杀其亲人所以投降满清，而在一臣不事二主的"忠诚"传统下，施琅自然是被鄙视的，更何况他投靠的是汉人眼中的异族。但在《康熙大帝》中，视角则不是专注在施琅的叛离，而是在其"主战"的层面。康熙向群臣问计，大臣之间争议四起，有主战的有弃台的有希望通过招安和平解决的，但施琅则力劝康熙攻台以解决统一大计。而在其后攻台的过程中，施琅也身先士卒，显示了刚烈勇猛的英雄气概。施琅形象的重塑着眼点在于其维护祖国统一反对分裂的部分，因此施琅被赋予了"爱国主义"的正面价值。

"现代中国，尤其是辛亥革命以来的中国，在地域、人口甚至它的政治结构的许多方面都是和清代的历史密切相关的。"[1] 清帝国与现代中国主权与领土问题的紧密联系给"主旋律"历史小说一个叙事的契机。历史成为现实的镜像，而现实政治中的台湾问题经由叙述与历史世界中康熙时代面临的台湾问题重合在一起，"境遇相似"的暗示与象征成为利用历史空间解决现实问题的宝器。"主旋律"历史小说的叙述空间在时代语境下成为一种有针对性的话语资源，而主流意识形态借助这样的叙述策略展开了自己介入现实的实践指向。

三 怀柔远人：民族关系与天下观念

针对历史论述的问题，葛兆光在对中国研究的观察中归纳出历史、文化与政治三个向度。其中很有洞见性的一个论点是：历史上的"中国"是一个移动的"中国"[2]。这句话意味着我们不能用现代

---

① 汪晖：《帝国叙事与国家叙事》，载孙晓忠编《方法与个案：文化研究演讲集》，上海书店出版社，2009，第239页。
② 葛兆光：《宅兹中国——重建有关"中国"的历史论述》，中华书局，2011，第31页。

政治中主权明确的国家观念去观察历史世界中的"国家",事实上,历史叙事中的"国家"更多指代的是中原王朝,即集权王朝的中央政府所管辖的范围。因此,在历史世界中很多被中原王朝认为是对手的"国家"在现代政治中已经属于"中国"管辖下的边疆地区与少数民族聚居区,成为中华民族共同体的一部分,这是我们在进入讨论前需要注意的一点。

由此,历史世界中被视为国家之间外交关系的问题在现实语境中就被置换为国内处理民族关系的问题。历史世界对于国家之间关系的处理,指代的正是现实政治对于民族关系问题的解决方式。历史与现实之间既是一种暗示,又是一种暧昧的指涉,主流意识形态正是借助这样视觉误差来完成自身的表意实践。而在"主旋律"历史小说中,历史世界对于国家间外交关系(与现实政治互为镜像)的表述无疑是富有创造力和想象力的。

《贞观长歌》在这个问题上最具代表性。与同样属于"主旋律"历史小说作品序列的《汉武大帝》不同,《贞观长歌》表述了一种更为理智和成熟、更具大国风范的涉外事务处理方法。在与突厥的拉锯战中,唐太宗使用刚柔并济、霸道与王道并重的方法,一方面巩固国力增强兵力,以暴力威慑突厥不要侵犯边境;另一方面又通过宽容和安抚的方法,与突厥达成和解。这无疑是一种具有建设性的外交方案,《贞观长歌》通过对历史世界中的故事的演绎,表达了中国主流意识形态对于民族问题的看法。

唐太宗李世民对突厥将军阿史那思摩叔侄的态度体现了这一外交策略。一个颇有象征性意味的场景是:阿史那思摩在战争中被李世民打败,山穷水尽之时,他惨笑一声试图拿出佩剑自杀,就在此时,李世民大步上前,一只手抓住阿史那思摩的手腕,一只手抓住剑刃,将刀撇在一旁,并大声称赞阿史那思摩英雄豪气,推崇他的高尚人格。而就当李世民格开刀刃手留鲜血之时，阿史那思摩的侄子阿史那忠却从人群中冲出，用力将剑刺入李世民的腹部，使李世民伤上加伤。此时群臣已经大怒，打算将阿史那思摩叔侄碎尸万段以解心头之恨，但李世民却忍痛阻止，规劝众人放过阿史那思摩叔侄二人。李世民以宽宏的心胸容纳异己者，这是一个人君的胸襟也是胆量。正是这样的人格魅力使得阿史那思摩佩服之至，他对长孙无忌说能够输给李世民这样的对手，自己也还算是英雄。

而其后阿史那思摩与真珠可汗夷男对话的情节也很耐人寻味。侯君集与阿史那思摩护送安康公主远嫁突厥，夷男出帐相迎阿史那思摩。在军帐中，夷男奉上大将军印，试图让阿史那思摩率领草原骑兵，夷男与大唐分庭抗礼的野心由此可见。而阿史那思摩却辞而不受，夷男于是责怪阿史那思摩背弃祖宗，甘愿做李世民的鹰犬。针对这样的指责，阿史那思摩说道："如果我再冥顽下去，才真的对不起阿史那氏的先人们呢！自晋已降，天下分崩离析，长城内外先后有五胡十六国，几百年战乱不止息，让中原百姓颠沛流离，也让草原一片凋敝。尤其颉利治下，天灾人祸相连。阿史那氏已到亡种边缘。天下大势，分久必合，国家统一是大势所趋，只有统一了，才能兵戈休止，天下生灵才有喘息的机会呀！"

上述两段场景之间有隐秘的联系，正是李世民对阿史那思摩的宽容相待才使得后者承认了大唐中原政权作为王朝统治的必要——为了天下的平安与稳定。李世民的人格魅力在第一段中得到了充分的展现，在这里，他是一个儒侠合一的形象。一方面，他以儒家政治文化中"为天下率"的士大夫形象出现，并以仁者"至诚"（《中庸》）之心怀柔远人，不惜自己身体受伤来拯救他人性命。另一方面，李世民又是个豪侠，他仗义且不复仇——面对这个曾经攻入长安，威胁帝国心脏的异族将士，他亦能以平常心相待，盛赞对方的辉煌战绩，让失败者有自己的尊严——他"英雄惜英雄"的行为使其英雄的形象更加道德化和浪漫化了。而阿史那思摩的心服口服则在侧面塑造了李世民的伟大形象。他以异族将领的身份对李世民的钦佩和称赞是一种"承认的政治"，一种基于互相尊重的政治形式。李世民所渴求的正是这种"承认的政治"。

而在第二个场景中，我们可以很明显地发现阿史那思摩的思想已经发生了"中国化"的转变，在他使用诸如"天下""统一"等字眼的同时，他不再站在游牧民族和华夏边缘的立场发声，而注重中央统一和族群整合。这一为天下止干戈并与民休息的政治思想正是来源于李世民对他的教化和疏导——李世民心中的"帝国"绝非依赖穷兵黩武与武力侵占而来，而是以"天下"①的观念为基础建立的朝贡体系，国家的权威不依靠权力集中和领土征服，而是一个开放和多核心的统治格局。这一套"帝国"的统治秩序在中央依赖于内圣外王的开明专制，在地方与边疆地区则依赖于"中国化"，而阿史那思摩正是李世民"中国化"的对象。

而更值得玩味的则是一段李世民对阿史那思摩所说的话："大河两岸，长城内外，原本就是一家，朕的母亲是鲜卑人，朕的皇后也是鲜卑人，在朕的心中从来就不分什么胡汉，胡汉之争，已经让这个国家经受了无数的战乱，将军是阿史那氏中的大智者，心里却还抱着这样的陈腐之念，不该呀！"在此处，李世民并不以中原王朝的汉家苗裔自居，而是在血统与家族谱系中追溯自己的异族来源，李世民"混血"的身份打破了胡汉之间地域与生活世界的隔阂，也显现了胡汉融合的历史大势。而这正是李世民被尊称为"天可汗"的

---

① 在许倬云看来，"'天下'是一个无远弗届的同心圆，一层一层地开化，推向未开化"，"中国人将'天下'看作文化，将朝代看作国家"。参见许倬云《我者与他者：中国历史上的内外分际》，生活·读书·新知三联书店，2010，第20—21页。

原因，他的统治践行了萨林斯关于"陌生人—王"的人类学理论，他的混血身份以及"跨体系"性质是整个大唐帝国政治合法性的来源。① 历史事实表明，中华民族共同体的生成是一个漫长和持续的过程，"共同体"的经验是经由一个个王朝和世代累积生成的，中原与边疆的互动、地域之间的人口迁徙、通婚、商贸、战争等因素都影响了民族融合与国族意识的生成。李世民标举"混血"身份意味着他"开放性"的统治思想，这套思想与"帝国"概念相得益彰，体现了中国本土政治文化中"开放性"的面向：恰如汪晖的阐释，"开放性不同于单方面的吸纳和包容，不排斥紧张和斗争，也并未取消多样性。从王朝演变的角度看，开放性意味着一个政治过程，而一种承认宗教、文化和其他认同的多样性的文明也必然是政治性的文明"。② 这是一种相互承认和谐共生的政治文化，也是整个东亚区域与儒教文化圈所共享的文化形式。由此，主流意识形态借助《贞观长歌》历史世界的虚构框架探讨了"帝国"对现代政治运作的启示、多元性政治共同体存在的合理性与合法性，以及中国作为"跨体系社会"（trans – systemic society）③ 存在的当下意义。

正如马凯硕所说："沿着唐朝方向发展的中华文明的复兴是全世界的福音。这一复兴的文明不会是封闭的、孤立的，而会是开放的并具有世界性的。"④ "主旋律"历史小说在对历史的创造性阐释中印证了中国传统的政治文化参与当下政治体制建设的可能。帝国框

---

① 汪晖：《中国：跨体系社会》，载《中华读书报》2010 年 4 月 14 日，第 52 期第 13 版。
② 汪晖：《关于"早期现代性"及其他》，载《中华读书报》2011 年 1 月 19 日，第 85 期第 13 版。
③ 汪晖：《亚洲视野：中国历史的叙述》序言部分《如何诠释中国及其现代》，香港牛津大学出版社，2010。
④ 〔新加坡〕马凯硕：《新亚洲半球：势不可当的全球权力东移》，当代中国出版社，2010，第 132 页。

架与民族国家框架之间的理论张力构成了一个批判与反思的理论向度。而"主旋律"历史小说中凸显的"天下观念"则挑战了当代主权国家之间的明确的政治边界与文化边界①——"儒家思想的政治性就表现在它对自身边界的时而严格时而灵活的持续性的界定之中。依据不同的形势，夷夏之辨、内外之分既是严峻的，又是相对的，不同时代的儒者—政治家根据不同的经典解释传统，不但提出过一系列解释，而且也将这些解释转化为制度性的和礼仪性的实践"。②中国传统政治文化是"一种可以与其他思想和价值相互协调的政治文化"③，它"穷则变，变则通"的开放性政治思想不仅解释了中国作为一个多民族共同体国家存在的合理性与合法性，还为当下国际社会愈演愈烈的族群政治与身份认同问题提供了有效的解决方案。

在这个意义上，"主旋律"历史小说的政治智慧在与现实政治的互动中凸显出来。首先，它以虚构叙事的文体形式建构了自身的话语表述，回应了西方现代性理论框架中对于中国是"民族国家"的迷思，打破了"一个民族必须组成一个国家"的西方式政体模式，进而从"武器的批判"的意义上凸显了当下中国"民族区域自治"等体制的合法性来源；其次，它在所谓前现代的帝国范畴中挖掘出当代中国社会的"跨体系性"，从而在更深层次上论证了中国是"跨族群、跨宗教、跨语言甚至跨文明的政治体"④，这一共同体形

---

① 许倬云认为："中国的历史，不是一个主权国家的历史而已；中国文化系统也不是单一文化系统的观念足以涵盖。不论是作为政治性的共同体，抑或文化性的综合体，'中国'是不断变化的系统，不断发展的秩序。这一个出现于东亚的'中国'，有其自己发展与舒卷的过程，也因此不断有不同的'他者'界定其自身。"参见许倬云《我者与他者：中国历史上的内外分际》，生活·读书·新知三联书店，2010，第 2 页。

② 汪晖：《中国：跨体系社会》，载《中华读书报》2010 年 4 月 14 日，第 52 期第 13 版。

③ 汪晖：《中国：跨体系社会》，载《中华读书报》2010 年 4 月 14 日，第 52 期第 13 版。

④ 汪晖：《关于"早期现代性"及其他》，载《中华读书报》2011 年 1 月 19 日，第 85 期第 13 版。

式不单单是后现代理论中"想象的共同体",还是"常识化、制度化和风俗化"①的共同体,这一共同体是普通中国人的文化潜意识与情感结构,是不可撼动的生活方式与生活世界;最后,它以中国本土历史实践为基础,为世界提供了一种不同的现实想象与身份认同的方式,而这正是中国经验作为一种特殊主义的普遍主义,也为世界提供了一种反思西方单一现代性的可能路径。

四 文化中国:从"特殊性"到"普遍性"

就"主旋律"历史小说而言,"文化场域"对小说文本具有决定性意义——历史的重新阐释与当代政治思潮的波动有密不可分的联动关系。后冷战时代的文化语境对"主旋律"文艺创作提出了更高的要求和挑战,因为"文化"是一个国家的核心竞争力,它不仅在国家内部起到了整合族群和促进社会和谐的作用,还在国家外部展现"国家形象",起到了增加国家"软实力"(soft power)和国际权力象征资本的作用。

国内方面,文化对当代中国政治生活具有重要意义,"文化对民族和国家的影响更深刻、更久远。要更好地满足人民群众多层次多样化文化需求,发挥文化引导社会、教育人民、推动发展的功能,增强民族凝聚力和创造力"。②文化是国家意识形态统治的重要工具,它整合社会资源,教化民众并增强国族认同,能够激发国族向心力和凝聚力,是一个民族共同体创造力的来源。

国际方面,"软实力"是一种新型的国际关系理论。在"历史终结"与"文明冲突"的后冷战时代,主权国家之间的竞争越发表

① 葛兆光:《宅兹中国——重建有关"中国"的历史论述》,中华书局,2011,第32页。
② 温家宝:《政府工作报告》(2011年3月5日),http://www.most.gov.cn/yw/201103/t20110317_85455.htm。

现在综合国力的比较方面。相对于经济发展、领土扩张、军事储备、科技人才等方面有形力量的"硬实力"，软实力则着重在文化、价值观、生活方式、影响力和感召力等方面，后者在当代国际舞台上的分量越发吃重。软实力代表着一个国家的"尊严"和"信誉"，这在国际关系与政府公共关系中具有核心的意义。尤其是当新自由主义与新帝国主义的"跨域化"运作给主权国家的内政带来越来越大的威胁时，提升国家软实力指标的重要性就越发凸显。① 而这一威胁对于中国和整个东亚区域的地缘政治都具有重大的影响。作为西方基督教文化的"永恒他者"，儒家文化圈（汉字文化圈）有自己的生活世界和精神世界，面对西方现代性普遍主义，东亚如何保留自己特有的价值系统、维护自身的"文化安全"②，这是东亚在面临当代风云变幻的国际形势时需要反思的诸多命题之一。

在讨论了"文化"的重大价值之后，让我们把视线重新返回"主旋律"历史小说，就会发现"主旋律"历史小说文本之后都隐藏着一个"文化中国"的最高价值和隐秘图像。不管是《康熙大帝》中康熙东征西讨维护祖国统一的"十全功德"、《汉武大帝》中刘彻追逐匈奴保护边境的壮举，还是《贞观长歌》中李世民怀柔远人的宽大胸襟与天下观念，"主旋律"历史小说都在不同程度上触及"文化中国"这个主题，更带有鲜明的文化民族主义意味。"中国化""帝国""文化中国""文化民族主义"在"主旋律"历史小说中组成了一个象征的谱系，历史小说正是在这一谱系上展开自己的文学与话语实践。而正是这一谱系，在一个较为抽象的层面关涉当代中国诸多核心的议题：中国崛起、国族认同以及民族主义。

---

① 参见约瑟夫·S. 奈著，门洪华译：《硬实力与软实力》，北京大学出版社，2005。
② 王岳川：《中国文化软实力与文化安全》，载 http://www.gmw.cn/01gmrb/2010 - 07/29/content_1196100.htm。

"故与王朝帝国的'中国'相应，尚有一文化典章制度之'中国'在。不断开创凝聚世道人心、社会和谐的制度形式，此文化中国、'礼仪'中国之谓也。……从人心向背去理解'天下'，将文化建设提高到凝聚世道人心——即文化认同和文化政治的高度。"① 在韩毓海的观念中，与"政治中国"对应的，还有一个"文化中国"的存在。恰如甘阳所言，"中国"概念的意涵绝非简单的"国家"所能涵盖，而是作为一大"文明母体"存在，"真正的大国崛起，必然是一个文化大国的崛起"②。的确，"文化中国"构成了一个民族不可撼动的生活世界与精神世界，是文化民族主义与中国价值的利益核心。"凝聚世道人心"意味着"合而为一"，将众多的族群和不同利益诉求者聚集在同一个旗帜下发声，而这正是"民族凝聚力和创造力"的所在。"主旋律"历史小说正是在这个意义上完成了自身的意识形态诉求——通过复杂的文本操作与叙事手段，在历史材料的遗迹中拼贴出"文化中国"的形象，表述主流意识形态的价值与伦理趋向，由此在虚构层面上达到"以虚击实"的叙事效果。

而"文化中国"正是这种根深蒂固的"中国性"与特殊性的表征，它是中国五千年文化历史经验沉积的产物，是国族主体思想世界中的"原型、古层、执拗低音"（丸山真男语），是中国的文化原型与文化潜意识。后现代与后殖民理论学者为我们打破了西方普遍性的神话，揭示了西方普遍性是历史化和语境化的产物，是西方主体在启蒙主义与殖民体系的全球化过程中所建构的，是基于欧洲社会的特殊性而生长的普遍性。从 1919 年的"五四运动"开始，"西方中心论"和西方现代性方案是中国历史进步的彼岸想象，则当历

---

① 韩毓海：《天下：江山走笔》，中国海关出版社，2006，第 365 页。
② 甘阳：《通三统》，生活·读书·新知三联书店，2007，第 1—2 页。

史进展到 21 世纪，在中国崛起的持续呼声与运转有序的政治体制面前，我们需要在本土的历史世界与现实政治实践的特殊性中发现中国的普遍性，而这一切都是"主旋律"历史小说展开书写与叙事的"题中之意"。

第二章

断裂与延续的历史辩证法
——新革命历史小说研究

第一节 从 "革命历史小说" 到 "新革命历史小说"

一 "革命历史小说"文学资源的复活

"革命历史小说"是中国当代文学史研究中一个有特定内涵的概念，也是比较成熟的一个研究领域。作为 "十七年" 时期最重要的文学创作现象，"革命历史小说" 在历史观念、叙事策略与写作技术等方面都形成了相对稳定的模式①。此类创作与特定的历史语境有密切的关联，随着主流意识形态与时代文化的变迁，它似乎已固化成了文学史的标本，成为文学史意义上的经典。

但事实上，"革命历史小说" 一直是新时期文学以来异常活跃的文学资源或精神资源。一方面，革命历史叙述是国家意识形态维护自身合法性与延续性的重要文学手段，因而各个时期均有国家体制

---

① 革命历史小说研究领域有代表性的论述参见洪子诚、黄子平、董之林、李杨等人的著作。

约束及支持下的革命历史书写；另一方面，"革命历史小说"还以否定性的方式构成了所谓精英文学或"纯文学"的内在组成部分，比如，它直接构成了"新历史小说"的一个前提，"新历史小说"正是通过对历史异质性的发掘，来瓦解"革命历史小说"所建构的历史辩证法，这一直是"新历史小说"写作的动力，也是它得以形成文学史意义的原因。从20世纪80年代以莫言、乔良、刘震云、周梅森等为代表的一般意义上的"新历史小说"，到20世纪90年代以后以陈忠实、李锐、李洱等人为代表的对革命历史的重写，构成了一条潜在的线索，在它的背后，总是隐约可见一个"革命历史小说"的幽灵。

20世纪80年代末尤其是20世纪90年代以后，"革命历史小说"这个文化幽灵似乎全面复活了，它又获得了可见的形象，清晰地呈现在文化视野里。首先是"红色经典"的再度流行，1995年至1999年间，《红岩》《红日》《红旗谱》《青春之歌》《烈火金刚》《林海雪原》《野火春风斗古城》等"革命历史小说"重版，成为发行量高达数万册乃至数十万册的畅销书。此后是持续不断的"红色经典"重拍热，几乎所有的"革命历史小说"的经典作品都被重拍为影视剧，其中有的作品还有多种版本[①]。

另外，体制扶持下的革命历史题材创作再度成为国家传达主流意识形态的重要方式，1994年"主旋律"工程正式启动之后，它成为"主旋律"创作的最为重要的部分。国家广电总局1990年还专门设立了"重大革命和历史题材办公室"，负责审批、立项此类题材的创作。此类创作主要以影视剧最为突出，也最有影响，经影视剧本

---

① 如《铁道游击队》先后被改编为电影《飞虎队》和电视连续剧《铁道游击队》，《烈火金刚》也有同名的电影和电视连续剧版本。持续数年的"红色经典"的重拍热及新的改编方式，也引发了热烈的讨论和争鸣。

改编的长篇小说亦有不错的发行量。如《巍巍昆仑》《开国大典》《大决战》《长征》《日出东方》《新四军》《延安颂》《太行山上》，等等。

再者就是近年来引人注目的一批以革命英雄为主角的长篇革命历史小说的出现。以《我是太阳》（邓一光著）、《亮剑》（都梁著）、《历史的天空》（徐贵祥著）、《狼毒花》（张晓亚著）、《生死线》（兰晓龙著）①为代表的长篇小说以及根据这些小说改编的电视剧《亮剑》《历史的天空》等成为受各方面欢迎的流行文化现象②。

当然，这种"昔日重来"，不是对"革命历史小说"模式的简单重复，而是对这种文学资源的一种借用与改写，其所承担的历史文化使命，虽说仍有某种延续性，却已具有了深刻的内在差异。

事实上，革命历史文学资源的再度复活，对应着中国社会深刻的历史转折，时代语境的剧变生成了新的革命历史想象。

20世纪90年代以后的国家意识形态已经是一种全新的"有中国特色的社会主义"时期的新型意识形态。这种新的意识形态战略将在两个方向上保持微妙的平衡：一方面，它将维护旧有的革命理想与价值观的神圣性，新意识形态无法回避这份精神与历史遗产，仍强调这种正统继承者的身份；另一方面，在新的市场社会中，国家的施政理念与社会理想已出现重大变化，对社会主义经典命题如

---

① 《狼毒花》和《生死线》严格意义上应算作影视同期书，即先有电视剧，再在剧本基础上改为小说出版。需要说明的是，《狼毒花》最初为权延赤发表于1990年的一部中篇小说，2007年由编剧张晓亚改编为电视剧剧本，后以小说形式出版。

② 《历史的天空》获第六届茅盾文学奖，《亮剑》发行量巨大，根据这两部小说改编的同名电视剧在央视一套黄金剧场播出，创下极高收视率，《亮剑》还创下了当年电视剧收视纪录，《我是太阳》也是畅销书，近年的一部热播的电视剧《激情燃烧的岁月》即与《我是太阳》在故事框架与人物塑造上相近。由于这三部电视剧作品的巨大影响，在一些报纸、网络媒体上出现了"人民军队影视新三杰"的说法（指李云龙、梁大牙和石光荣）。

平等、人民民主、资本主义等都有了新的理解。

在这种意识形态的背景下，"十七年"时期革命历史小说的创作资源在当下语境中的复现，就具有了特别的意义，一方面，它在形式上延续了旧有的革命的意识形态，强调了现实秩序（改革开放以来的历史）革命性的合法起源；另一方面，它又小心翼翼地清除或淡化了那些旧有的革命历史题材模式与现实秩序不相融的部分（对革命理想性的追求、阶级平等等政治诉求）。事实上，二者之间的关系有时比较紧张。这种紧张关系在新革命历史小说中留下了投影。即，一方面，"新意识形态"重申了自己作为革命历史的合法继承者的身份；另一方面又暗中质疑了革命遗产的某些内在价值，全力追求现代化的发展目标①。

新革命历史作品传达的正是一种与旧有的意识形态大为不同的对革命历史的想象。

这可能正是新时代既要大加讲述革命历史，同时又要以新的方式重新讲述革命历史的真正原因。这也决定了新革命历史题材作品与"十七年"时期"革命历史小说"模式（当然不只是限于小说）之间，既有承继关系又具有深刻的内在区别。

二　"新革命历史小说"对"十七年"时期写作模式的继承与拓展

新革命历史创作在许多方面都承继了"革命历史小说"的遗产，新革命历史作品主要分为两类：（1）所谓的"重大革命历史题材"，

---

① 莫里斯·迈斯纳指出，毛泽东的时代持续地存在社会主义目标与现代化目标之间的张力，而后毛泽东时代则逐渐把现代化、发展作为最重要的目标。见其《毛泽东的中国及其发展》，张瑛等译，社会科学文献出版社，1992，以及《马克思主义、毛泽东主义与乌托邦主义》，张宁、陈铭康等译，中国人民大学出版社，2005。

如《日出东方》《长征》等；（2）以虚构的革命英雄为主角的作品，如《亮剑》《历史的天空》《我是太阳》等。比照"十七年"时期"革命历史小说"的两大模式（"史诗"与"传奇"），第一类作品颇具史诗性"革命历史小说"的品格，而第二类作品则更近似于革命英雄传奇①。它们在基本的故事框架上都有众多的相似之处。所以，不管新革命历史创作对"十七年"时期的这份文学遗产进行了怎样的改写，不管它执行着怎样的意识形态功能，它始终是延续了对革命历史的书写，隐约地传达着"革命历史"的记忆，这在中国迈向普遍同质化的全球化的时刻具有特别的意义。

另外，还应该承认，由于社会的转向，以及文学观念的变化，新的革命历史书写在很大程度上解除了"十七年"时期意识形态所设置的美学禁忌，突破了旧有写作陈规的框限，一定程度上释放了对革命历史的新的想象空间，因而在小说写作上，具有一定的拓展意义。事实上，对"十七年"时期创作模式的自觉反拨，是新革命历史创作使人感觉耳目一新，并激起广泛阅读快感的重要原因之一。

"十七年"时期"革命历史小说"作为一种独特的现代性叙事，将精神与肉体、追求革命与沉沦世俗设置为基本的二元对立，当这种美学观念不断激进化之后，英雄就成为超越凡人、不含杂质的"高大全"式形象。完美的理想化要求，追求精神净化的冲动，最终走向一种禁欲式的表达，它传达的是超越"五四"的新的关于人性的想象，具有重要的历史意义和美学意义，而且其内部也存在着"人"的不同层次、内容之间的张力，写作具有一定的暧昧性和复杂性，包含着美学表达的多重空间。但这种观念的偏执化也导致了革

---

① "革命英雄传奇"的称谓在 20 世纪 50 年代即已有人使用，在目前的当代文学研究中董之林对这一概念并对这一类型做过专门研究，见其《追忆燃情岁月——五十年代小说艺术类型论》（河南人民出版社，2001）及其有关论文。

命历史小说创作的单面化，抽离了众多的感性内容，压抑了对英雄的"人"的维度进一步探索的可能性。另外，"十七年"时期"革命历史小说"往往把具体、明确的政治观念和阶级判断，渗透进文学表达中（文学与政治当然不可分，但过于强烈和直接的政治判断的介入却未必可取），这使得它显现出强烈的道德主义倾向，善与恶、进步与反动产生了清晰的疆界，并依此发展出一套外在美学程式，比如，"好人"的圣洁化与"坏人"的妖魔化成为对立的两极。虽然我们不能轻易而简单地否定这种美学风格，但这种美学观念的确也导致了对于历史与生活的简化与缩减。

作为对这些"十七年"时期文学表达缺陷的反拨，新革命历史作品丰富了对革命英雄的表现方式，拓展了对革命历史的书写空间。

史诗类与传奇类作品都突破了旧有的创作模式，新的史诗类创作试图以更宏阔的历史维度来观照历史进程，而不是如"十七年"时期小说那样更多的是从"我方"的立场，以强烈的政治判断来回顾辉煌的过去，此类"新革命历史小说"之中的优秀之作不乏深沉的历史感。对于敌手也不再妖魔化、脸谱化，而是尽可能放置在具体的历史、政治情境中来看待，这使革命史诗容纳的历史空间和复杂因素更为丰富。新革命历史创作对国民党政治集团和国民党将领也试图做出比较客观的历史评价（如国民党在抗战中的积极作用，国民党将领个人的军事素质和人格闪光点，《亮剑》中的楚云飞即为代表），对共产党军队内部的错误、缺陷也做出了反思，如《历史的天空》对八路军内部派系斗争进行了正面描写。

新的传奇类创作在人物塑造上的突破更为明显，它们所塑造的革命英雄如李云龙（《亮剑》）、梁大牙（《历史的天空》）、关山林（《我是太阳》）、常发（《狼毒花》）等亦正亦邪，具有异常鲜活的个性，非常不同于"十七年"时期的英雄形象，他们的血性、勇气，敢爱敢恨、直爽又不乏粗鲁的性格，都给人以深刻的印象。在他们身上，各种互相矛盾的性格因素戏剧性地组合在一起，挑战了旧"革命历史小说"英雄人物的比较单面化的形象。相比 20 世纪 80 年代初的靳开来（《高山下的花环》）、刘毛妹（《西线轶事》）等形象所开创的"有瑕疵的英雄"人物谱系，也是一次全新的突破。

但是，对模式的挑战也在产生新的模式，所谓远离意识形态也只是传达了另一种意识形态而已，新革命英雄的形象也并不像很多人所说的那样是"真实的"，毋宁说，只是时代所认定的关于真实的标准已发生了变化。新革命历史创作在题材相似性的背后，对"十七年"时期革命历史创作的一些基本原则进行了修改，它服从的是这个时代的叙事语法，也铭写着这个时代的社会主流意识形态。

第二节　改写与重构："新革命历史小说"的叙事模式

一　史诗类作品对"十七年"时期模式的改写

革命历史创作中的史诗类作品更注重时空的跨度，关注那些决定中国命运的重大历史事件、政治活动或战役，通过讲述革命的起源来论证现实秩序的合法性。在这一点上，新旧革命历史题材之间并不存在太多差别。但是，20 世纪 90 年代以后的中国社会和"十七年"时期有所不同。当时，新中国的政治秩序和革命历史存在着紧密的一致性，支撑革命斗争的理想热情在和平年代自然就转化为建设新中国的热情，二者都是通过奉献、牺牲自我的方式建立一个社会乌托邦。"革命历史小说"在使 1949 年以后现实秩序合法化的同时，也在强调战争时期革命文化本身的现实意义。在当时的社会观念中，新中国并不意味着社会主义的建成，而只是一个持续革命过程的新起点。"革命历史小说"通过对具有高度理想主义追求的战争生活的描述，表明建设仍然不过是战争生活在和平时期的新形式，或另一场没有硝烟的战争。所以，"十七年"时期史诗类作品中酷烈的战争生活、悲壮的牺牲、艰苦的奋斗与最后的胜利，就不单是通过表明革命者打江山不易以论证新中国的历史合法性，激发读者对新秩序的认同；它还通过英雄人物呼唤着新中国建设所需要的不怕牺牲、自我奉献的新主体，同时，它也在一个似乎已经"刀枪入库，马放南山"的和平时期强调继续革命的热情，以战斗式的革命激情建设真正趋近平等自由、真正为人民的社会理想。事实上，这是"十七年"时期史诗类革命历史小说的一个重要面向。

这就不难理解为何"十七年"时期史诗类的作品书写的往往是普通人成长为革命英雄的历程，虽然在形式上，重大革命历史事件、史诗性场景是主要表现对象[①]，但细读却可以发现，宏大的革命历史往往是英雄成长史的背景，并以此获得独立的美学价值。这也是很多此类作品偏爱成长小说模式的一个重要原因[②]。革命历史小说的代表作品几乎全是以普通人或战士、基层指挥员为主人公，《红日》《红旗谱》《保卫延安》《铜墙铁壁》《三家巷》……石东根、刘胜、朱老忠、周大勇、王老虎、周炳……虽然这些作品有时也写到中共高层将领，但往往都是简单涉及，难以构成一个完整的人物形象

---

①　史诗类作品多以内战、国共两党的斗争为主要表现领域，革命英雄传奇则多以表现抗日战争为主，究其原因，前者更关涉中国社会的性质问题，更能体现"历史的规律"或历史辩证法。政权为何顺应天意民心地被共产党所有，这是主流意识形态最根本的命题。而抗战则比较单纯，相对而言，意识形态的负担较轻，从而给英雄传奇留下了更多的辗转腾挪的自由空间，而且侠客化的锄恶、杀戮、英雄奇迹，用在侵略者那里也更具快感与道德的合法性。

②　关于革命历史小说中的成长主题与成长小说模式，见李杨《50—70年代文学经典再解读》，山东教育出版社，2003。

（《保卫延安》例外，正面书写了彭德怀的形象），这里面虽然带有"人民是历史发展的动力"的观念，主要的还是要通过塑造平民或中下层出身的英雄形象，造就具有社会主义革命理想、自觉追求社会主义革命理想与价值的主体。

史诗类的新革命历史作品关注的对象不再是底层的普通战士或指挥员，而是"高端"历史人物（毛泽东、周恩来、邓小平、蒋介石、朱德、彭德怀、刘伯承，等等），当初作为中心人物活跃在革命历史小说中的普通英雄完全淹没在宏大的战争画卷中，在奇观化的战争冲突中，他们成为大人物运筹帷幄过程中的一个个棋子，虽然偶尔出现，也只是作为点缀①。这种写法改变了"十七年"时期的表现方式，正面描写高层政治、军事人物的形象，自有其文学意义，但历史舞台中心人物的转换也还潜藏着耐人寻味的意识形态内容。

如果说，"十七年"时期革命历史小说叙述的是"正义与邪恶""光明与黑暗"之间的历史性对抗，决定中国命运的决战，以及这一决战中间中下层革命者由普通人到革命英雄的成长史，那么在新革命历史作品中，"领袖"则被推上了前台，并被当代的大众趣味暗中涂上了历史强者、帝王将相的色彩②。新旧两种故事讲法也意味着普通读者通过主人公建立认同的方向的变化："十七年"时期读者所认同的是普通的革命者（和自己真实的社会身份具有相似性），成为具有社会主义价值观与理想性的新主体；新时代则要求读者认同历史强者的法则，接受由强者支配的历史秩序。于是，"十七年"时期的

---

① 在革命历史创作中，普通战士和指挥员形象存在的价值，主要在于几个方面，一是营造战争年代生动的日常氛围；二是表现人物的人性化色彩；三是通过普通战士的牺牲隐喻人民与党为赢得新中国所付出的代价，并用他们的生死爱欲反思战争。

② 这一书写方式和帝王戏的风行恰成对照，事实上二者之间确有某种潜在联系，《雍正王朝》《康熙帝国》《汉武大帝》等作品，的确与新革命历史作品分享了某些共同的历史观念。

"人民创造的历史"又再度成为大人物政治博弈的舞台，他们的性格、意志、决断往往成为决定历史走向的重要乃至关键因素。革命历史于是就渗透进了某种成王败寇的逻辑。

革命历史在某种意义上"三国演义"化了，奇观化了，也"更好看了"，更有了可消费性。两军对垒的大兵团作战的场景与格局成为史诗类作品重点表现的对象，至于战争的起源（阶级压迫、不平等、剥削）与建立一种正义的社会秩序的理想追求不再被提起，或刻意地被忽略。而它正是"十七年"时期史诗类小说最为核心的意义表达。这种转变说明，尽管在表面上仍然讲革命战争，但只是一般意义上的战争，所谓革命的性质已不再被强调。

二　英雄传奇类对"十七年"时期模式的改写

带有某种个人传奇色彩的新革命历史小说比史诗类的作品走得更远。近年来，影响广泛的几部代表性作品《亮剑》《历史的天空》《我是太阳》《狼毒花》《生死线》等对新时代历史逻辑的表达更为显豁。

"十七年"时期革命历史小说中的传奇类作品主要呈现某个时空局部，多与反扫荡、剿匪等特定性质的军事行动有关，突出的是神奇的英雄或小英雄团队，这些英雄往往具有草莽英雄的出身与气质。虽然这部分作品继承了某些中国古典侠义小说与英雄传奇的文学资源，却也从来没有忽略革命英雄的内在性，或革命信仰与理想性，这使他们具有了古典草莽英雄所没有的内在品质，一种新的本质。尽管相对于史诗类或成长类作品，这一点往往被过于外在的、神奇的、侠客化的斗争事迹所掩盖或冲淡①。在《铁道游击队》《烈火金

---

① 在当时文学评价中，英雄传奇在价值上低于史诗类作品："即使是其中最好的作品，像《林海雪原》《野火春风斗古城》，也并没有超过其他优秀作品的思想艺术水平。"（李希凡：《革命英雄的传奇和革命英雄的形象》，《文史哲》1961 年复刊号）。

刚》《林海雪原》《敌后武工队》等作品中，虽然游侠式的人物大都身上残留着浓重的江湖气息，但小说还是强调了他们朴素的阶级觉悟与初步的革命信仰与理想，同时有意地把这种气质性格局限在表征的层面，描写他们的草莽气更多的只是为了增添英雄的豪气，或打入敌人内部的特殊需要（如杨子荣），小说总是留意交代他们向成熟的革命者成长的线索或可能趋向。饶有意味的是，新革命历史小说中的主角又从革命英雄退回到草莽英雄乃至土匪式的英雄的原点，而且在漫长的革命生涯中，基本上没有勾勒出革命者成长的明显轨迹。他们始终保持着最初的质朴英雄本色或匪气，没有在灵魂上成为"十七年"时期意义上的革命者。《亮剑》中的李云龙、《历史的天空》中的梁大牙（梁必达）、《狼毒花》中的常发和《我是太阳》中的关山林，《父亲进城》中的"父亲"等都是具有一身匪气的革命者，这还不单是指生活习惯、性格做派等外在特征，还包括思想意识。如果说这些英雄在作品中仍具有某种成长的可能，那可能更类似于武侠小说中侠客的成长史，只意味着个体武功与战斗力的提升，以及与此相关的在江湖中的地位与影响力的提升，英雄们在革命军队中因为能打仗（当然是不守规则的，没有法度的，甚至违反军纪和党的纪律的，对他们来说受处分是家常便饭），不断获得高一级的职位。即使他们最后成为军级指挥官，仍然未见从"土匪"向"十七年"时期式的革命军人的实质性转变。尽管《历史的天空》一再表明梁大牙不断进步，"换了一个人"，但这只能指外在的变化，如个人地位、军事、政治能力等，在具体的叙述中我们实在看不到人格与精神的变化。

这就使当代的革命者成为好莱坞化戏剧模式中的英雄，这既符合大众文化的逻辑，也契合了新意识形态的需要。这些新的英雄们都呈现战斗机器的特征，成为革命战争背景中的"兰博"或

"007"，"十七年"时期英雄们追求社会公正秩序的性质被抹去了，我们识别革命英雄的唯一标志，只能是他们参加了革命斗争这一事实本身。如果说，革命英雄传奇仍重在书写"革命"传奇，那么新革命历史小说书写的则完全是一部个人的传奇。如果说前者的革命英雄是"人民战争"中涌现出来的优异代表，后者则是以个人天赋从社会底层通过个人奋斗终于出人头地的成功个人。这是一个实质性的区别。

正因如此，旧革命历史小说强调革命战争的道义性，新革命历史小说则重在表现战争的紧张刺激和战斗英雄的个体魅力。新革命历史小说的"好看"大概正是来源于此。如《亮剑》前半部以一系列不间断的战斗为主体，写法上绝不重复，比较精彩；《我是太阳》书写关山林的"战神"气质与战斗能力、技巧，也是激动人心；《历史的天空》描述复杂军事、政治格局中（游击队、日军、国军以及游击队和国军内部的冲突）的斗争策略也比较丰富多彩。但这种写法在"十七年"时期恰好是受批判的"单纯的军事观点"的体现。新革命历史小说在表现战争时最感兴趣的是战略战术，以及在这一过程中大放异彩的英雄的超凡魅力与非凡体能。革命历史的英雄传奇已被改写为一个《兄弟连》式的英雄故事。《亮剑》的众多宣传广告即以"中国的《兄弟连》"为宣传策略。

于是，具有英雄传奇色彩的新革命历史小说显示出某种暴力美学的特征①。这些出身社会底层的革命者缺乏对于自身战斗的最终目标及其宏大意义的认知，他们甚至连一点这样的朴素想法都没有。与他们干瘪的内在精神形成对照的是他们过于充盈的身体：强健而

---

①　新革命历史小说的暴力美学特征及其与"十七年"时期同类作品的差别，参见笔者另外的论文——《新革命历史小说的身体修辞》，《文化研究》第五辑，广西师范大学出版社，2005，《从欢乐英雄到历史受难者》，《文艺理论与批评》2005年第6期。

富于男性魅力。这种写法对于旧有的革命历史小说来说是不可想象的。旧的"革命历史小说"叙述革命者参加革命的朴素革命动机时，往往借用传统文学家族"复仇"的模式，但个体的仇恨最后都是上升到阶级压迫的本质上来看待的，在小说中一开始它就具有这种潜在的性质。"新革命历史小说"则很少提及这种具有现实阶级压迫性起源的性质，也不再借用这种复仇的文学资源，这些新的英雄参加革命往往是由于偶然因素，或只是一种生计的考虑，甚至仅仅是为了追求战斗的快感。《历史的天空》中的梁大牙也有家仇，其父母（是商人）被姚葫芦所杀，但只是由于生意上的私仇，而且是父亲先割了姚葫芦的耳朵，梁大牙后来被富户朱二爷收为义子，他对自己的生活非常满意，家仇也淡忘了。梁大牙投军的目的也非常实用，开始要参加"比较正规""待遇较好"的国军，因为走错路，阴错阳差地投到八路军中，正准备借故开溜，突然见到貌美的八路军干部东方闻樱，才决定留下来以便将来有机会得到她。对他来说，八路军与国军二者并无实质性区别，都只是实现个人人生目标的通道。

三　政委形象的变迁

与这个革命英雄"土匪化"的过程相伴随的，是政委的形象的淡化甚至某种意义上的漫画化，土匪式的英雄绝对地占据着男一号的位置。小说的逻辑清晰地流露出，军队就是打仗的，要政委纯属多余，他们甚至只能成为战斗胜利的障碍。《亮剑》中的政委赵刚与李云龙的冲突正来源于此，所谓性格与精神气质的差别只是一个障眼法。在坚持原则的赵刚与一意孤行的李云龙的冲突中，赵刚总是处于下风。最后赵刚也被李云龙的魅力所折服，完全认同李云龙，赵刚也由一个知识分子气质浓重的政委变成了具有某种李云龙风格的人，风格上渐渐粗鲁，也喝酒、骂人。在《历史的天空》中梁必达的几届政委可谓若有若无，李文彬、张普景等人不能影响梁必达的任何重大决策，更不能直接影响军队，这支不断成长壮大的军队完全是梁必达的私人武装，建立在一帮骨干铁杆弟兄（朱预道等人）对他的效忠关系上。在小说中，李文彬因偷情被俘，叛变投敌，张普景则僵硬地坚持所谓原则，虽然小说对他的人格、原则性也给予了一定的赞赏，但事实上派定给他一个悲剧性的角色（在小说中被人戏称为"张克思"）。凹凸山特委中那些搞政治工作的委员们（窦玉泉、江古碑等）往往只是些善于搞内部政治斗争的人物，他们大都有私利考虑，特别关心自己的政治利益甚至个人恩怨。

梁大牙我行我素，不断做一些革命纪律所不能容的违纪行为，如以大队长的身份，深入敌人后方为义父（时任日占区维持会长）祝寿，并挪用本来就捉襟见肘的军费做寿礼。但面对争议，特委和军分区领导杨庭辉一再在这些原则性问题上妥协，坚持保护并重用梁必达，唯一的原因是他能带兵打仗。所以，梁大牙的违纪没有受到任何来自党委的严肃批评，因为怕影响他的战斗力和积极性。党委已完全失去了提供政治方向的意义。即使梁大牙听从了组织的安排，也是以他的逻辑对上级政策进行领会。在《亮剑》中，李云龙更是一意孤行，大多数情况下都是军事冒险，政委由于实际上对军队无领导权，亦无法阻止，但有意思的是，他总是能歪打正着，带来意想不到的胜利，功过相抵，最后只是象征性地背了个处分了事。比如，为救被山本特种分队抢走的新婚妻子秀芹，李云龙不顾上级命令与整个战局，在军事上擅自行动，不惜伤亡，强攻守备严密的县城。有意思的是，这场鲁莽的冒险却让人始料未及地引发了一系列的意外连锁反应，导致了对整个西北战局有利的结果，也就抹去了李云龙决策的失误和轻率。

经典的"革命历史小说"的最具权威性的人物形象往往都是政

委，他们构造着一支军队的灵魂，也实际上控制着军队或军事指挥权。尤其是在以草莽英雄为群体的英雄传奇小说中，政委更具有改造、引领义军前进方向的重大意义。如《铁道游击队》中的李正即担负着这种使命，进山整训就是以革命的理想和纪律重新改造这支草莽义军，否则，单纯的战斗力是没有意义的，最关键的是，没有这种整训与改造，军队也是不可能有真正的战斗力的①。相比较而言，那些带有草莽气息的英雄，关键时刻还是要靠政委设计方案，甚至力挽狂澜。军队如一旦遭遇暂时挫折，多半是由于指挥员在政委不在的情况下一意孤行的结果，在《铁道游击队》中，大队长刘洪为替战友报仇，与敌人硬拼，使游击队面临全军覆没的危险，此时正好赶到的政委李正向刘洪下了命令："老洪，快撤！这是党的命令！"，这声来自"党的命令"使刘洪惊醒过来，"使他的头脑清醒了一些。因为他是党员，知道党领导的部队的任务……"这种小说模式是基于一条重要的党指挥枪的原则。党指挥枪是人民军队的一个基本原则，中共党史与建军史上许多重要的会议如古田会议等确立的正是这一原则。将草莽义军转变成一支有明确社会政治方向的"人民军队"，明白作战的意义、自己的使命与政治目标，并在此基础上建立起铁的组织纪律，这建构了红军以来的军队本质。党的中心地位在于它被认为能够提供这样一种精神。在红军以来的革命历史的语境中，它是革命军队和旧军队的本质区别，也是其战斗力的最有活力的源泉，它由精神力量转变成了物质力量即战斗力，是"我军"能战胜军事装备等方面强于自己的敌人并取得最终胜利的根本原因。这种观念是"十七年"时期革命历史小说最重要的原则之

---

① "革命历史小说"中的英雄传奇基本上都具有这样的线索，样板戏《杜鹃山》可能表达得最有特色，一帮土匪劫法场，为的是"抢一个共产党领路向前"。

一，这也是那一时代反对军事个人主义的原因。

正因如此，军队政治工作和政委的地位必然凸显。1958 年，《红日》遭受批评，理由就是小说忽略了军队政治工作的重要地位，"团长刘胜讲怪话，政委刘坚不敢挺身而出进行原则批判，连长石东根闹情绪，指导员罗光跟着跑，甚至军长沈振新的心里也有一个'暗淡的影子'等。这些问题如何正确地解决，我们从作品中还得不到明显的深刻的印象。政治工作人员在这些思想问题面前，如何起到应有的作用，作者描写得未免有些逊色"①。

在新革命历史小说中，和刘洪、杨子荣具有同样地位与叙事功能的人物成了绝对的领导者，这种变化意味深长②。

第三节　"新革命历史小说"对身体的呈现

一　性感的身体：身躯的凸显及暴力美学

作为国家意识形态的载体，为了完成在新的时代条件下的意识形态功能，新的革命历史题材的"主旋律"作品极大地超越了"十七年"时期同类题材作品的固有模式，借助于对个体生命史的富于感性与激情的书写，来曲折完成现实秩序合法化的叙述。近年来这一写法颇为流行并大获成功，其重要作品如小说《我是太阳》（邓一光著）、《父亲进城》《军歌嘹亮》（石钟山著）、《亮剑》（都梁著）、《我在天堂等你》（裘山山著）、《英雄无语》（项小米著）、《走出硝烟的女神》（姜安著）以及根据这些作品改编的影视剧如

①　平凡：《〈红日〉所体现的毛主席的战略思想》，《文学研究》1958 年第 2 期。
②　将革命历史英雄还原为土匪式英雄形象并颠覆"十七年"时期的政委形象，20 世纪 80 年代的新历史主义小说早已经有过尝试，如《灵旗》《红高粱》等，但在当时新历史主义小说有解构过去历史观念的挑战性。这与当前一部分"主旋律"的新革命历史小说有极大的不同。

《激情燃烧的岁月》（根据《父亲进城》改编）、《我在天堂等你》《英雄无语》《走出硝烟的女神》等。这批"主旋律"作品成功地将个体生命史穿越，并加以征用，使那些关于个人利比多的故事升成为政治隐喻。为了达到这种复杂的意识形态效果，"主旋律"作品使用了大量关于身体的修辞，这种对于身体的书写显示了个体生命的具体性与感性化，也使主流意识形态的传达更为隐秘、有力，它制造着基于情感认同的阅读快感，从而将作为"他者"语言的意识形态写入受众的无意识领域，以完成对新的主体的塑造。从这一意义上说，作品的接受过程正是微观政治学的精妙实践，这些革命历史故事对于"身体"的书写正是对于新主体的规训技术的重要组成部分，它潜在地改变着受众的欲望结构，并对欲望在既定的方向上重新加以组织。

在这一系列的"革命历史"创作中，主人公的生活大都贯穿革命年代以至改革后的岁月，因而他们的个体生命史与现当代史是高度一致的，在某种意义上是这段历史的浓缩，也可以说，这些活生生的革命者个体将这段历史的"本质"人格化了。在人物关系及情节设置上，这些作品多半都遵循相同的写作模式：男性主人公为粗鲁、骁勇的军事指挥官，经组织安排如愿地与年轻貌美的女主人公结婚，在共同革命、参与历史的过程中，女主人公也完成了对男主人公由抗拒到认同的情感历程（《走出硝烟的女神》与《英雄无语》的处理比较特殊），"革命"的历史与个人情感的历史成为相互交织的两条故事线索。于是，外在的宏大的历史进程被转移到私人领域中来，革命历史奇妙地成为个人史，二者相互渗透、穿越，构成互文关系。在这里，"主旋律"作品与既往的革命历史题材作品出现重要差异，它也是主流意识形态表意策略的新的调整。这种变化鲜明地体现在对于"身体"的不同处理方式上。本文将主要以产生较大影响的长篇小说《我是太阳》和《亮剑》为例进行分析，尝试发掘意识形态如何借助身体完成了自身的再生产。

在这批小说及影视剧作品中，作为主人公的男性军人具有鲜明的可识别的身体特征：

> 你们的父亲 18 岁入伍，是个大个子，年轻时身高一米八。他跟我说，他刚当兵时连长就很喜欢他，常拍着他的肩膀说，好小伙，天生一个当兵的料。的确，我认识他时他 30 岁，仍然精神抖擞，丝毫不见老。可以想见 18 岁的他是怎样的英武了。有句老话说，山东出好汉。我挺相信这句话。这里面除了有梁山好汉留下的英名起作用外，很重要的一点就是，山东人首先在个子上像个好汉，几乎个个都魁梧高大，不会给人卑微畏缩的感觉。（《我在天堂等你》）

其他小说中多处出现的外貌描述也大都是诸如"胡子乱糟糟的，皮肤又黑又粗，人显着老气"（《我是太阳》中的关山林），"身材孔武有力，面相粗糙，却也浓眉大眼"（《父亲进城》中的石光荣）之类的语句，李云龙（《亮剑》）也以异乎寻常的硕大头颅（小说交代是因为练武所致）显示了特殊的威猛之气，这些体征似乎也使他们同样异常鲜明的粗豪的性格具有了坚实的物质基础。

这种白描式的外貌描写颇类似于中国古典小说对英雄人物的刻画，与"十七年"及"文革"时期小说对英雄人物的书写也相去甚远，其用意仍在于传达英雄气与"男子气"。但值得注意的是，这种对身体的刻画并没有停留在表征的意义上，而是往往获得了进一步的肉身化的感性呈现，从而透露出某种性感的光辉。这充分体现在小说对于战斗中的英雄的描摹上，他们身体的活力，非凡的力量，以及肢体的灵活性、协调性、技巧性得到完美的呈现。这是身体的舞蹈，魅力四射。《我是太阳》《亮剑》中大量篇幅都是此类英雄身体动作的展示，如：

关山林射击的架势，就全看出是一个地道的老兵来了。若是新兵，激战时，手中要有一支快机，准是一搂到底的，一匣子连发，打的是气势，打的是壮胆，打的是痛快。关山林不，关山林打的是点射，少则两三发一个点，多则四五发一个点，不求张扬，要的是个准头。枪指处必有目标，枪响处必定倒人，而且是在奔跑中射击，凭的是手法和感觉。换匣也快，最后一发弹壳还在空中飞舞的时候，左手拇指已按住了退匣钮，空弹匣借势自动脱落，右手早已摸出新弹匣，擦着落下的空弹匣就拍进匣仓里了，就势一带枪栓，子弹就顶入枪膛了，此时空中飞舞着的那粒弹壳才落到地上。说起来有个过程，做起来却只是眨巴眼的工夫，就是射击时的那个声音，也能听出一种意思，哒哒，哒哒哒，哒哒哒哒，那是有张有弛，有节有奏，不显山不露水，不拖泥不带浆，老道、阴毒、从容、直接，那全是一种技巧，一种性格，一种气质。关山林就这样，像一头绷紧了肌腱的豹子，在火海中跳跃奔跑，怀中的冲锋枪点射不断，将一个又一个二○七师敢死队的队员打倒在自己脚下。阵地上子弹四处横飞，关山林的裤腿衣袖不断被穿出窟窿来，冒出一缕青烟，又很快熄灭了。炮弹和手榴弹的弹片擦着他的脸颊飞过，把他一脸的胡子削出一道道的槽，他却像全然不觉似的，只知道在火阵之中奔跑、跳跃、射击。他就像一块黑乎乎沉甸甸的陨石，在阵地上飞速通过，而那些擦身而来的代表着死亡的子弹，只不过是陨石四周飞舞着的美丽的星星。（《我是太阳》）

如果说对关山林的身体动作的夸赞还多少包括了对于他使用枪械的技艺的激赏（其实，器械已化为关山林身体的内在组成部分，是它的一种自然延伸），那么在《亮剑》中，则似乎更偏爱展示李云龙挥舞鬼头刀的身体形象，它无疑更直接地呈现了李云龙的肢体力量和技巧。如：

> 李云龙的第一个对手是个日本军曹，他不像别的日本兵一样嘴里呀呀地叫个没完，而是一声不吭，端着刺刀以逸待劳，对身旁惨烈的格斗视若无睹，只是用双阴沉沉的眼睛死死盯着李云龙。两人对视着兜了几个圈子。也许日本军曹在琢磨，为什么对手摆出一个奇怪的姿态。李云龙双手握刀，刀身下垂到左腿前，刀背对着敌人，而刀锋却向着自己，几乎贴近了左腿。日本军曹怎么也想象不出以这种姿势迎敌有什么奥妙，他不耐烦了，呀的一声倾其全力向李云龙左肋来个突刺，李云龙身形未动，手中的刀迅速上扬，"咔嚓"一声，沉重的刀背磕开了日本军曹手中的步枪，一个念头在军曹脑子里倏然闪过：坏了，他一个动作完成了两个目的，在扬刀磕开步枪的同时，刀锋已经到位……他来不及多想，李云龙的刀锋从右至左，从上而下斜着抢出了一个180度的杀伤半径。军曹的身子飞出两米开外，还怒视着李云龙呢。李云龙咧开嘴乐了……

在几乎每一次战斗中，作为师长、团长的李云龙或关山林总是冲锋在前，亲手毙敌，虽然在现实生活中缺乏根据，却为展示英雄们富于男性魅力的躯体创造了条件。

如果说在"新时期"以前的主流意识形态小说中，形貌特征所象征的内在品格压抑了对身体的呈现，那么"主旋律"小说则突出地将身体推向前台。从这里我们可以发现现代性内部两种对身体的想象方式的对立。

肉体与精神的二元对立是现代性的重要内容，文艺复兴以来对宗教的批判并没有解救身体，精神与肉体的等级秩序只是变换了一种方式而已。"之前用以反对基督教永恒的观点，现在则被用于由乌托邦主义所构想的俗世的永恒"①，肉体依然是这个彼岸世界的低级的"他者"。革命话语作为一种现代性观念体系，强烈地体现了这种认识。在1950—1970年代的中国文学中，可以清晰地看到一个越来越强的对肉体的排斥过程，这正是精神—肉体的现代性观念不断激进化、纯净化的结果。肉体不单是一个与精神相对立的存在，在激进化的"无产阶级世界观"中，肉身及其所表征的个体欲望，不可避免地还是"私"的内容。所谓"献身"，不单包含死亡这种最极端的形态，还包括对"日常生活"的自觉放弃。在"一体化"时期的社会主义文学中，身体与日常生活都被有机地组织进了革命、国家建设的宏伟现代性目标中。② 从一定意义上说，这体现了一种生产性伦理，是国家对身体加以组织管理使之更有效率地投入"革命建设"的控制手段。这种观念确立了身体的地位——身体自身是无意义的，甚至是邪恶的，它的意义要由革命等现代性目标赋予，只有融入这一伟大的时间进程它才得以合法地呈现自身。也正因如此，江姐等革命者"献身"时，才会获得完美的躯体（高大、神圣），彼岸世界的光芒照亮了他们，拯救了他们作为肉身的有限性，使之不朽。所以，在20世纪50-70年代的革命历史小说中，革命者的

---

① Mafei Kalinescu，*Five Faces of Modernity*，Duke University Press，1987，p.67.
② 唐小兵对《千万不要忘记》的解读对这一问题做了很好的分析，见唐小兵《〈千万不要忘记〉的历史意义：关于日常生活的焦虑及其现代性》，《英雄与凡人的时代——解读20世纪》，上海文艺出版社，2001。

身体总是处在缺席状态，相反，革命者的对立面（敌人、叛徒）才具有肉身性。正如李杨在分析《红岩》时指出的："叙事人在《红岩》中表现出的'肉身的意识形态'立场引人注目，在这里，敌我双方的政治对抗被简化为'精神'与'肉身'的对抗，作为纯粹精神存在的共产党员几乎没有任何肉身的踪迹，因此对共产党人的肉身摧残不但不能伤害共产党员的形象，相反成为共产党人精神纯洁性的考验，而大大小小的国民党特务却无不生活在'食''色'这些最基本的身体欲望之中，在这种最卑贱的动物性中无力自拔，'阶级的本质'使他们始终无法了解和进入共产党人的精神世界。"① 从某种意义上说，远离肉体的程度是衡量是不是一个革命者及其纯洁度的一个标尺。

"主旋律"革命历史小说对身体的想象呈现为另一种形态。我们不妨说它是在尼采的"反现代性的现代性"的方向上展开对身体的想象。不过，新革命历史小说中的"身体的造反"并没有强烈地消解主流意识形态的意义，毋宁说，它是以另一种形式服务于主流意识形态的表达。在新革命历史小说中，富于活力的或者说"强力"的身体被构造出来，它还经常以一种暴力的形象（杀戮的身体）呈现。

这里显示出某种暴力美学的特征。暴力是现代性的内在规定性之一。帝国主义、民族主义、殖民主义、革命都是现代的暴力形式，所谓"现代化"进程总是伴随着一系列的暴力。依照民族主义或阶级解放的话语逻辑，暴力都可以获得合法性。所以，在"十七年"及"文革"时期，展示暴力也是革命历史小说的惯常策略，其暴力的语言也经常借助于身体的隐喻式表述。② 但是，20 世纪 50－70 年

---

① 李杨：《50－70 年代中国文学经典再解读》，山东教育出版社，2003，第 194 页。

② 关于这一问题可参见唐小兵对《暴风骤雨》的分析，唐小兵：《暴力的辩证法——重读〈暴风骤雨〉》，《英雄与凡人的时代——解读 20 世纪》，上海文艺出版社，2001。

代的革命历史小说对呈现暴力中的革命者的躯体颇为节制，一般不对躯体做过多的美化与渲染，不像《我是太阳》《亮剑》这样的作品如此专注于暴力中的躯体的快感。即使是《林海雪原》《烈火金刚》一类保留了更多民间英雄传奇色彩、热衷于展示暴力场景的作品（其中经常出现利刃剖腹、肝肠满地的血腥场面），也未对革命者杀戮时的感觉过多描述，虽然在叙述中也流露出了某种复仇的快意，却不是对杀戮本身的快感。总的说来，旧有的革命历史小说对暴力的展示是为了表达某种有关阶级、民族的特定意义，其背后仍是一套爱与恨的情感结构，进步与反动的历史、价值判断。身体只是作为一个外在表征，服务于更完美地呈现革命者作为全新的现代性主体的内在本质。但在这批新的革命历史小说中，这些现代性的历史内容被抽空了，暴力过程，暴力中的躯体，富于男性魅力的从事杀戮的身体，作为一个独立的审美过程与对象被凸显出来。

读者不难从这些作品中发现主人公（包括叙事人）的"嗜血"倾向。在《我是太阳》《亮剑》中，主人公都是"嗜血"的，他们无时不对战斗，尤其是短兵相接的搏杀充满渴望与迷恋。正因如此，于他们而言，和平年代完全是平庸乏味、不可接受的。对于这些革命者、英雄来说，战斗完全是一种个人化的爱好，根本不是为了追求一个更高、更完美的社会秩序，也并非基于某种政治信仰或理想。这些出身社会底层的革命者缺乏对于自身战斗的最终目标及其宏大意义的认知，小说凸显的是他们的身体与性格这些相对来说缺乏精神、思想深度的个人特征，他们的政治理想、内在精神境界始终是缺席的。小说没有出现这类心理描写，也没有设置专门的情节或人物语言来显现这种内在精神——他们甚至连一点这样的朴素想法都没有。与他们干瘪的内在精神形成对照的是他们过于充盈的身体：强健而富于男性魅力。这种写法对于旧有的革命历史小说来说是不可想象的。如果从原来的革命历史小说的标准来度量的话，这些小说呈现给读者的革命者的形象是可疑的，他们还处于粗糙的前革命者的状态。

二　躯体中的躯体：　身体的升华

在"十七年"及"文革"时期的革命历史小说中，革命英雄的肉体是升华的，革命者的精神信仰、钢铁意志，使他们的身体超越了生理意义上的实在性，因而具有了不可毁灭的崇高性，所谓"革命者是由特殊材料制成的"。正如斯拉沃热·齐泽克（Slavoj Zizek）对此所做的分析："共产主义者是'有着钢铁一般意志的人'，他们以某种方式被排除在了普通人类热情与脆弱的日常循环之外，好像他们在某种程度上是'活着的死人'，虽然还活着，但已经被排除在自然力量的普通循环之外，即是说，好像他们拥有另一个躯体，一个超越了普通生理躯体的升华的躯体。……共产主义者是不可毁灭和不可战胜的，他能忍受世界上最残酷的折磨，能毫发无伤地死里逃生，并能用新的能量强化自身。在这样的共产主义者形象后面，存在着这样的逻辑，与《猫和老鼠》中的幻想逻辑毫无差别，在那里，小猫的脑袋被炸药炸掉了，但在下一场中，它又毫发无伤地继续追击它的阶级敌人——老鼠。"[1] 这种幻想逻辑正是旧有的革命历史小说对革命者身体加以升华处理的观念基础，突出的例子如《红岩》等作品（根据其部分内容改编的电影《在烈火中永生》将这一逻辑伸展得更为充分）。在《红岩》中，徐鹏飞审问许云峰和成岗时，就陷入了困境，他所能使用的针对世俗肉体的拷打手段在两个

---

[1]　斯拉沃热·齐泽克：《意识形态的崇高客体》，季广茂译，中央编译出版社，2002，第 200－201 页。译文略有改动。

"升华"的躯体面前完全失效：

> "哼，你受得了十套八套，你可受不了四十八套美国刑法！"
>
> "八十四套，也折损不了共产党员一根毫毛。"还是钢铁般的声调。
>
> "这里是美国盟邦和我们国民党的天下，不是任你们嬉笑的剧场。神仙，我也叫他脱三层皮！骷髅，也得张嘴老实招供！"徐鹏飞咆哮着……

可是，升华的躯体比神仙还要刀枪不入，陷入深深挫败感而气急败坏的徐鹏飞只好把他们拉出去枪毙。面对死亡，许云峰和成岗获得的是升华的快感：

> 从容的许云峰和刚强的成岗，互相靠在一起，肩并着肩，臂挽着臂，在这诀别的时刻，信赖的目光，互相凝望了一下，交流着庄严神圣的感情。他们的心情分外平静。能用自己的生命保卫党的组织，保卫战斗中的无数同志，他们衷心欢畅，满怀胜利的信心去面对死亡。

"主旋律"小说中革命英雄的身体不再由肉体向精神升华，他们的身体是自足的，并不需要由另外的、来自肉体深处的理想性的光芒来照亮。但是，他们的身体仍然是升华的，即肉体向着其自身高度完美的形态升华，它与其内在的精神性因素无关。在《我是太阳》及《亮剑》中，都有主人公负重伤之后神奇痊愈的重要情节：关山林被炮弹炸飞，身体几乎被"炸烂了"：

关山林被人从战场上抬下来以后就一直处于昏迷状态，他的身上至少留下了十几块弹片，全身血肉模糊，腹部被炸开了，左手肘关节被炸得露出了白森森的骨头，最重的伤是左颞颥处，有一粒弹片切掉了他的半只耳朵，从他的左颞颥钻了进去。邵越把他从硝烟浓闷的血泊中抱起来的时候以为他已经死了。

但是，仿佛任何重创都不能损伤关山林的身体，七天七夜之后，他又"活了过来"。

医院的医生说，关山林能够活过来，当然和医院的抢救条件治疗技术有关系，但最重要的还是靠他自己，一般说来，这种术后综合征能够活下来几近奇迹。……关山林的伤势恢复得很快。邵越洋洋得意地对医生吹牛说，我们首长不是一般人，我们首长只要死不了，活起来比谁都旺盛，我们首长呀，他是属马的，经折腾！医生说，难怪，给他做手术时，看他一身的伤，整个人像是打烂了又重新缝合起来似的。邵越坐在那里，跷着二郎腿说，这回你们开眼界了吧。

《亮剑》也一样，甚至连李云龙与关山林受伤和康复的方式都一样（被近距离炸弹击中，七天后苏醒）：

躺在手术台上的李云龙真正是体无完肤了，腹部的绷带一打开，青紫色的肠子立刻从巨大的创口中滑出体外，浑身像泡在血里一样，血压已接近零，医生迅速清洗完全身，发现他浑身是伤口，数了数，竟达18处伤，全是弹片伤。眼前这个伤员的伤势太重了，血几乎流光了，整个躯体像个被打碎的瓶子，到处都需要修补。

但，李云龙也奇迹般地生还，很快又活蹦乱跳了。

这种处理使英雄们的躯体显示出某种非肉体性。的确，在小说中，很少有对英雄们身体感觉的书写。受伤，虽然是濒临死亡的重伤，对于他们来说，只是一次短暂的记忆中断，醒来后，他们依然拥有完美、强健的身躯（小说此后也没有写到这些重伤留下的后遗症，直至壮士暮年，依然精力充沛，身强力壮），能量未受到任何损伤。于是，在这里，英雄们的身体实现了一次隐秘的升华，它使身体超越了生理学，脱离了肉体的实在性，被抽象化为一种完美的躯体。那个身体中的身体是不可摧毁的。

这一方向上的升华已完全不同于旧有的革命历史小说对英雄躯体的"升华"方式。虽然仍带有一些对革命英雄意志的赞美，但小说表达的重心显然已经偏移。如果说革命历史小说对肉体的"升华"是为了追求精神、灵魂的绝对深度，那么新革命历史小说对肉体的"升华"却只是为了强调（男性）肉体自身的魅力。

不过，这种对肉体的专注书写并未能抵达肉体感觉自身的深度。因为，在旧式英雄那里，升华的极乐乃是经由富于痛感的过程，升华快感经过了足够长的延宕与锤炼而获得，其中存在着一种奇妙的痛感与快感的辩证法①。在《青春之歌》中，出身于地主家庭的林道静要成长为新的主体，必须经受入狱、酷刑拷打等折磨。这一漫长的过程结束后，她的躯体发生了质的变化，那个著名的"黑骨头，白骨头"的比喻说明了躯体变化的深度。从此，林道静的身体获得了升华，战胜了作为世俗个体的有限性。经过重重考验，党终于接纳她时，林道静的狂喜是升华式的：

---

① 李杨认为这部分革命历史小说存在一种受虐的快感，见其对《红岩》的分析，李杨：《50-70年代中国文学经典再解读》，山东教育出版社，2003，第197-210页。

"从今天起，我将把我整个的生命无条件地交给党，交给世界上最伟大崇高的事业……"她的低低的刚刚可以听到的声音说到这儿再也不能继续下去，眼泪终于掉了下来……世界上还有比这更高贵、更幸福的眼泪吗？

她彻底告别了庸俗，将自己的有限的人生与一种宏大的时间融为一体。这是一种典型的现代性态度。在 20 世纪 50－70 年代的小说中，这种"钢铁是怎样炼成的"式的主体磨炼过程是革命者成长的常见轨迹。

而新革命历史小说中的"升华"对痛感的取消则不但取消了升华的精神快感，也取消了肉体感觉的真正深度。这就使英雄们起死回生、神奇复原的二重或多重生命具有了某种游戏色彩。从中可以发现新的"升华"形式已经渗入了所谓后现代时代大众文化的幻想逻辑：其最典型也最极端的形式是电脑游戏，其中的英雄即具有多重生命，遭受重创或"死亡"之后还可以重新完好如初地恢复自身的能量。其实，这种幻想逻辑正是大量科幻片和动作片的前提与预设。① 新革命历史小说巧妙"挪用"了电子时代的大众文艺幻想逻辑及其表现技巧。如果仔细做一比较的话，我们会发现，在某些方面，电脑游戏中的第一人称射击游戏（first person shooting game）与《我是太阳》和《亮剑》存在着某种很有意思的相似之处，比如，在同样为"革命历史题材"的国产游戏《血战上海滩》的虚拟世界中，由游戏者扮演的抗日英雄即拥有多重生命，被他击中的敌人即刻丧命，但他被击中却只损失"生命力"的点数，也就是说，每

---

① 著名的如电影《终结者》系列。好莱坞路线的动作片中的英雄也总是具有"多重生命"，如在吴宇森的《英雄本色 2》中，"周润发"多处要害近距离中弹之后还能够迅速复原，遵循的正是这种大众文化的幻想逻辑，而不是现实逻辑。

"死一次"只失去"一滴血",只要在流尽最后一滴血之前通过杀敌补充能量,即可重新获取完整无缺的生命力。对他来说,不存在所谓残疾之类的可能性,这正如关山林与李云龙一样。而且,在第一人称的游戏中,游戏者必须无保留地认同自己所扮演的角色,这正是新革命历史小说作为一种意识形态叙事所要达到的目标。所以,吸取电子游戏的策略对意识形态叙事来说是个很好的选择。的确,我们也可以在另外的方面看到"主旋律"小说"挪用"电子游戏的痕迹,如小说中对枪支器械的讲究与对运用枪支、手榴弹、大刀、匕首的技艺的精细描写,都能勾起电子游戏"玩家"对某些游戏的联想。在所有的第一人称射击游戏中——比如在风靡全球的游戏《反恐精英》(CS)中,挑选、使用枪支器械的水平是区别"菜鸟"或"高手"及玩家境界的重要标尺。① 从这一意义上讲,关山林与李云龙都是此中的顶尖"高手"。

三 女性的躯体:欲望化场景与性别秩序

与男性英雄的强健躯体相对应,他们的妻子一律美丽、优雅,他们的组合代表了典型的英雄配美女的古典理想。小说对这些女性的描述带有清晰的男性中心主义的痕迹,隐含了男性欲望化的目光,体现着父权制的文化秩序。

> 谁都承认,第四野战医院的女兵中,最漂亮的姑娘当然是田雨了,18岁的田雨是个典型的中国传统美学认定的那种江南美人,修长的身材,削肩,细腰,柳叶眉和樱桃小口一样不少,

---

① 其实,在几乎所有类型的游戏中,都存在着这种对器械的依赖与迷恋的倾向,只不过程度与表现方式不同而已。

若是穿上古装，活脱脱的就是中国传统工笔画中的古代仕女。
（《亮剑》）

巴托尔有个妹妹，名叫乌云，年方十八，尚未说下婆家。
张如屏派政治部的人去伊兰巴托尔的家实地侦察了一下，去的
人回来报告，说乌云人长得那个俊，赛过年画上的美人，歌也
唱得好，一张嘴就跟百灵鸟叫似的。

"他看乌云，乌云有些紧张又有些拘谨地站在那里。因为结
婚穿了一套新军装，军装很合身，衬托出她好看的腰身。她的
脸蛋红红的，因为喝了点儿酒，眸子里明亮如星，比往常更多
了一份俊俏妩媚。（《我是太阳》）

在小说中，这些女性都是男性英雄的陪附，她们的存在似乎只
是为了印证丈夫的男性力量与强壮的生命力，包括他们出色的性能
力。虽然在形式上她们也分享了作为后辈的叙事人的尊敬，但仔细
阅读则不难发现，叙事人其实将对前辈革命者的敬意几乎全部给予
了男主人公，同为革命者的女性只不过是欲望的对象而已。这一点
在《父亲进城》中体现得较为极端和矛盾，在小说中，叙事人的身
份是主人公石光荣的儿子，在叙述中叙事人总是以"父亲"代替石
光荣，但对作为母亲的褚琴则从来都是称"琴"，而且对她的讲述在
语气、分寸上也不像一个儿子而更像一个男人，一个和父亲的视角
统一的男人：

父亲本想打马扬鞭在欢迎的人群中穿过，当他举起马鞭正
准备策马疾驰时，他的目光在偶然中落在了琴的脸上。那一年，
琴风华正茂，刚满二十岁，一条鲜红的绸巾被她舞弄得上下翻
飞，一条又粗又长的大辫子，在她的身后欢蹦乱跳。

年轻貌美的琴出现在父亲的目光中，父亲不能不目瞪口呆，那一年，父亲已经三十有六了，三十六岁的父亲以前一直忙于打仗，他甚至都没有和年轻漂亮的女人说过话。这么多年，是生生死死的战争伴随着他。好半晌，父亲才醒悟过来，他顿时感到口干舌燥，一时间，神情恍惚，举着马鞭不知道落下还是就那么举着。琴这时也看见了父亲，她甚至冲父亲嫣然地笑了一下，展露了一次自己的唇红齿白。父亲完了，他的眼前闪过一条亮闪，耳畔响起一片雷鸣。在以后的日子里，他无论如何也忘不了琴了，他被爱情击中了。

小说中充满了对英雄们激情如火的性爱场景的书写，这当然不同于一般的"十七年"时期及"文革"文学的写作惯例——在那里，性或性欲总是给"坏人"准备的。其中自然含有从道德、伦理的角度对反动分子从人格上加以否定的用意——所以，对反动分子的性欲的安排经常采用"强奸""轮奸""通奸""性乱"等反人伦与反社会秩序的方式，如《白毛女》中黄世仁奸污喜儿，《创业史》中姚士杰强奸素芳，《苦菜花》中国民党兵轮奸女三青团员，《林海雪原》中蝴蝶迷淫荡乱交……当然，除了这种伦理上的考虑之外，20世纪50-70年代对性的排斥主要是因为性及性欲是最具私人性的不易驯服的"日常生活"内容。性是肉身性的强烈形式。它给现代国家组织日常生活带来了难度。所以，革命者必须远离性。

新革命历史小说对英雄的爱欲的描写无疑是20世纪80年代以来"新启蒙主义"文学观的体现，在这种文学观中，人性的描写具有天然的合法性（在"新启蒙主义"的思想脉络中，人性具有反封建、反专制、主体解放的意识形态含义）。革命者也是人，性当然无须回避。所以，20世纪90年代以后，在"新启蒙主义"的这种文学观已成不言自明的常识的情况下，新革命历史小说描写革命者的"性"已没有对旧有的革命历史小说的任何挑战意义。

《我是太阳》《亮剑》对新婚，以及征战间隙的热烈情爱给予了热情的书写，它表明了男性对女性的征服、占有、施予的绝对权力，小说经常以军事化的语言将床榻比喻为"另一个战场"：

　　那天夜里关山林将滚烫的土炕变成了他另外的一个战场，一个他陌生的新鲜的战场。他像一个初上战场的新兵，不懂得地势，不掌握战情，不明白战况，不会使唤武器，跌跌撞撞地在一片白皑皑的雪地上摸爬滚打。他头脑发热，兴奋无比，一点儿也不懂得这仗该怎么打。但他矫健、英勇、强悍、无所畏惧，有使不完的热情和力气。在最初的战役结束之后，他有些上路了，有些老兵的经验和套路了，他为那战场的诱人之处所迷恋，他为自己势不可挡的精力所鼓舞，他开始学着做一个初级指挥员，开始学着分析战情，了解战况，侦察地形，然后组织部队发起一次又一次的冲锋。他气喘吁吁，大汗淋漓，精神高度兴奋。他看到他的进攻越来越有效果了，它们差不多全都直接击中了对手的要害之处。这是一种全新的战争体验，它和他所经历过的那些战争不同，有着迥异但却其乐无穷的魅力。他越来越感到自信，他觉得他天生就是个军人，是个英勇无敌的战士，他再也不必在战争面前手足无措了，再也不必拘泥了，再也不会无所建树了。对于一名职业军人来说，这似乎是天生的，仅仅一夜之间，他就由一名新兵成长为一位能主宰整个战争局面的优秀指挥官。乌云始终温顺地躺在那里，直到关山林把战争演到极致，直到关山林尽兴地结束战斗，翻身酣然入梦，她都一动不动。（《我是太阳》）

无论是在战斗、日常生活（包括性活动）中，运动着的男性身体与被动的女性身体都形成了对照，这正如穆尔维（Laura Mulvey）所指出的，对积极的、运动着的男人的凝视与消极、被动的女性身体的凝视具有不同的意识形态内涵。①

《我是太阳》中关于英雄身体上的伤疤的重要细节颇耐人寻味：新婚之夜，乌云发现了关山林身上的伤疤：

> 被子撂到一边，乌云走过去给他盖被子，先前替他脱衣服时没留意，这时才发现关山林的身上，密密麻麻的全是伤疤，有的凹陷下去，像被剜掉了一块肉，有的生着鲜嫩的肉瘤，数一数，竟有一二十处。乌云愣在那里，心里慢慢就涌起一股痛惜的感觉，一种壮烈的感觉，一种撕裂的感觉。那个壮实的身体是陌生的，但是昨天晚上他们毕竟有过了肌肤之亲，毕竟实实在在地接触过了，她的体内已经留下了他的烙印。此刻，看着那伤痕累累的身体，乌云心里有一种疼痛，那种疼痛化冰似的，一缕缕慢慢沁渗开来，就好像那些伤疤是长在自己光洁如玉的身体上似的。（《我是太阳》）

同样是新婚之夜，《我在天堂等你》中的"我"也看到了丈夫身上的伤痕：

> 我说，小冯告诉我你的肚子上有枪伤，好了吗？他说早就好了。我说我看看行吗？他就扭过腰身，往月光那儿凑了凑。

---

① 劳拉·穆尔维：《视觉快感与叙事性电影》，载《电影与方法》，中国广播电视出版社，1992。

我还从来没有见过枪伤，在我们那个时代的女孩子眼里，有枪伤的男人才英勇。我是想在他身上找到英雄的感觉，好让自己能够接受他。月光下，我看见他的腰际有一朵黑色的花。

　　伤疤与硬茧之类，是"十七年"时期及"文革"文学中值得注意的身体印迹，它当然不单是生理标志，而是政治身份的标志。如《红色娘子军》中的吴琼花通过向党展示南霸天留下的鞭痕而顺利地加入娘子军；《暴风骤雨》中的赵玉林在控诉地主韩老六时，也当着工作队和听众的面展露了身上的伤疤，明确表达了自己的阶级意识；电影《决裂》中的江大年凭着一手的硬茧所表明的阶级身份上了大学……而在新革命历史小说中，伤疤不再具有如此强烈的或直接的意识形态含义，而是象征着男性的力量与意志，引发的是女性的爱怜，我们甚至可以说它是一种权力的象征，无声地要求着女性的屈从。伤疤，在某种意义上，已成为男性身体特殊性感魅力的标志。《我在天堂等你》中"花"的比喻恰切地透露出伤痕的这种美感。伤疤等标志通向的不再是某种抽象的阶级品质或道德素质，而是通向"男人气"，它激发的是女性的爱怜与认同。

　　国家意识形态永远都是与男性中心主义的意识形态同谋的，它自身就是一个父权制的象征秩序与权力结构。在英雄与女性的权力关系上，也铭写着意识形态的意义。女性的身体起到了双重作用：一方面，作为价值客体，女性印证着英雄的魅力；另一方面，在潜在的意义上，女性还构成了对于"人民"的隐喻与象征。她们的情感认同正是为了引导阅读者对革命者的认同。

四　以身体为中介跨越断桥

　　新革命历史小说对英雄躯体的修辞既含有对旧有的革命历史小

说叙事传统与资源的继承，也暗中吸收、挪用了消费时代的新的大众文化技巧。从中可以发现，作为主流意识形态载体的新革命历史小说一方面试图延续旧有的意识形态；另一方面也不得不在新的时代氛围与文化语境中对表述策略加以调整。旧有的革命历史小说对身体的清教主义态度已难以为继，商业时代的欲望化写作也对"主旋律"写作构成了强大的压力，这种语境迫使它改变叙事策略，以消除其训导气息。但与此同时，消费时代的写作对于身体的处理方式也为"主旋律"写作提供了可资借用的技术资源，从而使主流意识形态小说在新的时代条件下找到了新的可能性，重新焕发了生机。它改换了"询唤"的技术，重新建立"想象性关系"，试图将个体询唤为它所希望的主体。如果说旧有的意识形态运作机制在于将利比多压抑、转化为生产力（投身革命激情，自觉融入现实秩序），其背后仍然是一种劳动伦理；那么新的意识形态则旨在引导利比多的流向，加以规划，这是一种利比多的政治经济学。

性感化的身体引导着认同，进而这种认同再被潜在地转化到对其所象征的政治秩序的认同上去。因为，革命者是革命历史的人格化。这一过程在欲望及潜意识的层面上进行，而不是像"十七年"及"文革"时期小说那样在颇为抽象及象征的层面上展开（"样板戏"是这种象征性艺术的典范）。其意识形态实践的路线及运作逻辑是这样的：革命者的富于魅力的身体、人格——革命历史的合法性——作为革命历史合法继承者的现实秩序的合法性。这是一个曲折的意识形态的论证过程。其实这种论证技巧也是出于某种不得已，因为在革命历史的合法性与现实秩序的合法性之间在逻辑与现实上已发生了非常大的断裂。借助于革命者的身体做中介，意识形态成功地避免了自己的尴尬，跨越了断桥，在历史与现实之间完成了对接。不过，它也要承受一个代价，即感性、性感的身体对主流意识形态所同时具有的消解作用。过于充溢的身体天然地具有消解宏大意义的作用，事实上，这也是旧革命历史小说节制身体的重要原因。所以，"主旋律"革命历史小说在身体描写上不可能走得太远，远比一般的精英文学（所谓"纯文学"）及大众文化要谨慎、持重，这是它无法跨越的疆界，或许这也是涉及革命者身体的文学作品所不得不警惕的边界。

新革命历史小说对身体的修辞是一种在生命政治层次上的意识形态实践方式，它既消解了国家意识形态的深度和力量，又暗度陈仓，延续了其意义表述。从另一种意义上，也可以这样说，在身体似乎获得其充分自由的时候，它总是难以摆脱种种意识形态的缠绕。新的英雄们的性感的肉体正是在逃脱意识形态的过程中重新落网。在逃脱与落网之间，"身体"被各种意义所穿透、争夺，从而承受了不同意义之间的张力。或许，国家意识形态与消费社会共同需要这种张力。

第四节 新革命叙述的两重性

一 告别革命

"告别革命"的意识形态是解读军旅题材电视剧的关键，在于看它如何呈现革命历史或新中国革命军队的传统，以及如何看待这种传统与当下现实的关系。

很多新革命历史题材的小说对待革命传统的态度是暧昧的，即在形式上肯定革命的神圣价值，却在暗中抽空它的实质内涵，质疑它的合法性。我们不妨再以兰晓龙的《生死线》等为例进行分析。一定程度上，它和当代流行的那些"主旋律"作品如《亮剑》《历史的天空》《狼毒花》等异曲同工，仍然延续了 20 世纪 90 年代以来的"告别革命"的主流意识形态。某种意义上，这似乎已成为在当下讲述革命的可理解性的前提，在阅读上不冒犯观众的基本共识。总体上说，兰晓龙的作品弥漫着一种"不谈主义"的气息，流露出对一切宏大社会理想的不屑。对这类政治理想的执着被视为一种病态，任何对更公正、更美好未来社会秩序的宏大追求都是理性的疯狂与僭越——兰晓龙赞美的只是对具体的人生目标的追求所显现的人性光彩，这种人性光彩在许三多（《士兵突击》）、龙文章（《我的团长我的团》）、"四道风"（《生死线》）等主人公身上得到了突出呈现。作为一个反讽性的对位，那些宣扬宏大理想的人物则成为可笑的"半吊子"，一律是被喜剧化的滑稽角色：被孟烦了认为"色儿不正"（相信共产党宣传，有左派嫌疑）的青年学生小蚂蚁被戏谑化地、夸张地处理成一位讨人嫌的家伙，极其幼稚，满口空谈，不切实际。他对苏联的向往，他的理想热情和报国之志都成为心智不成熟的表现，成为川军团的笑柄。这是一个令人怜悯的形象，他的牺牲完全地无意义，不能带来任何的悲剧崇高感。他只不过是为空洞的理想甚至虚假的宣传枉送了青春生命。给人的感觉，他的悲惨结局只是咎由自取，只能怪他本人的人格的偏执与行为的怪诞。

兰晓龙质疑和解构的是有关社会历史的宏大理想的可能性，《生死线》前半段的龙文章由于空谈理想，喜欢讲大道理同样成为兰晓龙调侃的对象，虽然龙文章是国军中尉，但这并不影响它暗中指代革命理想，因为在 20 世纪 90 年代以来的语境中，对理想主义的消解从来都具有明确而特定的意识形态内涵。

这其中自有对社会理想，或者更明确地说，对革命理想的妖魔化。值得注意的是欧阳山川的形象，虽然这是一个在革命者的形象谱系中非常有意义的了不起的文学创作，但仍然是一个被抽离了共产主义信仰内容的信仰者形象，一个苦心经营、专注实践、不显露任何社会理想性色彩的形象，他的崇高受难只是一个民族英雄的受难，而不再是江姐、许云峰式的革命者的受难——《红岩》式的受难背后有社会理想与政治信念的支撑，而支撑欧阳山川的只能是民族气节和似乎是与生俱来的、威武不能屈的坚韧性。通过沽宁的局部胜利，电视剧暗示，共产党人最终能取得未来的全国胜利，不是它的阶级性质，或者社会理想等实质性的内容，而只是因为它独特的游击斗争方式，或者说，只是由于它依托草根，策略性地发动群众的政治动员方式比较有效而已。

我们一再发现，作为一个当下普遍的现象，当代的革命故事已不再能够讲述，甚至不再暗示有关革命起源、革命的阶级性质这些不合时宜的内容，而是刻意回避，或者说小心翼翼地抹去这些既冒犯"自由主义"的政治正确，又隐含着某种政治敏锐性的话题。于是革命被非历史化，非政治化，它至多只能被抽象为一种没有内容的对理想本身的追求（这在任何时代似乎都是应该被肯定的，安全的，让人感动的），革命者也被消解了历史的实在性，化身为空洞的英雄符号，他们被剥离了社会性的、政治性的内容，只代表普遍的、优秀的、微观的人性品质，如英勇、顽强、坚忍、忠诚、重义、崇尚自由及爱憎分明等。

于是，我们一再见到"四道风"一类的英雄，他和草莽英雄李云龙（《亮剑》）、姜大牙（《历史的天空》）、常发（《狼毒花》），以及生性顽劣的杨立青（《人间正道是沧桑》）同属一个谱系，不是说这些革命者形象不真实——历史上他们的确大有人在，而是说当这类英雄形象大面积流行的时候，表明了怎样的意识形态的转变。正如众多意识形态理论家所一再说明的那样，高明的意识形态从来不说谎，它只是有选择地讲述事实。在这个时代的观念氛围中，共产主义之类的信仰存在的真实性已经是个疑问，一个人真诚地、无世俗目的地投身于革命似乎颇为虚假。于是，为了"戏剧的"合理或生活逻辑的真实性，必须得把革命英雄非革命化，或者说人性化（欲望化）才是可被接受的，比如姜大牙因为喜欢八路军美女东方闻樱，李云龙因为喜欢打仗，所以他们参加革命才变得合理，即使余则成参加革命的最初动机不也是爱情么？当然，在"十七年"时期的革命历史小说中，也不乏此类英雄，但不管是身怀家仇的朱老忠、杨子荣，还是草莽英雄铁道游击队队员，都有一个成长的内在历程，这其实才是革命叙事最富戏剧性，也是最重要的内容——正如中国革命文学的经典母本苏联小说《钢铁是怎样炼成的》所表明的那样。但是，对于当下的革命叙事来说，这个成长历程恰恰是缺失的。（《潜伏》可能算是一个小小的例外，有某种成长的线索。）《生死线》中的主人公"四道风"同样属于这类英雄，相比于李云龙和姜大牙，他没有多少新意。作为意识形态的需要，这类英雄人物的阶级出身都是含混的（这和"十七年"时期的革命英雄截然不同），姜大牙似乎是底层出身，但他又是地主的养子，"四道风"作为祥子一族，似乎是城市无产阶级，但他有一个黑社会老大的叔叔做靠山，也没受多少苦，反倒是能横行一方。革命的阶级起源模糊了。

《我的团长我的团》在题材的选择上也有特别的意识形态上的考虑。借由对国军抗战行动的书写，兰晓龙强调了抗战的民族主义性质，而方便地剥离了既往革命叙事的政治色彩。其实《生死线》也隐含了这样的表达，只是《我的团长我的团》更单纯些。

从潜在意义上说，兰晓龙的故事都是丢失了魂魄的故事，不管是许三多、"四道风"还是川军团的成员们。于是，寻找魂魄就成了故事的持续叙事动力，但是，他们最终都没有找到真正的魂。某种程度上，这是当代军旅题材文学的普遍困境。但是，兰晓龙非凡的戏剧才华掩盖了这一叙事危机。兰晓龙巧妙地给革命叙事赋予了更具有"普遍性"的戏剧形式，这一点如单纯从编剧上说无疑是成功的，显示了高超的技术水平。比如，对于作为革命历史题材的《生死线》，兰晓龙称：该剧实际上是好莱坞片的翻版。第一部分是灾难片和心理恐怖剧；第二部分酷似《指环王》，剧中人永远在突围，从一个包围圈到另外一个包围圈；第三部分则有点像《肖申克的救赎》。

　　但这种巧妙的掩盖最终仍然会在叙事中留下巨大的裂缝，因为，支持剧中人物奋斗的那些具体而单纯的人生目标一旦达到，奋斗的意义作为一个巨大的疑问便浮现出来。支持许三多奋斗的是自卑导致的自尊，要对得起班长史今的朴素感情，以及做一个好兵，渴望人生有意义的朦胧愿望；支持川军团战士们的力量来自逃生与"回家"，并找回被打散的尊严与主体性；而"四道风"们战斗的动力则来自恢复家乡的生活秩序的朴素愿望与复仇的冲动……但是，这些具体的目标不可能是支持人物不断前进的持续信念，于是，在兰晓龙的剧作中，主人公们的人生危机纷纷出现了：许三多在击杀女毒贩后对自己的人生目标一下茫然起来从而险些精神崩溃；川军团一旦逃离生死险境就变得无所适从；"四道风"与龙文章等在抗战结束时变得无所适从，他们的莫名其妙的草率死亡好像是对这种生命无意义的解脱。兰晓龙之所以让他们死掉，是因为他没有好办法解决这种矛盾。

　　而这种生存危机在旧有的革命历史作品或 20 世纪 80 年代的军事题材作品中根本不可能出现，因为战斗、训练，成为好战士，都不可能是目标，而复仇、杀死敌人本身更没有合法性，除非它们获得来自社会政治信仰的有力支撑。正是有了这种对理想世界的眺望，既往的革命历史小说及军旅文学才具有强大的精神及道义力量与充沛的叙事动力，尽管由此也导致了另外的诸多美学问题，尤其是在它成为固定的叙事模式之后。

如何解决呢？革命文学与军旅文学试图用国家主义的表述来填补革命理想远景消失后的价值真空。

社会政治的意识形态界限泯灭后，军人被抽象化、普遍化为一般意义上的士兵甚至类存在意义上的"人"，军队只是价值中立的国家化的战斗力量。当代的军旅文学或者表现出对勇力超凡的超人式战斗机器的赞美，或者流露出对现代化的、美式军队的潜在渴慕。《士兵突击》中的美式做派的"老 A"就成为当代军人的样板。

二 对 1949 年以后的历史书写

有人要问：在中国历史上，李云龙式的草莽英雄，包括一些高层将领，不也是一种普遍的现实存在吗？其实，笔者并不是说"新革命历史小说"所讲述的不是事实，或事实的一面；而是说，这种新的讲法背后的意义表达值得注意。历史上的此类草莽英雄形象的确是一种普遍的存在，或许比"十七年"时期的英雄更具普遍性。这不是问题的关键，问题的关键在于：为什么以前不讲这种事实，现在只讲这种事实。其实，高明的意识形态从不说谎，它只是有选择地讲述一部分事实。这种讲故事方式的转向背后无疑是历史观念的运作。笔者这里所做的只是一种事实的描述和比较，并非一种美学的分析，更不是一种对写作水平高下的判断。

正是在这一意义上，我们特别需要注意二者之间的一些意味深长的区别。比如，"新革命历史小说"都大篇幅书写了 1949 年后的历史，而"十七年"时期革命历史小说虽然有一种将历史与现实时时相联系的意识，但一般只讲述革命历史本身。"新革命历史小说"的传奇类作品则用几乎同样长度的笔墨讲述了革命战争后的生活，尤其是重点讲述了"文革"中老将领们的悲剧性遭遇。这是为了进一步消解作品前半部分可能有含混性的革命历史的意义。这一部分几乎都采用了相近似的处理方式：反思革命的压抑性，反思革命的激进主义。

《亮剑》的前后两部分叙事风格截然不同，由激情四溢、情绪高昂到低落沉闷。对比小说的前后两部分，李云龙的性格出现了巨大的变化，从一个热衷暴力杀伐的欢乐英雄走向了对革命理想进行反思的哈姆雷特。但这却比较符合小说自身的内在逻辑。小说对"反右"运动（主要通过田墨轩、沈丹虹的命运）、"文革"及李云龙、赵刚悲剧性结局的叙述反思了中国革命及其历史后果。在这里，我们不难看到小说更多的还是借用自由主义的思想资源来进行所谓的全能主义的批判：当初的革命理想与乌托邦追求作为"致命的自负"，鬼使神差地铺就了"通往奴役之路"。给赵刚带来厄运的最后的发言将这一点说得非常清楚："我赵刚1932年参加革命，从那时起，我就没有想过将来要做官，我痛恨国民党政府的专制和腐败，追求建立一种平等、公正、自由的社会制度。如果我以毕生精力投身的这场革命到头来不符合我的初衷，那么这党籍和职务还有什么意义呢？"或许这种批判意识在田墨轩这个知识分子身上体现得最为鲜明了，小说浓墨重彩将他塑造成一个反专制的文化英雄。从这里，依稀能看出20世纪90年代以来反激进主义、反道德理想主义和自由主义在小说中留下的投影。

《历史的天空》显然把"文革"等历史悲剧简单地看成张普景所坚持的理想与原则所导致的，或由它必然引申出的历史结果。张景普的变疯意味深长。其实在小说中，他所代表的那套生活理念，原本就是一种历史的非理性或疯狂。《我是太阳》也有类似的表达。

新革命历史作品在新时代的语境中也具有复杂而暧昧的意义。

中国已日渐告别旧日的社会理想目标，但市场经济所产生的一系列社会问题在 20 世纪 90 年代以后越发明显，社会的中下层，承受现代化发展代价的社会群体对现实秩序开始产生不满。于是，旧有的革命历史题材的文学资源在当下语境中就勾连起了社会主义的经典价值（公平、平等、人民当家做主），新革命历史题材作品也就潜在地具有了某种批判性潜能。"红色经典"热清晰地显露了这种历史意味。它是一种深刻的历史征候，折射的是普遍的社会焦虑与民众潜在的政治诉求。这构成了新革命历史小说的政治潜意识，书写革命历史就必然会带出这种潜意识。它无疑具有潜在地质疑现实秩序的意味。

而这两种互相冲突的因素恰好构成了 20 世纪 90 年代以来革命历史题材作品阅读快感的重要根源，也是它具有潜在商业价值的原因之一。

三　对历史的重新思索

以上的评价对新革命历史小说未必公平，应该看到，它们把革命叙事转变为个人命运的故事，自身还是具有某些合理性，比如具有对原来的僵化的模式化的革命叙事的反拨作用。同时，作为崭新的革命者形象，李云龙、常发、欧阳山川等还是闪现着别样的光彩，呈现了革命军人丰富的精神世界。而且，在这些革命叙事中，革命作为一种缺席的在场，作为一种幽灵式的存在，一再提示着对革命历史的记忆，这种记忆以其无法消解的历史坚硬性顽强地在指涉着当下现实，散发着挥之不去的批判性能量。至少在主观上，对当下的社会主流意识形态，兰晓龙这样的优秀作家还是试图拉开距离，笔者倒更愿意理解为，为了"有效地"讲述对历史和当代现实的理解，"兰晓龙"们不得不对流行的时代语法做出某些妥协。但是，在流行的模式之内，他却另谱新声，进行了创造性的表达。这又使他极大地超越于流行的一般意识形态及其叙事模式。笔者认为，正是在这里，显示出邓一光、兰晓龙的过人之处和出色才华。尽管他们本人在很大程度上还受制于既定的流行的意识形态，但他们却敏感地捕捉住了漂浮在当下观念氛围中的新鲜因素，并力图使用当代的流行语言（文学模式与意识形态框架）将它表述出来。这就使他的叙述新旧杂陈，既不乏上文提到的种种意识形态的陈词滥调，也表现出对时代问题的敏感的美学洞察与有力呈现。

　　某些作品显现了在新的时代语境下中国大众艺术正在开始确立新的中国价值的努力。包括兰晓龙作品在内的一些优秀作品表明，当代中国的大众文化正在走出 20 世纪 80 年代以来的"现代化"的思想笼罩，对走向现代的历史目的论已有所怀疑，那些被西方文化所标榜的普遍价值正在丧失其神圣性。从这种观念体系下解放出来的作家们，正在试图以新的眼光读解中国自己的历史与现实。虽然这种观念的解放还是有限度的。

　　战争题材与军旅题材总是天然地预设着内与外，自我与他者的矛盾与对抗，这其中暗含对作为一个命运共同体的自我的界定（它通常表现为国族或政治集团）。正是在这里，我们可以发现当代中国对自我的理解的变化。兰晓龙的小说折射着当代中国重新寻求自我确认的冲动，透露出为当代中国寻求价值观落座的愿望。由于题材的特殊性，军旅文学率先成为这种政治潜意识得以表达的出口，而兰晓龙无疑是其中最为出色的表达者。尽管他是无意间承担了这种使命。

　　仔细审视兰晓龙笔下的"他者"形象，我们不难发现，他摆脱了启蒙主义的现代化观念，不再执着于对中西文化的某种本质化的想象。西方人不再是先进文化的人格代表，对这些人物剧作有平和从容而更为历史化的认识。如《我的团长我的团》中的英国人和《生死线》中的美国人。另外，对日本人也没有泄愤式地丑化，也没有陷入纯文学的启蒙主义人性论的俗滥表述——去发掘所谓战争中的人性，如《屠城血证》《南京！南京！》所讲述的那样。《生死线》对第二次世界大战中的日本人的批判，不再是道德批判与人性批判，也不全是对民族性格或劣根性的批判，而是隐含着对日本特殊的现代处境下的病态国民人格，或急切追求现代道路的悲剧性民族性格的批判性反思。剧中对明治后日本人这种狂妄民族性格进行了有力的反讽式揭露，如日本武士道精神的虚弱本质，日本等级制压抑下的民族性格变态，过强的自尊感背后的强烈的民族自卑感，等等，尽管是通过有限的细节，却有着极为生动的书写。日军的残暴自有其现代性观念的根源。这种历史观念对亚洲其他民族的态度以及对自我的想象，在某种程度上支撑了日军的非人道行为。剧中反派人物长谷川、伊达、宇多田等日本军官形象有着丰富的历史深度与性格深度，给人的印象深刻。

即使那些对男性气质的强调与暴力书写，固然有消解革命价值观，迎合大众文化阅读快感的作用，同时，通过对强力的"民族性"的重新塑造，它包含着一种积极的文化主体性的自我肯定的愿望。《生死线》与《亮剑》式的书写在很多方面都有这样的意义。当然，兰晓龙也清晰地表达了对中国人尤其是男性缺乏尚武精神的批判，还带有一些20世纪80年代的启蒙主义遗风，不过，这种对中国国民性的批判已经与20世纪80年代的批判有所不同，它们基于不同的对世界关系的认知，包含着对当代由西方主导的现代秩序的本质的清醒认知。

兰晓龙明显地表现出对优雅与精致的文化的轻视，在他看来，正是中国文化的先进与优雅，才造成了国民性的孱弱，到头来，精致的文明只不过如高会长家的古董成了胜利者日军的战利品，高雅的文化只不过表现为可歌可泣却于事无补的抗争气节，如老琴师的玉碎。中国之挨打，不是因为落后，恰恰是因为过于先进，过于有文化，只知讲道理，只知相信公理的天真。正因为有这样的历史认识，所以在兰晓龙的笔下，文化人一律显得迂腐可笑，不管是何莫修博士，还是孟烦了的父亲孟老夫子、酸文假醋的阿忆。中国的悲惨命运就是这种先进与成熟的文化惹的祸，到头来，国破家亡，还不是得靠最没有文化的粗人"四道风"支撑起抗敌的希望。有文化的绅士高会长终于明白了这个道理，当他以无比的敬意描述自己当初从来看不起的小四当街格杀鬼子的壮举时，他彻底否定了自己优雅的文化趣味。而高会长的千金，现代的洋学生爱上粗鲁的"四道风"更是大众文化叙事常用的价值肯定的老招式。

《生死线》中的唐真是个耐人寻味的形象。唐真，从一个热爱文学，不乏小情调的文弱女学生，变成了男性化的"唐机枪"，这种戏剧性的转变在某种意义上可解读为中国命运的隐喻。她柔弱的女性身份是个象征，屈辱的家破人亡的命运也可看作中国近代史的隐喻，而唐真的名字更具象征色彩。是惨痛的家仇把一个弱女子改变成为强悍的战士，正如不讲理的野蛮的现代历史逻辑把优雅的中国转变成了一个粗鲁起来的现代民族国家。兰晓龙的这种叙述击碎了现代化的普世主义的迷梦，也是对当代中国因为富起来而沾沾自喜的非政治化庸众心态的尖锐批判。在任何的所谓普世主义的表述之下，我们都要警惕特殊的民族利益。

当然，这种表述里面也有某种让人不安的因素，事实上，这里面含有对暴力的现代性逻辑的最终认同。相对于旧有的革命历史作品，我们丧失了革命的国际主义视野，批判资本主义世界体系的道义感，也没有能力想象一种替代性的价值观。这是需要警惕的。

对"西方"的重新认识是以对自我的重新认识为逻辑前提的。在这个意义上，笔者更愿意把何莫修的身份与选择，看作新的民族认同的象征。他放弃美国人的身份与安全舒适的生活，重新选择了中国人的身份与文化血缘，选择和战斗的中国人站在一起，选择和他们同享一种残酷的命运。惨烈的生活使他从悬浮的生命状态回归了中国大地，认清了自己的不可逃脱的作为中国人的命运。如果不惜过度诠释的话，我们甚至可以在何莫修身上看到1980年代以来面向西方的中国人的曲折回归的身影，看到从迷信西方普世现代文明到重新认同中国性的曲折心路。何莫修从懦弱到坚强的转变是最为动人的戏剧性转折。

新革命历史小说意识形态的内在矛盾，某种意义上代表了当代优秀的成功的文学作品的普遍处境与典型特色，《潜伏》《蜗居》《人间正道是沧桑》《亮剑》等，莫不如此。而对于接受当代主流意识形态渗透式影响已习焉不察的观众来说，审美意识中本就有着固有的矛盾：一方面，我们已经对依托于主流意识形态观念和价值的故事模式有了顽固的依赖性，比如我们会先验地认定人性是自私的、"理性的"，革命是暴力的、专制的，人生来是不平等的，追求成功是人生的最大意义，普遍的人性温暖可以化解苦难，以及教条主义的自由与民主价值观等；另一方面，我们内心又潜藏着某种我们自己都不清楚的超越现实的渴望。那些主流意识形成的意见所不能有效回答的困惑也需要新鲜的艺术启示。我们需要艺术的鲜活触动，来恢复我们与现实的感受性连接。这种矛盾的需求所造就的审美意识决定了那些面向大众写作的作品的难度与限度，它对历史、现实的批判性思考必须转换成当代受众能听得懂的语言，而这种语言又总是感染了主流意识形态的病毒。

　　这正是作家们的困境，也是当代最有价值的那些大众文化作品的普遍困境。但是，正是这种困境给他们带来了在大众文化领域的成功，伴随着误读与曲解的成功。

第三章

改革的震荡及其文学回声

——大厂小说研究

第一节　改革·叙述·主旋律

　　"这是一个历史加速的时代"①，米兰·昆德拉在《相遇》中的宏论或许是 20 世纪 90 年代中国最好的注脚。在 20 世纪 90 年代，轰轰烈烈的改革进程不仅促成了中国经济的腾飞，也深深地改变了中国的社会结构。与此同时，20 世纪 90 年代又是一个复杂和暧昧的时代：历史已经终结，却又悬而未决；旧体制濒临解体，新秩序尚未确立。改革开放 30 年，20 世纪 90 年代是最为关键的十年，较之近年来当代文学研究界对于 20 世纪 80 年代的热衷，关于 90 年代的研究则是方兴未艾。事实上，90 年代更具代表性和症候性，其产生的历史惯性一直延续至今，构成了"漫长的 90 年代"。而"改革"二字，更是成为时代的主旋律和历史的动能，被铭写在 90 年代的文化地形图上。

---

① 米兰·昆德拉：《相遇》，上海译文出版社 2010 年 8 月版，第 33 页。

　　然而，作为 20 世纪 90 年代社会背景和大前提的"改革"，却也被再现在文学中，成为作品书写的对象和表现的主题。这是因为，中国新文学的传统是现实主义的传统，在感时忧国的情怀下，文学反映时代是中国文学的使命，文学与历史、文本与语境产生了良好的对话互动。因此，考察关于"改革"的小说是我们讨论 90 年代社会/文化的最佳方法与路径。

　　大厂小说正是关于"改革"的典型文本。大厂小说的命名来自谈歌的中篇小说《大厂》，是按照内容和题材划分的文学亚类型，这类小说的场景多集中于国有大中型企业尤其是大工业单位，主要描写国企改革和工人下岗问题。事实上，大厂小说的出现与改革直接相关，更确切地说，是改革的伴生物。大厂小说"再现"了 20 世纪 90 年代中期国有大中型企业改革过程中出现的种种焦虑和问题，是改革进程的叙事表征。

　　毋庸赘言，我们只需回望 20 世纪 90 年代的改革时间表，就会发现国有大中型企业改革与大厂小说之间的隐秘联系：1992 年 10 月召开的党的十四大正式提出建立社会主义市场经济体制和国有企业建立现代企业制度的目标；1993 年 11 月十四届三中全会通过的《中共中央关于建立社会主义市场经济体制若干问题的决定》，进一步明确了国有企业建立现代企业制度的目标与步骤，改革速度加快；1995 年 5 月，国务院办公厅转发国家经贸委《关于 1995 年深化企业改革搞好国有大中型企业的实施意见》的通知，对国有大中型企业进行大刀阔斧的改革。由此，市场经济优胜劣汰的作用发挥出来，改革的阵痛开始出现，国企的兼并倒闭与工人下岗成为社会问题。而与之相对应的，则是大厂小说代表文本的出现：谈歌的《年底》发表在《中国作家》1995 年第 3 期，《大厂》刊载于《人民文学》1996 年第 1 期，张宏森的《车间主任》1997 年 3 月由山东文艺出版社出版①。

上述政策文件与小说文本的并置，并不仅仅坐实了"改革"与"叙述"的关系，还表现了两者的差异与分殊。"改革"是国家权力驱动的社会实践，其产生的震荡从政治经济领域开始波及社会的方方面面。而"叙述"却是由作者的想象驱动，将现实经验重构与升华所产生的虚构世界。虚实之间，两者关注的面向大不相同：改革是关乎国计民生的大政策，关于改革的方向与进路，思想学术界因立场不同而颇多争论，而领导阶层对改革的决断也多有权衡，这是"国计"和宏大叙事；而在文学叙述层面，却要关怀在改革过程中个人的挣扎与热望，探讨改革政策如何"降落"到日常生活中，这是"民生"和日常叙事。从宏大到日常，从改革到叙述，改革/叙述正是在这二律背反中完成了从历史到文本的过程。

在讨论了"改革"与"叙述"的关系之后，我们还有必要在文学史脉络中厘清大厂小说的内涵与外延。根据刘复生对改革题材文学作品所做的梳理：20 世纪 90 年代中期集中出现的大厂小说书写"局部社会生活中改革内容"，"改革本身显然已不是主要关注点"。90 年代后期至今的"新改革小说"（它们构成了所谓"官场小说"的一部分）描绘中国改革全景，多选取地市级作为故事背景，书写广泛的经济政治变革。而 80 年代的"改革小说"则在改革派与保守派的戏剧张力中展开叙述，与 90 年代的新改革小说和大厂小说在表

① 本文的研究对象除上述作品外，还包括谈歌的《大厂续篇》（《人民文学》1996 年第 8 期），李佩甫的《学习微笑》（《青年文学》1996 年第 6 期），李肇正的《女工》（《清明》1995 年第 4 期）。值得一提的是，发表谈歌《大厂》及其续编的刊物乃是"国刊"《人民文学》。此外，张宏森创作的长篇小说《车间主任》与 20 集同名电视剧双双荣获"五个一工程"奖；电视剧《车间主任》荣获全国电视"金鹰奖"、"最佳长篇电视剧"奖。

意方式和叙述策略上有重要差异。① 现在，大厂小说已经被文学界经典化，归之为"现实主义冲击波"现象，谈歌也被认定为90年代中期河北文坛的"三驾马车"之一②，写进了文学史教科书③，成为我们研究20世纪90年代的重要参考。

通过上面的论述，我们可以发现，大厂小说与改革的密切关系——它位于改革/叙述的交叉地带，是文学对改革的再现。但是，当我们为大厂小说加上"主旋律"的前缀后，却又限定了大厂文学的范围，从而有相当一部分的大厂小说被放逐在我们讨论的范围之外④，因为虽然同属于大厂文学，却尤有处于主流意识形态之中和之外的差别。"改革对社会结构与既有政治、经济、利益格局将产生巨大影响，也意味着作为改革负效应的种种社会问题会加深，新的问题将会出现，这就需要有新的意识形态工程配套，成为改革的侧翼"。⑤ 作为与改革配套的意识形态工程，"主旋律"承担了转述与阐释改革及其合法性，建立文化领导权的重要功能，这就意味着它会通过各种方式干预文艺创作，包括政策指导与奖励机制。而"主旋律"大厂小说正是在这种机制下被命名的，因此，大厂小说与"主旋律"大厂小说并不具有对称性，更确切地说，"主旋律"大厂小说是改革/叙述/主旋律三者的耦合。

---

① 刘复生：《历史的浮桥——世纪之交"主旋律"小说研究》，河南大学出版社，2005，第80—81页。
② 20世纪90年代中期河北"三驾马车"：谈歌、何申、关仁山。
③ 参见洪子诚《中国当代文学史》，北京大学出版社，2007，第354页。
④ 洪子诚先生认为，"以长篇小说为主体的'现实主义冲击波'，也与20世纪90年代国家意识形态部门的操作有关，即将现实题材长篇小说创作纳入'主旋律'文化战略实践的结果。因而，构成'现实主义冲击波'的相当一部分作品，又可以看作属于90年代'主旋律'文学的范畴，因而间或可以称其为'主旋律'小说"。参见洪子诚《中国当代文学史》，北京大学出版社，2007，第354—355页。
⑤ 刘复生：《历史的浮桥——世纪之交"主旋律"小说研究》，河南大学出版社，2005，第10页。

让我们回到 20 世纪 90 年代的历史语境。"在全球范围内共产主义运动遭受挫折与国内风波的背景下"①，中国却在 1992 年邓小平"南方谈话"后重启改革进程。这无疑是在保留社会主义制度框架的前提下，引进市场机制，展开经济—政治自救的方式。20 世纪 90 年代的改革是对 80 年代改革的进一步推进和深化，是中国历史的重大转折，至此，中国社会也不可避免地在经贸领域迅速卷入全球化的生产和贸易体系，受到全球化资本与权力运作的规约。在此阶段，中国改革虽然集中于经济领域，但却牵一发而动全身，导致了社会结构的变迁和意识形态的转换——中国已然从社会主义体制转型为市场经济体制。风起云涌的改革浪潮席卷城市与乡村，聚焦在工业领域，就是将原有依托国家的国有大中型企业改革为"产权清晰，权责明确，政企分开，管理科学"②的现代企业。而按照当时一般的说法，成为现代企业，就必须摆脱计划经济体制下的低效率和工人福利，从原有管理体制中脱身而出，减员增效，这就必然产生大量下岗工人。"90 年代最触目惊心的变化之一是工人阶级——不，工人身份和地位的变化。"③从社会主义经济体制到市场经济体制是一个缓慢的转换过程，但工人问题却正好卡在这两个系统的交接点上，这是一次规模庞大的"文化冲击"，一个显见的断裂与创伤——工人们怎会想到，自己的形象会以这样的方式在历史中重新显影？曾几何时，工人是拥有无上荣光和特权的职业，是社会主义的主人翁，是国家意识形态合法性的象征。这一职业中蕴含的骄傲和自我认同

---

① 汪晖：《当代中国的思想状况与现代性问题》，载《死火重温》，人民文学出版社，2000，第 42 页。
② 参见《中共中央关于建立社会主义市场经济体制若干问题的决定》。
③ 旷新年：《〈那儿〉：工人阶级的伤痕文学》，载《把文学还给文学史》，复旦大学出版社，2012，第 87 页。

是难以言喻的，而这崇高的身份正是社会主义制度赋予的。而在 20 世纪 90 年代的市场经济体系中，原有的价值系统和利益分配体制分崩离析，以市场和财富为主导的新意识形态逐渐建立，工人不仅失去了"铁饭碗"的生存保障，同时也失去了附着在职业身份上的尊严感。工人身份的位移与沉坠，这才是工人问题的关键所在。

改革无疑是艰难的，但再现改革也同样艰难。改革时代是转型期，也是过渡期，这一"中间状态"不但在时间上延宕，而且在意义上延异。具有改革时代意识形态主导功能的"主旋律"，要想跨越社会主义体制与市场体制之间的鸿沟，就不仅要"维护旧有的社会主义理想和价值观的神圣性"，还要表达"经济增长与维护国家稳定"的新意识形态①。面对这样的双重使命，"主旋律"如何化干戈为玉帛，在旧有的意识形态与新意识形态之间实现"无缝对接"、保持微妙的平衡？如何在瞬息万变的历史中询唤出新的主体？这不仅是"主旋律"意识形态表意实践的困境，也是"主旋律"大厂小说的叙述难以逾越的困境。在"主旋律"大厂小说所处理的国有大中型企业改革的题材中，如何再现国企改革的尴尬与工人生活的苦难，并加以超克和"想象性解决"？如何治愈与抚平工人内心的创痛，从而召唤出符合新意识形态、朝向市场的新工人？上述问题，是我们在阅读"主旋律"大厂小说过程中一个难以摆脱的印象、一个充满吊诡的疑问牵扯出来的：为什么要在描写"改革对生活的震荡"的工人题材中叙述"康复与治愈"？而这，正是我们的问题意识所在。

伴随着 20 世纪 90 年代众声喧哗的市场化与"去政治化"，文学变得越来越边缘化了，而对身处其中的时代视而不见者，沉湎于自

---

① 刘复生：《历史的浮桥——世纪之交"主旋律"小说研究》，河南大学出版社，2005，第 11 页。

我小情小欲的私语者却所在多有、数不胜数，可谓 20 世纪 90 年代特有之怪现状。相对于这些所谓的"纯文学"作品，"主旋律"大厂小说旗帜鲜明地书写了改革的阵痛及其后果，无疑是反映时代精神的"社会性和公共性"的文学。和任何时代的热点现象一样，"主旋律"大厂小说也具有时效性和封闭性，只出现在 20 世纪 90 年代中期工人下岗现象最严重、社会矛盾最激化的那几年。但是，"日光之下，并无新事"，历史总是以复沓、回旋、衍生的方式前行，只是换了另外一个存在形态而已。"工人"问题并没有消失，而是在当代文学—文化中不断地"原画复现"。自"主旋律"大厂小说之后，又出现了大量关于工人问题的文艺作品，如王兵的《铁西区》（2003 年）、曹征路的《那儿》（《当代》2004 年第 5 期）、贾樟柯的《二十四城记》（2008 年）、张猛的《钢的琴》（2011 年）等。"工人"话语从未离开大众与知识人的视野，只是以改头换面的方式出现罢了。

第二节 "主旋律"大厂小说的叙事策略与意识形态

在中国语境下，现实主义创作是一种"再现"（representation）的艺术，文学文本与历史语境之间具有镜像关系。事实上，我们无须重复诗与史、文学与政治的辩证，就可以从 20 世纪 90 年代的文学作品中看到"改革"留下的清晰面影。那是一个机遇与危机并存的时代，突然开放的市场释放了个人的欲望，适应游戏规则的人如鱼得水，赶不上步伐的人被历史淘汰。当历史的进化论活剧在中国大地上轰然上演，改革的逻辑渐次展开，它的后果（如下岗工人的生存问题）也就逐渐被利益受损、承受代价的普通民众所体认，于是他们在 20 世纪 80 年代对改革的玫瑰色想象消失，"改革"遭遇了自身的合法性危机。① 而在 20 世纪 90 年代的新意识形态中，"经济增长与维护国家稳定"却是中国共产党和国家的合法性根基，因此，改革必须朝现代性的愿景继续前行，至于对"改革"合法性的辩护，则由主流意识形态通过"主旋律"的想象和建构展开。

作为叙述改革的文学，"主旋律"大厂小说无疑要"担此重任"，对改革中出现的问题进行有效的回应，"重续'改革'的合法性，并对迟到和乏力的'政治体制改革'做出辩解，对其历史正当性做出文学的论证"②。于是，《人民文学》1996 年第 8 期的编者按《关于〈大厂〉及其续篇的话题》如此写道：

> 小说《大厂》之所以引人注目，是因为作品真实地写出了转轨期国有大中型企业面临的困境，写出了在困境中人们的种种心态和不屈不挠的苦斗精神，写出了人们在患难中的真情。而在《大厂续编》里，作者则致力于价值的重建；在由计划经济走向市场经济——社会主义市场经济——的痛苦新生中，人们应否保持和如何保持某些价值并重建某些价值。③

不难看出，官方色彩很浓的"国刊"对于谈歌这两部作品的评价颇高，且着重指出了作品中蕴含的"苦斗精神"、"真情"以及"价值"；而与这一关键词序列并置的，则是"困境""种种心态""痛苦

---

① 刘复生：《历史的浮桥——世纪之交"主旋律"小说研究》，河南大学出版社，2005，第 81 页。
② 刘复生：《历史的浮桥——世纪之交"主旋律"小说研究》，河南大学出版社，2005，第 81 页。
③ 编者按，《关于〈大厂〉及其续篇的话题》，《人民文学》1996 年第 8 期，第 1 页。

新生"。两相比较，编者的情感取向和价值判断十分明显。他将谈歌作品中"呈现问题—解决问题"两个面向切割开来，试图从作品中提炼出积极性精神元素（守住精神，转化新生），为改革的继续前行进行辩护。这份带有阅读指南意味的编者按在读者进入文本阅读之前，已然为读者定下了阅读的基调和方向，完成了对作品的阐释和解读。不过，这份颇具症候性的编者按，却为我们理解"主旋律"大厂小说的叙事策略与主流意识形态之间的关系提供了一个良好的示范。

本节的论述拟从三个面向展开：第一，"逃逸的美学"，主要通过对"主旋律"大厂文学文本内部"圆形结构"的揭示，展现"呈现问题—解决问题"的叙事策略如何影响了文本意义的阐发。第二，"弥合的叙事"，分析"主旋律"大厂文学如何弥合工人与领导阶层的矛盾，并通过叙述领导"爱厂如家"的理念以及"市场不得不如此"的方式，完成对愤懑的淡化和转移。第三，"归还的遗产"，分析"社会主义的历史记忆"如何重回主流意识形态的领域，以及由此产生的批判性与建构性效果。

一　逃逸的美学：圆形结构的自我阐释

在"主旋律"大厂小说中，故事的情节大多以工厂为背景、围绕中心人物展开，例如《车间主任》中北方重型机械厂的中层干部车间主任段启明，《大厂》及其续编中红旗厂的厂长吕建国，《年底》中的周书记，《学习微笑》中食品厂糕点车间的女工刘小水，《女工》中羊毛衫厂仓库女工金妹。这些人物在各自工厂中处于不同的阶层，中间既有管理阶层的厂长和书记，也有中层干部，还有普通的职工，他们拥有不同的身份和位置，也有各自的烦恼和困惑，从而在不同的视角下展现了"工厂"这一社会生产部门在改革时代面临的困境和问题。

工厂的困境和问题正是"主旋律"大厂小说叙事的重点。综观大厂小说，我们不难发现其情节主要是在"呈现问题"中展开的，而在文本的末尾，则照例有一个"光明的尾巴"，这就意味着"解决问题"。这种"呈现问题—解决问题"叙事策略的使用，说明了"主旋律"大厂小说依然使用的是"平衡—打破平衡—平衡"的传统的现实主义叙事结构。而这一类型的叙事最大的特色则在于起承转合的完整性，以及文本内部的圆融和封闭。这是一个圆形的结构，具体呈现在作品中，是开头与结尾的呼应。

例如大厂小说的代表作品《大厂》，故事就是以红旗厂厂长吕建国郁结的情绪开端的，作者捕捉到吕建国新年后上班的场景细节，并在前几段就把春节前闹出来的两件烦心事呈现出来：其一是厂办公室主任老郭陪着河南大客户郑主任嫖娼被公安局抓了；其二是厂里唯一的一辆高级轿车被弄丢了。而屋漏偏逢连夜雨，吕建国上班之后可谓是举步维艰，各种琐碎的事件压在他的身上，等待他处理，于是故事就在他到处"救火"中展开，工厂的种种矛盾也在这些"事件"中凸显。而在作品的结尾，这些问题都妥善地解决了。《大厂》中很少有风景描写，但在开头第二段作者写道"吕建国发现窗子没关，早春的寒风呼呼往屋里灌着，窗台上的那盆月季花都打蔫了"，而在最后作品末尾"吕建国站在厂门口，突然发现厂门口的树一夜之间，已经绿绿的了，恼人的春寒大概就要过去了"。两相对照可见，"春寒"这一物候不仅为故事提供了季节背景，更暗示了矛盾的存在，而结尾处"过去了"则代表问题的解决和生活的希望。

无独有偶，"呈现问题—解决问题"的叙事策略同样出现在《大厂续编》中。如果说《大厂》涉及的矛盾过于日常琐碎，只能暴露和批判工厂出现的问题，那么《大厂续编》则触及改革时代的宏大叙事：市场机制和企业兼并。这两件大事构成了《大厂续编》的主要叙事内容，又分别通过包工头冯大脑袋和环宇厂厂长章东民展开，其中尤以企业兼并作为重点。章东民原本是红旗厂的老员工，因与原来的老厂长闹不来，于是一气之下去了国营小厂环宇厂，但环宇厂在市场中发展壮大，而红旗厂却积重难返越来越不景气。于是市委想让环宇厂兼并红旗厂，但在是否接受红旗厂工人的核心问题上，双方僵持不下。"如何安置工人"（或者说"如何让工人不下岗"）成了故事的焦点。拉锯战的最后，章东民同意"不剥离任何一个员工"，故事在拆毁旧厂房的爆炸声中结束。

较之《大厂》，《大厂续编》更能真切地触摸到改革"惘惘的威胁"——工人下岗问题。从经济理性和利益最大化的原则而言，市场与发展主义的目标无疑是开源节流，用最小的投入换取最大的回报，面向市场的企业无疑会要求人力资源的优化配置，以促进效率的增长。"当时国家与经济学家们对此做出的解释中最流行的一种是：国有企业人员浮肿，冗员过多，负担太重，企业承担了太多的社会负担，因此造成了国有企业在竞争中的不利局面。"① 就此而言，当企业实行兼并，工人下岗则不可避免，就红旗厂的情况而言，更是如此。但是，作者在呈现了工人下岗问题之后，"解决问题"的对策却是在国营厂之间实现兼并。而环宇厂是否全员接受原红旗厂工人，是吕建国与章东民争论的焦点：

> 章东民点燃一支烟，眉头紧皱着，吁出一口烟："建国，市场无情啊。"
>
> 吕建国突然转过身，凶凶的目光盯着章东民："可咱们搞的是社会主义市场经济啊，社会主义是要让人人有饭吃的。兼并，

---

① 萧武：《后社会主义中国的资本与政治》，未刊稿，载 http://www.cssm.gov.cn/view.php?id=3877。

不是要砸掉几千职工的饭碗啊！章东民，嘴上的道理谁也会讲，改革就是要付出一定的代价的。可是这代价不能小一些吗？你刚刚说什么？市场无情？不错，都是这样说的，连报上也在这样说。可是现在我是在跟你章东民讲人！讲你章东民，你章东民难道也无情吗？张嘴闭嘴无情无情的，听得人心冷啊。这种话我已经听多了，听够了。好像我们搞市场经济不搞趴下多少人就不算数似的，是这么个道理吗？"

在争论中，章东民强调"市场无情"，而吕建国则强调"人"，强调改革不是无情的。而我们已经知晓结局是章东民接受了吕建国的条件，这就意味着工人下岗的问题解决了。我们不妨来考察一下《大厂续编》中"解决问题"的方式。首先，从工厂的层面上说，值得注意的是环宇厂的"国营"性质，而非外国资本或者民营资本，这就避免了市场机制可能带来的劳资冲突；同时，我们还需要注意章东民这个红旗厂旧员工的身份，他必然是一个"有情的人"，与市场中片面追求经济利益的"无情的人"不同，这一特殊的身份充当了市场与旧体制之间的中介。其次，从工人的角度而言，红旗厂的改革并没有"伤筋动骨"，而是顺利地将体制内的工人转化为面向市场的工人，并减少了突然到来的市场机制对工人的冲击以及由此带来的社会问题。最后，就意识形态层面来说，国营企业兼并这一解决方式的使用，将红旗厂兼并到环宇厂的举措保持了原有的路径依赖①和体制惯性，避免

---

① 路径依赖：英语为 Path‐Dependence。"它的特定含义是指人类社会中的技术演进或制度变迁均有类似于物理学中的惯性，即一旦进入某一路径（无论是"好"还是"坏"）就可能对这种路径产生依赖。一旦人们做了某种选择，就好比走上了一条不归之路，惯性的力量会使这一选择不断自我强化，并让你轻易走不出去。"参见 http://baike.baidu.com/view/397443.htm。

了市场带来的冲击——这一对策的采用，无疑将矛盾进行了淡化、转移并加以解决，从而将改革成本和合法性危机降到最低。在这样的"解决问题"的方式下，红旗厂的工人们无疑是幸运的。

但《学习微笑》中的女工刘小水则没有这么幸运，她无可奈何地下岗了。《学习微笑》主要讲述刘小水等八名女工被厂里抽出来，为准备接待来厂投资的港商参加礼仪培训班"学习微笑"。在作品中，这位投资的港商虽然迟迟不出场，但先港商而来的各路人马，包括审计局和银行等，刘小水都见识过了。厂领导为了和港商融资，用尽各种手段，但港商来时，却被副市长接走，融资失败，厂子破产。除此之外，刘小水的家庭和亲属的处境都很不堪，公公和父亲都因贫穷而苦恼。她老实的丈夫因为要"团结团结"同事，被车间主任叫去赌博，恰好被派出所逮着了，她硬是凑不出三千元的罚款……尽管小说呈现了种种的问题，但解决问题的方式却出奇地简单和偶然。小说结尾，刘小水的丈夫要给车间主任送礼，刘小水辛苦了一晚上，炸出了"最后一次"的完美的梅豆角。结果礼没送成，刘小水本想扔了，出门之后却又舍不得，拿回来倒在大盘子里上街卖，居然生意极好。于是刘小水寻着了生计，在街头摆了个卖点心的小摊，专卖梅豆角。《学习微笑》以"微笑"为题，但在文本中多次写到刘小水的哭泣，以乐写哀、以笑写泪，作者以参差和对照的写法呈现了下岗女工的困境与窘境。但这光明的结局却是柳暗花明，以情节的突转驱散了前面的阴霾，在故事结束之前从苦难中侧身而出①——刘小水靠自己在厂里学得的技术解决了下岗对生活的冲击。

---

① 此处分析参考陈晓明《"人民性"与美学的脱身术——对当前小说艺术倾向的分析》，《文学评论》2005 年第 2 期，第 120 页。

综合上面的论述，"主旋律"大厂小说"呈现问题—解决问题"的叙事策略无疑是成功的；不管是表现工厂的困局、企业改革的剧变，还是工人下岗的问题，它都在文本内部构成了一个圆形的封闭的结构，达到了自身完满的阐释。在这样的叙事中，读者无须另作解读，只需代入角色即可。这就意味着，当小说缝合起"呈现问题"与"解决问题"两个面向，将"呈现问题"包裹在"解决问题"之中，那么主流意识形态就暂时缓解了改革的合法性危机，回应了民众对改革及其后果的质疑。在这叙述与意识形态的阐释循环中，读者无须直面惨淡的真实，无须回望自己的创伤记忆，从苦难中逃逸出去，只需沉浸在封闭的文本中，问题就能得到想象性的解决。主流意识形态正是在这样的小说形式中，构造了自己的表意实践、文本白日梦与文化乌托邦①。由此，文学的治愈与宣泄作用体现出来了。作为意识形态的载体和媒介，文学通过情感的抚慰，缓解了受众对改革以及后果的追问与质疑。

二 弥合的叙事："以厂为家"与愤懑的转移

意识形态批评理论认为，"由于意识形态幻象的赌注是要构建没有对抗的社会，因此它就要隐藏、弥补被实际存在的对抗性斗争所分裂的社会状况，掩饰社会的不一致性"②。研究者喻滨就曾指出谈歌小说的不足之处是"对社会现实的批判力度还不够深刻……面对改革中出现的现实矛盾时，他不是去做进一步的揭示，而是缓和这种矛盾"③。其实，不止谈歌，"主旋律"大厂小说普遍存在着一种

① 参见〔美〕道格拉斯·凯尔纳著，丁宁译：《媒体文化：介于现代与后现代之间的文化研究认同性与政治》，商务印书馆，2004，第188页。
② 李明：《后马克思主义意识形态理论研究》，人民出版社，2011，第236页。
③ 喻滨：《谈歌：寻找失落的家园——兼论新现实主义小说的道德意识表现》，载《当代文坛》1999年第3期，第34页。

暧昧的叙事态度：一方面，大厂凋敝的原因确实与内部管理阶层的腐败与堕落有关；另一方面，又是工厂面临市场冲击时"不得不如此"的无奈。例如在"主旋律"大厂小说中反复出现的一个情节：为拿到市场合同进行的公关活动。在"正人君子"的眼中，这些活动无疑是耻于为之并需要加以批判的，但是在市场环境下却必须如此。那么，我们如何评价这种为了工厂利益着想而发生的个人腐败行为呢？换一个角度，我们如何去辨别这种个人腐败行为是为了公共利益还是为了个人私利？

面对上述的追问，"主旋律"大厂小说所遵循的是客观性的叙事原则。因此，我们很难在此类作品中发现作家的价值判断和道德评价。事实上，"主旋律"大厂小说并没有单纯地批判一个人是好还是坏，没有把批判的矛头直接指向工厂的领导阶层和体制的问题，反而是在客观性的书写中呈现了改革时代的复杂而暧昧的社会众生相。

《大厂》及其《大厂续编》中的吕建国就是这样的形象。他无时无刻不处在悖论之中：一方面，这个厂长整天为厂里的事情忙得焦头烂额，到处"救火"，到处求人帮忙，兢兢业业地为厂子的运转而尽力。我们不难看出他是真正为工厂好，是有责任感有职业精神的好领导；另一方面，他为了得到河南大客户郑主任的订单，叮嘱厂办公室主任老郭"姓郑的要干什么，你就陪他干什么，只要哄得王八蛋高兴，订了合同就行"，于是老郭带郑主任嫖娼被公安局逮着了，直到小说结尾，吕建国交了五千块钱的罚金，好歹把他弄出来解决了这件揪心事。而在《大厂续编》中，吕建国的形象则更为正面。当工人们在厂门口被截住，质问他厂子是不是完了，他们是不是要下岗了的时候，吕建国回应"如果环宇厂要剥离我们一千名工人，那我吕建国就在其中，如果剥离一百名职工，我也会在其中，如果剥离一个职工，那这个人就应该是我。红旗厂搞到这种地步，我不负责,难道还要让各位负责吗?"。而在另外一处与环宇厂厂长章东民的私人谈话中,他也表示"最后一个留在厂里的,只能是我,不会是别人。谁都可以先走,只有我不能先走"。做最后一个,这就意味着吕建国将个人的利益放置在工厂工人整体利益之后,这无疑是"以厂为家"的精神,我们不能不为他这份担负使命的责任感所感动。值得注意的是,当我们在阅读《大厂》的时候,是尾随和代入吕建国这一中心人物的视线运动的,当他四处救火,急着为工厂忙这忙那的时候,我们就不得不抱着"理解的同情"来体谅吕建国的心情——确实,吕建国虽然干了很荒诞的事,但他的出发点是为了工人的福利,为了厂子好,这是"好人的政治"。

这或许正中"主旋律"大厂小说的下怀。领导阶层与工人阶层之间的矛盾贯穿在改革的过程之中,而工人的愤懑也多出于对领导阶层贪污腐败以及以权谋私的不满,而这种愤懑又很大程度上导致了对改革的怀疑,这无疑是对改革进路的不利因素。毫无疑问,改革对大厂领导阶层造成的冲击较少,《大厂续编》中也多次提到领导层和技术层的人员很受新厂欢迎;但对于普通工人而言,投入市场找工作则是千难万难,这是一定会存在的阶层落差。而主流意识形态试图规训和整合的,正是这种阶层差距及其产生的愤懑和落差。对领导层的行为做出合理的解释,淡化和转移矛盾的政治指向,这无疑是"主旋律"大厂小说的重要工作。当我们回到"主旋律"大厂小说文本,就会发现所有指向领导阶层的批评被"以厂为家"的热度消解了,同时所有被批评的条目都能在"市场与合同"的理由前不堪一击。

市场俨然成为一种新的霸权和意识形态。《年底》正体现了作家对"市场霸权"某种无可奈何的态度。在这篇小说中,周书记是中心人物,情节主要是围绕他的行动来展开的。周书记个性耿直正义,是谈歌着意塑造的正面形象，通过他的眼睛，很多时代的怪现象得以现形。与之相反，刘厂长的形象则未必全然正面。"刘厂长去到宾馆开订货会，本来让周书记也去，可是周书记不去，周书记说见着那帮家伙就心烦"；从表面上看，这是刘厂长主外，周书记主内，但从人物关系看，这两个人物构成了一体两面的关系。一方面是周书记的道德化；另一方面是刘厂长的道德暧昧性，这就使得腐败和丑行集中在与市场打交道的刘厂长身上。但是，这两者虽然所处的位置不同，但在某种意义上是可以互换的。这无疑是作者在叙事策略上做出的结构性处理，在某种意义上，这两个人毋宁说是一个人的两面——这就和《大厂》对吕建国的处理一样（尽管《大厂》中也出现缺席的、幽灵般的、被污名化的前任许厂长[①]），只是谈歌在《年底》中塑造了绝对正面的形象，于是在人物道德上处理得更为"清洁"。事实上，就批评界的反应而言，确实认为周书记是"充满正气的形象"，是"当代英雄"[②]，而吕建国是"二重人格"，是"复合型的人物"。[③] 尽管如此，当周书记面对在市委门口静坐的工人，劝工人们回厂的时候：

> 有人喊道：现在厂里穷得叮当响，可你们在宾馆里大吃二喝，像话吗？……
>
> 周书记嗓子有点暗哑：其实大家也都知道，刘厂长是陪客人，这客人咱们惹得起吗？咱们指着人家吃饭呢。就这个

---

① 《大厂》的第三段即写道："前任许厂长让戴大盖帽的带走了，据说是弄走了厂里好几十万块钱，工人们恨得牙疼。"

② 喻滨：《谈歌：寻找失落的家园——兼论新现实主义小说的道德意识表现》，载《当代文坛》1999 年第 3 期，第 32 页。

③ 李长银、何颖利、贾玉民：《现实主义冲击波：工业文学起飞的信号》，载《黄河科技大学学报》2001 年第 1 期，第 101 页。

风气，谁也没有办法，我们也想不用请客、不用送礼就把事情办了。

面对工人们的指责，周书记也坦诚"谁也没有办法"。水至清则无鱼，市场非这样不可——我们俨然在这句话的背后听到作者的一声叹息。对"市场和合同"的追求乃是为了给工厂带来效益，给工人开出拖欠已久的工资，面对"爱厂如家"和为职工卖命的领导，"人们一下子闷起来。就有人埋下头去了"。

除此之外，《年底》中还有两个在道德上不"高尚"的人物：销售科长魏东久和机关干事小李。这两个可谓是被工人们指着鼻子骂的人物。但即使是这样的丑角也有其重要性。尽管魏东久是靠溜须拍马当上的销售科长，用了很多不正当的手段去争取客户，但他在市场上如鱼得水，能拉来客户，对工厂也可谓是劳苦功高。在订货会后的晚宴上，他的那些埋怨不是没道理的，他确实"把东西卖出去了"。同样在这次晚宴上，魏东久告诉刘厂长，小李给厂里拉了一千万元的合同。小李也是被厂里工人瞧不起的人物，因为她不仅在感情上朝秦暮楚，而且在工作上不认真。但正是这样一个人，在关键时候为了合同嫁给了客户廖主任的傻儿子。这样的"献身"和牺牲不可谓不伟大。

但我们不能据此认为"主旋律"大厂小说中没有批判性、没有反抗话语。事实上，作者在客观呈现大厂出现的种种弊端时，已然在"零度写作"中蕴含了对社会中种种腐败和黑暗现象的批判（例如《学会微笑》中经由刘小水的经历看到的一系列招待活动中的丑恶)，只是这类的反抗话语已经被包裹在"爱厂如家"和"市场如此"的话语之中而已。经过几个文本的分析，我们似乎可以回答本节开头的提问："主旋律"大厂小说中没有绝对意义上的"坏人"，而只有随波逐流，被市场所裹挟的"好人"。"主旋律"大厂小说恰恰是通过塑造复合型人物、充满悖论的人物来达到自己的意识形态整合功能的。读者对圆形人物的同情，和"只能如此"的同理心，使得批判性指向不可逆转的市场和关系社会，从而使得愤懑的对象得以转移。

三　归还的遗产：历史记忆的魂兮归来

"20 世纪 90 年代后期，有关国有企业改制问题的争议经常围绕着'新自由主义'问题展开，原因是这一思潮在某种程度上影响甚至支配了国有企业改革的基本方向"，而在"新自由主义"思潮中，"以私有产权、自由市场和形式民主等理念批判国家干预和福利国家传统，反对大众民主和一切社会主义遗产"[①]。20 世纪 90 年代的改革是一个国家放权而市场主导下的产物，很大程度上是受"新自由主义"的影响。由此，改革朝现代性的愿景前行，整个社会围绕着发展主义运行，而经济领域的剧变更是拓展到政治和文化领域。事实上，政治经济学层面上的变更或许只是社会变化的表征，而上层建筑、文化和意识形态的变动才真正影响到整个社会内在结构的稳定。与政治、经济变化的同时，意识形态领域也产生了连锁反应，为改革的合理性辩护[②]。而从社会主义经济体制转型为市场经济体

[①]　汪晖：《改制与中国工人阶级的历史命运——江苏通裕集团公司改制的调查报告》，载《去政治化的政治——短 20 世纪的终结与 90 年代》，生活·读书·新知三联书店，2008，第 312—313 页。

[②]　社会学者潘毅认为："20 世纪 70 年代末，邓小平开始在中国推行改革开放政策。开始于 80 年代中期的城市改革，打破了一直受到国家保护的公有制企业工人阶级的'铁饭碗'。""新兴资产阶级、城市中产阶级和政府官员们一起，指望用主张现代性的新自由主义论述来将急剧的社会变迁合理化。毛泽东的'阶级斗争'话语被永远地抛弃，中国工人阶级的特权地位亦被消弱。"参见潘毅著，任焰译《中国女工——新兴打工者主体的形成》，九州出版社，2011，第 30—31 页。

制，最大的问题则是如何处理关于社会主义的历史记忆。

从某种意义上，这似乎是一个"放逐与归还"的过程。历史的车轮滚滚前行，改革势在必行，这就必然导致进化论意义上的优胜劣汰。"新自由主义"是以市场扩张和国家收缩为特征的思潮，在这一思潮的驱动下，改革的推进，市场的扩张，就必将放逐社会主义的历史记忆。而从意识形态国家机器的层面来说，延续旧有的主流思想和价值系统，则是保持自身合法性来源与社会稳定的基础。这是一个市场与国家之间既互相耦合又彼此牵制的运转模式，由此，在与此模式对应的"新意识形态"的统摄下，社会主义的历史记忆必须以某种方式收编整合到主流意识形态之中，必须"归还"，必须"打马归来"。

落实到小说创作领域，"主旋律"大厂小说处理的题材，涉及大量关于社会主义的历史记忆。工人是社会主义的主人翁，工厂是社会主义最重要的生产部门。因此，要书写大厂题材，社会主义的历史记忆是难以规避的内容。有论者已经谈及，造成大厂困境和工人生活艰难的原因是市场机制和领导阶层的腐败，于是作家"满怀忧虑开始了他们的抗争"，而"以历史对抗现实"是他们在作品中经常叙述到的内容，今昔对比之下，社会主义的历史记忆成为批判现实的工具。"因为'大厂'都有光荣的历史，对历史的回忆几乎成为每部作品必修的功课……这回忆本身已构成了历史与现实的对比"，同时，这种怀旧不是单纯的感伤情绪，而是"对艰苦创业精神的一种寻找"。[1] 在此基础上，我们犹有进一步论述的可能：在"主旋律"大厂小说中，社会主义的历史记忆同时具有批判和建构的功

---

[1] 阎开振：《艰难的抗争：关于"大厂"系列小说的思考》，载《淄博师专学报》1998 年第 1 期，第 58 页。

能。一方面，作家直面了社会主义体制与市场体制之间的断裂地带，搭建起历史的浮桥，将社会主义的历史记忆作为批判性的资源使用。另一方面，他们将这些历史记忆转化成新语境下"分享艰难"的精神资源，建构出继承了前辈的社会主义伦理、乐观向上的新工人主体。

这一思路鲜明地体现在张宏森的长篇小说《车间主任》中。与《大厂》及其《大厂续编》、《年底》以领导阶层为描写对象不同；与《学习微笑》《女工》以底层生活为叙事题材不同，《车间主任》是围绕中层干部车间主任段启明展开的，叙述的是他"以坚忍不拔的毅力和任劳任怨的忘我精神"，率领工人们攻克难关、完成生产任务、化解种种矛盾纠葛的过程。① 这一中心人物的设定无疑更契合主流意识形态的标准——谈歌的一系列作品着力描写了工厂的困境以及造成困境的原因，以暴露和批评见长；而《学习微笑》和《女工》则铺陈了太多底层的苦难和"被侮辱与被损害"的悲怆。而在段启明身上，则体现了更多乐观与刚毅的气质。在人物关系图中，我们还会发现，段启明的父亲、老工人段世民不断督促和纠正他的行为，在他的身上，既体现了对父辈社会主义历史记忆的继承，又体现了子一代拥抱改革、勇于创新的精神。

但张宏森对"社会主义的历史记忆"的处理却绝非我们论及的这般简单，"社会主义的历史记忆"在他的笔下有两个面向：既是一种创业精神、勤劳肯干的精神，又是一种工人反抗的历史资源、一种"批评的在场"。《车间主任》中有一个重要情节是厂长张一平的受贿事件，虽然最后证明是一场"被受贿"和被诬告的闹剧，但中间的一个场景值得考察：

---

① 参见原著中的内容提要，张宏森：《车间主任》，山东文艺出版社，1997。

　　张一平："他们没把我堵在厂门口，而是把我围在广场前的毛主席像前。一个个有备而来，振振有词。我平生第一次面临这样的场面，清一色的老工人，说话的时候，手也颤抖，表情也跟着颤抖。他们唯恐为之奋斗了几十年的北重毁在我张一平的手里，唯恐几十年洒下的血汗付诸东流。这一切我听得出来也看得出来，可我实在没办法把道理给他们讲清楚。当他们把北江公司的一台电脑看成奢侈品，把我们的市场构架看成资本主义的时候，我讲什么？我从哪里跟他们讲起？……①

　　从张一平的言语间，我们不难看出他对这次的围堵事件依然心有余悸。值得留意的是，在这次群体性事件中蕴含的几个对立项：其一，社会主义与市场构架；其二，保守与改革；其三，正直与腐败。作者虽然在情节的处理上证明张一平没有受贿，他使用的两台电脑是合作方代表于倩个人赠送的，他是被几伙人诬告的，是"各自怀着小算盘"的人作祟，但改革过程中，却未必所有的领导都如张一平清廉（恰如其他几部小说中所揭露的）。同样值得注意的是"老工人""广场前的毛主席像"几个细节，这些带有社会主义时代的几个符号出现在此处绝非偶然。老工人们亲历了这个转折的时代，从社会主义体制到市场经济体制的巨大转变在他们的价值体系中是难以接受的，这就导致对市场构架的不理解。但老工人们的固执来自——他们秉承的社会主义时期的平等与公平的诉求远未过时，他们的保守正好反证了市场的残酷与无情。当他们援引社会主义的"奋斗"历程时，这份历史记忆就直接指向

---

　　① 张宏森：《车间主任》，山东文艺出版社，1997，第387页。

了领导阶层的贪污腐败以及市场机制导致的弊端——这就与小说已然触及的金钱与反腐问题形成了鲜明的对照。老工人的存在和他们所代表的精神，构成了改革时代的差异性存在，构成了另一种伦理和声音，他们承载的历史记忆也成为批判性的资源，为改革起到了监督和纠正的作用。

老工人/广场前的毛主席像抑或更指向了一种时间/空间的"批评的在场"。如果说上述场景中的"老工人"作为一个复数的群体而显得面孔模糊的话，那么一个疯癫的老工人王大海的形象就足以引人注目了。小说近结尾处，段启明问起他手下工人"小鼻涕"王江水关于他父亲王大海的情况。王大海是厂里的老工人，在一次做工时从铁梁上摔下来，伤了神志，导致"脑子里的钟表就不再往前走了。他老停在那个钟点上，所以，从那往后的事他根本弄不明白"。① 王大海在小说中并不是主要人物，或许只是作者旁逸斜出的闲笔，但这样的人物设定却又别有深意——社会主义的历史记忆从此不再是虚妄的想象，不再是留在"曾经度过"那个时代的老工人们的大脑中的档案，而是实实在在的现实生活中的肉身。社会主义的历史记忆如同幽灵②，附体在一个记忆停滞的肉身之上③，由此获得真实感和在场感。王大海不时出现在文本中，他穿行在工厂的各个角落，唱着《革命人永远是年青》，而围观的老工人慨叹"唱了多少年，又有多少年不唱了"④。王大海身上唯一的故事就是一个记

---

① 张宏森：《车间主任》，山东文艺出版社，1997，第 522 页。

② 恰如德里达对"幽灵"的阐释："人们根本看不见这个东西的血肉之躯，它不是一个物。"参见〔法〕雅克·德里达：《马克思的幽灵》，中国人民大学出版社，1999，第 12 页。

③ 德里达认为，幽灵可以"精神地肉身化"，附体或繁殖出一个新的自己。参见〔法〕雅克·德里达：《马克思的幽灵》，中国人民大学出版社 1999 年 8 月版，第 180 页。

④ 张宏森：《车间主任》，山东文艺出版社，1997，第 434 页。

忆停留在原来的时代并且有点疯癫的故事，他的存在告知读者那个时代还未过去，尽管在改革的当下是多么地"不合时宜"，但社会主义的历史记忆依然是"在场"的声音。而在另一个情节段落中，王大海钟爱的《革命人永远是年青》又被他的儿子"小鼻涕"用口琴演绎了一遍，那声音缭绕在空旷的车间中。作者仿佛一声叹息般地评论道："这首历史的曲调给当代人的心情涂抹了什么，增添了什么呢？"① 这无言的探询似乎表征着某种无奈和怅惘。

而广场前的毛主席像则从空间上佐证了"批评的在场"。在《车间主任》中，这个场景不断地重复出现，穿插在各种紧要的或不紧要的情节之中，如同电影中的远景镜头，是一个重要的背景装置，定位了人物的生活空间。广场和毛主席像，一个是横向铺展，一个是竖向屹立，在视觉经验上构成了三维空间似的立体感，建构了仪式般的庄重和权力的稳定，也给人带来崇高与敬畏之感②。我们犹记得因盗窃钢材而被开除出厂的工人李万全在广场上"孤独的、神情落寞的"身影，他坐在雕像背后基座上目光呆滞地抽烟，心中充满了无限的忏悔，而这忏悔和告解是朝向毛主席的："可到头来，我对不起他老人家。"③ 毛主席塑像是一个意象，俨然代表了道德和价值的客体，李万全事实上是以对毛泽东时代的历史记忆来衡量自己的行为标准的。在此，空间存在中的历史记忆构成了对市场机制下个体行为的衡量指标，这一空间成为仪式性的空间，雕像的眼睛俯视着进出工厂的人，邪恶和贪欲在这个空间里现形。

但社会主义的历史记忆绝非只是批判性的资源，它同时也是一

---

①　张宏森：《车间主任》，山东文艺出版社，1997，第 420 页。
②　参见李静：《论主旋律小说国家空间的建构和型塑》，载《小说评论》2012 年第 5 期。
③　张宏森：《车间主任》，山东文艺出版社，1997，第 121 页。

种建构性的资源。它暗示着一种艰苦卓绝的创业精神，对平等与公正的政治追求以及一份中国经验的历史遗产。社会主义的历史记忆的"归还"，意味着发生在中国土地上几十年来的社会主义实践没有伴随着"历史的终结"而消散①，而是重新参与到当代中国的文化—政治建构之中。从这个意义上，中国的改革不只是"新自由主义"全球霸权扩张的中国版本，而是中国特殊性、中国历史经验与市场体制结合的产物。社会主义的历史记忆不只是一份博物馆化的空洞的条文，也不只是单纯的怀旧情绪，而是一种能够转化和新生的历史遗产②。

由此，我们就更能理解《大厂续编》结尾处，红旗厂建厂的老书记韩书记的遗嘱中所蕴含的深意了：

> 红旗厂是我们的社会主义企业，党把这个企业交给了我们，我们一定要尽心尽力啊。现在红旗厂出现了困难，希望大家一定要坚持住啊。困难总是要有的，但是每一个共产党员都不应该被困难所吓倒。现任的厂领导们，请你们爱护我们的每一个工人，要依靠我们的工人阶级。忘记他们，就背叛了我们党的初衷。……我相信，在你们前进的旗帜上，也飘扬着我，一个老共产党员的信念。

---

① 在德里达看来，幽灵是"一个永远也不会死亡的鬼魂，一个总要到来或复活的鬼魂"。事实上，德里达书写《马克思的幽灵》这本书的主要目的就是为了驳斥福山的"历史终结论"。参见〔法〕雅克·德里达《马克思的幽灵》，中国人民大学出版社，1999，第141页。

② 幽灵"也是对一种救赎，亦即——又一次——一种精神焦急的和怀乡式的等待"。如同转世轮回一般，幽灵能够在过去、现在和未来的不同语境中自我增殖、衍生、回旋，幽灵是一种永恒的"魂在"。参见〔法〕雅克·德里达《马克思的幽灵》，中国人民大学出版社，1999，第192页。

　　这份遗嘱是韩书记的女儿韩燕在屋子里的遗像前对来拜祭的众人念的。遗嘱中的"我"和"你们"是一体的，因为在前进的旗帜上也飘扬着韩书记的信念，这就代表着一种"精神的永恒在场"。韩书记的死在文本里是象征性的，但这份遗嘱却告诉众人，社会主义的历史记忆不会随着时代的变迁而消失，因为在改革的道路上，缺少不了"依靠工人阶级"，只有爱护工人，才能发展和壮大。随后，兼并了红旗厂的环宇厂厂长章东民进了屋子，"喊一声：'韩书记啊！'"。我们不难想象，章东民会继承韩书记的精神，厚待兼并之后的工人们。这份庄严的遗嘱、郑重的交付是社会主义价值的重申，而在屋子里听着遗嘱哭泣的人们似乎从前辈的嘱托中领悟和继承到了一些什么。至少在《大厂续编》的故事里，章东民全员接受了红旗厂的工人，免除了他们下岗的困扰。

　　社会主义的历史记忆使"市场无情人有情"，在文本内部的圆融中，读者在想象秩序和谎言效果里得到了安慰。"主旋律"大厂小说重新书写了"社会主义的历史记忆"在改革时代的作用，这份"归还"在市场与旧的体制中间搭建了一座浮桥、一个中间地带、一个暧昧的区间。在社会主义体制与市场经济体制之间，社会主义的历史记忆起到了缓冲的作用，不管是批判还是建构，主体都能在怀旧的情绪中得到治愈和安慰，时间的断裂感消失了。尽管如此，社会主义的历史记忆却并非是时间的残骸，而是一种伦理与政治的连带感。与此同时，社会主义的历史记忆还代表着一种特殊的中国经验和在地实践，这正是在"新自由主义"话语下难以消磨的差异性的空间。由此，在资本与权力的全球化扩张的同时，社会主义的历史记忆的"归还"还代表着一种抗争的话语，一种救赎的弥赛亚微光。

"从某些叙事的缝隙、错位的结构、自相矛盾的表述出发，我们不但能认识到电影所'再现'的那个时代或社会的表象，更能从中读出饶有意味的潜话语，发现隐藏在电影形象背后的'不在者'和'不在的结构'。"① 同样的道理，在"主旋律"大厂小说文本平滑的叙事表层之下、文本结构的内部，就算叙事者的叙事技术再高超，也必然存在着叙事者着意掩盖的叙事缝隙和矛盾；与此同时，作为在主流意识形态主导下生产和消费的文学文本，"主旋律"大厂小说的背后必然隐藏着意识形态国家机器建构的文化乌托邦。在"主旋律"大厂小说中，文本与语境、诗学与政治、美学脱身术和意识形态腹语术是辩证的、同构的。而我们的解读方式则是反向的、症候的、解构的——我们试图挖掘的，正是叙事策略中的政治无意识，抑或意识形态影响下的叙事策略。

细读文本之后，"主旋律"大厂小说的内在悖论和深层意义凸显出来。这是主流意识形态编码的产品，也是需要叙事者高超技术的文本。在"主旋律"大厂小说之中，作者们触摸到工厂这一社会生产部门的生活世界，记录了 20 世纪 90 年代中期特殊的生活氛围，为改革的进程留下了一份出色的"途中的报告"。他们不仅描写了大厂的困境、底层生活的艰难，更重要的是凸显了工人们对生活的乐观和对未来的期许。从社会主义体制到市场经济体制，社会的转型虽然缓慢，但改革对社会带来的阵痛则必须由每位居于其间的个体来承担。文学是表述个体经验、彰显人性光辉的载体，而阅读"主旋律"大厂文学，则正好为我们了解 1990 年代的社会—文化状况提供了一个良好的路径。

---

① 陈旭光、苏涛主编《电影课·上：经典华语片导读》，北京大学出版社，2012，第 1 页。

第三节　工人主体的失落与重构

　　作为 20 世纪 90 年代的宏大叙事，"改革"不仅改变了整个国家的面貌，更改变了每个个体的命运。历史的车轮滚滚向前，卷起时代的飓风，个体却只能被裹挟在这一浪潮之中，随波逐流。"20 世纪 90 年代中期以来是工人阶级失去历史主体位置的时代"①，国企改制打破了社会主义体制下"铁饭碗"的神话，产生了大量的下岗工人。对于习惯在体制内生活的工人们来说，突然被推向从来不熟悉的市场机制，无疑是一次手足无措的"休克疗法"和"文化冲击"。但是市场这只"看不见的手"导演的戏剧才刚刚启幕，历史的势能摧枯拉朽，在这样的时代中，个体的生活不得不面对一次"艰难的转折"。我们所关心的，则是在这原初的生活秩序被损毁之后，工人们如何安身立命、"重新站起来"、面对生活的挑战——如何重构主体性。

　　这或许正符合汪晖关于"改制与工人阶级的历史命运"的论断。"所谓以'市场经济'为导向的改制与'弱势群体'的创制是同一过程的两个不同方面，它们共同宣告工人阶级历史命运的转变。"② 权力与资本合谋构造的"市场机制"是造成工人主体失落的原因。在社会主义时期，工业是国民生产的重要部门，工人阶级的主体被

---

　　① 张慧瑜：《影像书写——大众文化的社会观察（2008～2012）》，生活·读书·新知三联书店，2012，第 207 页。
　　② 汪晖：《改制与中国工人阶级的历史命运——江苏通裕集团公司改制的调查报告》，载《去政治化的政治——短 20 世纪的终结与 90 年代》，生活·读书·新知三联书店，2008，第 312 页。

意识形态询唤为一个崇高的阶级身份①，是社会主义的主人翁，享有政治上的特权，在日常生活中更具有独特的优越感和尊严感。时移事往，当社会主义体制转型为市场经济体制时，市场的涌入改变了原有的经济结构，随之改变的，则是政治和文化的结构——"阶级斗争"成为过时的政治口号，"劳动"丧失了神圣性，而作为"劳动者"的工人们的特权地位则一去不复返。

上述关于社会历史语境的勾勒或许过于烦琐，但问题的核心却已然浮现：工人身份的位移与滑动，工人主体的失落与重构，都与经济结构、与意识形态的操作有关。政治、经济、文化从来不是孤立的场域，而是互动的网络。从某种意义上，工人主体的失落与重建和主流意识形态的询唤息息相关，是权力进入日常生活和微观层面进行操作的体现。福柯认为"在任何一个社会中都存在一系列程式，它们要求或规定个体需要通过自我主控或自我形塑的知识体系来确定、保持或者改变其身份认同"。同时，他还主张研究"主体形成历史与政治管制形态"这两大主题之间的互动关系。② 主流意识形态在不同历史阶段需要询唤不同的历史主体，以维护自身统治的稳定性——工人作为"主体"的历史正是主流意识形态根据不同的政治诉求所制造出来的历史。在前一段落中，我们已然论及社会主义时期的工人主体是如何被当时的主流意识形态所形塑。那么，在市

① 在社会学者潘毅看来，"然而在革命胜利后，不是广大农民，而是城市中的工人被称作'中国无产阶级的先锋队'。新的中国无产阶级的革命目标之一，就是为了保卫社会主义革命而坚持阶级斗争……中国的工人主体是被毛泽东思想的阶级意识形态询唤到'阶级地位'中的。表述政治的力量如此强大，它不费吹灰之力就掩盖了将'自在阶级'误识为'自为阶级'的明显错误"。参见潘毅著，任焰译《中国女工——新兴打工者主体的形成》，九州出版社，2011，第30页。
② "自我形塑技术"（self technology）。此处论述转引自潘毅著，任焰译《中国女工——新兴打工者主体的形成》，九州出版社，2011，第8页。

场经济时期，随着市场机制的导入，主流意识形态要如何询唤和重构出新的工人主体呢？

回到我们关于"主旋律"大厂小说的讨论中。卢卡奇认为，现实主义是一种"总体性"的文学，文本在模仿的基础之上能动地反映现实社会，也是默认和维持现有秩序的意识形态工具。作为改革的伴生物，"主旋律"大厂小说反映的正是 20 世纪 90 年代特有的社会历史情况，它所处理的题材，正好是大厂的凋敝与工人的下岗危机。这就无可避免地涉及工人主体的失落和重构的过程。在"主旋律"大厂小说中，"失落"不仅是生活表层的苦难和面对市场到来时的失魂落魄，更是工人主体的匮乏与丧失；"重构"则着力描写"穿过黑暗隧道之后的柳暗花明"，描写对生活的信心与希望。确实，我们在此类作品的结尾处不止一次地看到"洁净的道路越来越长，越来越远"①"漫天银白，清醒如初"②"明天是个好天气"③ 之类的描述。这些作品中的人物对未来的笃定，就是对改革和发展的笃定。正是对未来时间的皈依和救赎，对现代性愿景的确信，主流意识形态弥补了社会转型时期经验的破碎与断裂，弥合了主体的失落与创伤，从而重构了面向市场的新的工人主体。

从"失落"到"重构"，笔者试图通过对"主旋律"大厂小说的文本细读重新追溯工人主体的变迁过程。这一"自我形塑"的过程既有工人主体自我意志的构造，又有意识形态的操作。主体形塑的内部与外部是互动对位的。本节共分为三个部分：第一，"废墟的寓言"，通过对眼泪、疾病和创伤的呈现，重现主体失落的现实境况，同时展示主流意识形态对这些苦难的抚慰方式；第二，"身份的

---

① 张宏森：《车间主任》，山东文艺出版社，1997，第 530 页。
② 谈歌：《年底》。
③ 谈歌：《大厂续编》。

位移"，展示"劳动"从社会主义体制到市场经济体制的价值转变，挖掘工人主体"尊严"丧失的原因；第三，"尊严的恢复"，揭示"主旋律"大厂小说对主体重构的几种方式和路径。

一 废墟的寓言： 再现创伤与治愈创伤

在文化研究理论中，霍尔尤其强调意识形态在媒介及文化生产中的作用：意识形态与社会结构有着密切的关系，它通过语言符号的运作、通过"表意的政治学"来介入争议性与冲突性的社会议题。而语言在这里则成为产生意义的中介，意识形态通过一个特定时间或一组符号来有系统有规则地建构可信而具有正当性的论述。由此，意识形态便是"一套将现实加以制码的系统"，"将语言文化的主体争取到它所再现世界的方法中"。[①] 同时，"文化霸权是指不靠武力或阴谋，而是基于对主导话语的广泛接受"[②]，"宰制的意识形态与被扭曲的意识形态之间是互动的"。[③] 落实到"主旋律"大厂小说，叙事是一个"凸显与遮蔽"的过程。主流意识形态在叙事中进行编码，在再现改革时期的普通工人的创伤的同时进行治愈，这就在叙事文本暗示了读者在接受阶段的"首选意义解读"[④]，完成了自身的"世俗神话"的建构。而文化研究者对于此类文本的解读则是反向的，意即："被压抑者的重返"[⑤]，将被主流意识形态所遮蔽的部分重新挖掘出来，暴露叙事文本缝合的痕迹。由此，在我们的研究中，我们需要回访的是工人主体失落的过程（眼泪、疾病和创伤），以及

---

① 转引自林淇瀁《书写与拼图——台湾文学传播现象研究》，麦田出版机构，2001，第99—100页。
② 武桂杰：《霍尔与文化研究》，中央编译出版社，2009，第130页。
③ 林淇瀁：《书写与拼图——台湾文学传播现象研究》，麦田出版机构，2001，第176页。
④ 武桂杰：《霍尔与文化研究》，中央编译出版社，2009，第127页。
⑤ 林淇瀁：《书写与拼图——台湾文学传播现象研究》，麦田出版机构，2001，第100页。

主流意识形态对这一过程进行的叙事上的处理和"想象性的解决"。

回溯 20 世纪 90 年代的改革路径，我们不难发现改革是一个"新"取代"旧"的过程。尽管"旧的不去，新的不来"，但新旧之间的拉锯却绝不简单："主旋律"大厂小说中的"旧"，指向的是社会主义的历史记忆和一份政治与伦理的连带感。正是这份"旧"的情感支撑着工人主体的尊严和身份认同，因此，主体与"旧"之间存在着同构关系。当改革的巨浪席卷而来，社会迅速转型，新旧之间就会发生剧烈的冲突，工人主体的整体性也随之撕裂，成为碎片。这无疑是改革带来的阵痛，习惯了在体制内讨生活的工人们，面对突如其来的市场的冲击，他们既有的经验失灵了，原本熟悉的环境变得陌生起来——主体丧失了身份认同和方位感，从社会坐标系中固有的稳定的位置上滑落，从而成为"失落的主体"①。

处于社会主义体制与市场经济体制的断裂地带，工人主体的失落是一个难以避免的过程。在《大厂续编》的结尾处，是环宇厂来爆破被兼并的红旗厂的一车间。在之前的情节中，在市政府方书记的斡旋下，经过几番角逐，环宇厂厂长章东民终于同意全部接受红旗厂的工人，于是兼并成功。在等待爆破的现场，十几个环宇厂的工人进了车间，准备安装炸药，却"有个老头赖在里边不出来"。于是，一众人等走进车间，发现：

> 周铁老头坐在车间里不出来。谁去劝他就跟谁吵。等着爆破的工人都不耐烦了，在车间外边转着，低声骂着："老东西算是怎么回事啊？"

---

① 汪晖认为，"在社会主义时期占据着特殊地位的工人阶级的衰落——他们从一个具有某种主体地位的城市阶层迅速地向城市贫民或失业者身份滑落"。载汪晖《两种"新穷人"及其未来》，载《中国图书评论》2012 年第 4 期，第 26 页。

周铁满脸是泪地喊道："我的厂啊。"他孙子周明拉着老头走："您说什么呢？这是国家的厂子。"周铁怒吼起来："不，不，这是我的！""国家的。""我的！""国家的。""我的！"周铁的脸色紫青，像一只豹子似的吼着。贺玉梅走过来，笑道："好好，您的您的。是您的还不行嘛。"就给周明使了个眼色。周明苦笑着把满脸是泪的周铁拉开了。周铁走几步，就回了一下头，不时嘶哑着嗓子喊些什么，谁也听不清楚。

这是一个悲怆而感人的场景。老工人周铁的"满脸是泪"和情绪失控的"喊""怒吼"，告知我们一个时代的散场和一个工厂的终结远非统计表上的数字那么简单，而是由身处其间的个体承担了撕心裂肺般的苦楚①。"周铁走几步，就回了一下头"，作者捕捉到"回头"的细节。这里的回头既是老工人周铁对旧车间这个"空间"的回眸，又是对历史记忆、对"时间"的回眸。这沉默的"回头"是如此地意味深长：是无言的创伤（trauma），亦是主体中空之后的丧失与匮乏。而更值得注意的是"我的厂"这个短语。当周铁"坐在车间里不出来"并且说"我的厂"时，主体—身体—空间便在象征层面构成了不可分切的结构。主体的情感投射到空间中，使空间成为主体占有的空间；同时，空间脱离了自身的物理性，成为主体化的、现象学性质的空间②。就此而言，老工人的主体与车间是同构关系，是同一个符号的不同表征。爆破之前，将周铁从车间"拉"出来的动作，不但是为了在现实中保护周铁的安全的表层意义，而

① 这样的形象仿佛本雅明所论述的：站在废墟前的新天使，是被历史的飓风席卷着面朝过去背向未来的，"这场风暴就是我们所称的进步"。参见〔德〕阿伦特编，张旭东、王斑译《启迪：本雅明文选》，生活·读书·新知三联书店，2008，第270页。
② 参见〔法〕加斯东·巴什拉著，龚卓军、王静慧译《空间诗学》，张老师出版社，2003。

且还是在文本操作层面阻断意义生成的方式。而作者又何其残忍，竟然用"爆破"这种戏剧化的方式作为挥别旧时代的手势。爆破空间的意义，同时指向的是历史的内爆和主体的溃散。

爆破之后，则是废墟。"几声连续的轰响。人们就看到车间像一个被人抽去筋骨的大汉，软下去了。尘土飞扬起来，浓浓的烟尘卷成了一个巨大的蘑菇云，腾空跃起，渐渐地在空中展开，像一朵盛开着的灰色的花。花的下边，是一片废墟。"曾经存在的一切都消失了，只剩下废墟，只留下徒劳和虚空。面对此情此景，"红旗厂厂长吕建国鼻子一酸，心中就觉得被什么东西刺了一下，他感觉自己的心脏的什么部位有咸咸的血在溢着，一种难以忍受的疼痛击中了他。他盯着那片废墟，眼前一片昏暗"。另一位红旗厂的工程师袁家杰是拿着控制器进行爆破的人，他在爆破前"看看宽大的车间，眼泪就淌下来"，爆破之后则是"满脸的泪水，却呆呆地笑着，人像刚刚患了一场大病"。面对废墟，这两人俨然是举行了一次痛彻心扉的哀悼的仪式，送别相处已久的挚友和亲人。车间是大厂的象征，是进行劳动的场所，也是聚集了记忆的场所。而废墟，则意味着时间的残骸、"过去的遗留物"① 和"故国不堪回首"的记忆。在这个意义上，废墟是具有高度"历史寓意"的。凝视着废墟，吕建国鼻子一酸，袁家杰则满脸是泪——因为这泪眼中"凝视"乃是主体在空缺的画面中寻找往日的完整性，是一次心理学意义上的格式塔完型②，

---

① 汪晖：《凤凰如何涅槃？——关于徐冰的〈凤凰〉》，《天涯》杂志 2012 年第 1 期，第 165 页。在此文中，汪晖同时提醒我们注意："废墟在艺术史上不断出现，从浪漫派到现代主义，我们可以追溯废墟或废物的不同的历史寓意，但废物何曾像我们的时代这样成为一种随时变化的标记物？"

② 宇文所安写道："这里，举隅法（synecdoche）占有重要地位，以部分指向全体，让人设法用某个不朽的碎片重构失去的整体。"转引自巫鸿著，肖铁译《废墟的故事：中国美术和视觉文化中的"在场"与"缺席"》，2012，第 15 页。

是召唤死者回到现场①。而视觉中残留的过去的遗骸提醒着历史的在场感，眼泪是因回忆而流出。

但是，在"主旋律"大厂小说中，废墟并未指向记忆"永恒的在场"，因为爆破旧厂房的原因是要"上新设备线"，代表红旗厂和环宇厂的正式兼并。破坏/建设构成了废墟这个空间意象的意义辩证法。废墟终将被清理干净，原来的场地将成为兼并后大厂新生的象征。《大厂续编》的最后一段，吕建国的视线从废墟中转移，"抬头望天"，他看见"天已经放暗了，一轮鲜红的太阳挤出了浓重的云层，高高地悬在空中，浓云开始消散，天际处，一角新新的湛蓝越扯越大"。确实，"明天是个好天气"。视线的转移，从低转向高，这也意味着主体从过去的创伤中抬起头来，面向未来。爆破之后，是一个光明的新生，漫长的苦难终于到了尽头——创伤/新生的叙事，同时也是主流意识形态对创伤再现/治愈的过程。

在《学会微笑》中，女工刘小水也流了好多次的眼泪。这一次，眼泪不是因为回忆，而是因为家庭的苦难和现实的不公：刘小水的母亲守着厕所收钱；父亲曾是八级车工，退休后厂里发不出工资，靠给医院的尸体换衣服赚钱；公公曾是八级钳工，退休后得了脑血栓，抱病在电影院旁边卖汽水，最后死在小摊旁边……"这日子没法过了"，生活压垮了刘小水，她的眼泪是散布全篇的。在舞厅陪厂里的客人，她因为舞厅中价格的昂贵和厂里的虚耗而"突然想哭"；当她的母亲为她撒谎，把从她兄姐手里"诈"来的钱交到她的手中的时候，她"又掉泪了"；当厂长宣布与港方合资失败的时候，她"满脸满脸的泪"。刘小水是"泪浅"的人，哭泣成为她的生存状

---

① 参见德里达著，夏可君编、胡继华译《〈友爱政治学〉及其他》，吉林人民出版社，2006。同时参考〔美〕宇文所安著，郑学勤译《追忆：中国古典文学中的往事再现》，2004。

态，成为她表达情感的方式。眼泪是因为生活的不堪而掉落，小说以"学会微笑"为名，无疑是带有暗示意味的。眼泪/微笑构成了小说结构上的张力。小说起承转合的过程，是刘小水不断在生活中挣扎重生的过程，也是工人主体从自卑到自信的过程。恰如在小说开篇时礼仪老师所说，"不是谁都会微笑的"，微笑是尊严感的体现，只有从不断沉坠的生活中重新站起来，主体才能"很自然地"微笑。在小说末尾，刘小水摆了一个卖点心的小摊，生意很好，礼仪老师从她摊前路过，望着她说"你会笑了"。哭是创伤的表征，而笑则是对哭的治愈与超克。通过小说结尾的突转，失落的主体获得了新生，主流意识形态通过对"降神器"的使用弥合了创伤①，从困厄的生活解救出工人失落的主体。

眼泪是创伤与苦难的体现。与眼泪相同，"主旋律"大厂小说反复出现的还有"疾病"的元素②。综观此题材小说，几乎每部小说中都有病人：《大厂》中的章荣、小魏的女儿，《年底》中的老梁，《车间主任》中的刘义山，《女工》中的金妹，《学会微笑》中刘小水的公公和父亲……由此看来，疾病在小说叙事的情节链中具有重要作用：一方面，治病需要大量的钱财支持，这直接导致了患者家庭的经济困难；另一方面，在社会主义"二次分配"的制度下，提供免费医疗是工作单位必须承担的责任③，而由于大厂的困顿，大多

---

① 参见亚里士多德的《诗学》。

② 在此，疾病不仅停留在叙事的表层，更加具有某种象征意味，即个人生命与大厂命运的同构产生了寓言的效果，同时也意味着将社会问题造成的苦难转喻到个体身体的原因上。王德威认为，"近年来，疾病与中国现代性间的象征关系成为一热门的研究课题。……指出个人的'疾病诗学'乃是了解国家'政治病理学'的关键"。参见王德威《历史与怪兽：历史、暴力、叙事》，麦田出版机构，2004，第81页。

③ 王晓明主编《在新意识形态的笼罩下——90年代的文化与文学分析》，江苏人民出版社，2000，第5页。

不能支付。在 20 世纪 90 年代中期，当改革推进到工人时，中国尚未建立起有效的社会保障制度和医疗保险制度。当工厂凋敝、资金入不敷出时，工人们一旦生病，生活就会陷入困顿的境地。由此，大厂出现的困难直接由工人个体所承担。在这个意义上，疾病构成了社会问题和工人主体的创伤经验。"主旋律"大厂小说无疑直面了这一问题并在文本中加以呈现。

而"主旋律"大厂小说中解决患者问题的方式则是源自情感的抚慰：当听说工人患病，大厂领导无比重视，马上特批资金给患者治病。例如《年底》中周书记拜访患者老梁的妻子时说："你们先别着急……无论如何也要让老梁住院的。"而《大厂》中吕建国则劝患病的章荣："市工会拨给您的特款，让您住院的，你还是去吧。"但奇特的却是章荣的回答："是我自己不去的，谁骂你们啊。厂里对我挺好的，我满意着呢。现在厂里这么紧张，我这破病还治个什么劲啊？不给厂里添乱了。"章荣的觉悟是他对大厂感情的体现，同样的情形也体现在患病后的下岗女工金妹身上，虽然下岗了，她却"生是'精业'人，死是'精业'鬼"，临死前还巴望着厂里的领导来看她。在《车间主任》里，厂长张一平则对死在工作岗位上的老师傅刘义山充满愧疚："我厂长张一平有责任，在这里，我要说一声，我对不起他们！"在"主旋律"大厂小说中，通过关于疾病的种种事件，领导与工人之间分享艰难、超克苦难。由于这份守望相助的情感作用，疾病带来的社会问题得到妥善的安置，矛盾被淡化和转移了。

"主旋律"大厂小说是社会性的、公共性的小说。在这一小说题材内，主流意识形态通过对文本层面的操作，既再现了主体的创伤，又治愈了创伤。改革不只是一个宏大的叙述，更是落实到每个个体中的社会实践。改革带来的巨大震荡，是由生活其间的每个主体所体认和感知的。摆脱路径依赖和体制惯性是艰难的，却又是不得不为之的。市场机制的引入不仅改变了主体的生活世界，更改变了主体的精神世界。"主旋律"大厂小说中的苦难（眼泪、疾病、创伤）只是体现在文本表层的主体的行为，而面对时间的断裂，主体所感触到的又岂止是经济、政治层面的冲击？事实上，主体与语境之间是同构关系，工人主体身份的位移和沉坠、尊严感的丧失与整个社会价值体系的转换有密切联系。

二 身份的位移：从劳动乌托邦到市场乌托邦

"改革"是关乎国计民生的大政策，其产生的震荡效果波及经济、政治、文化各个领域。"'市场经济改革'最触目的结果，就是完全打乱了已经持续 30 年的'社会主义'的阶层结构。"① 随着改革的推进，社会主义时期固化的、稳定的阶层结构被打碎了，中国社会在新的语境下完成了内部的阶层重构。与此同时，工人也从原有的社会主义的主人翁位置滑落，工人丧失了曾有的尊严感和优越感，"劳动者"曾经的光环退去，成为资本与权力构成的市场机制中普通的劳动力资源。

工人身份的位移、劳动价值的变迁与时代的变化息息相关。在社会主义时期，工人享有特权地位，政府以工人阶级为依托建立自身的合法性来源，工人是国家的主人。这一从上至下的"权力政治的肯定"是工人尊严感和身份认同的来源之一。而与工人地位相匹配的还有"劳动者"身份的崇高。社会主义语境中的劳动与资本主义不同，"工人是社会主义中国将劳动力从异化中解放出来，并使其

---

① 王晓明主编《在新意识形态的笼罩下——90 年代的文化与文学分析》，江苏人民出版社，2000，第 3 页。

在劳动过程中充分实现自我的新型主体的理想类型"①。"劳动光荣",工人阶级作为"劳动者"的身份被赋予了神圣的色彩,由此,工人主体的身份建构中又包含了生活世界中的"道德的、情感的乃至美学的方式"②。

但改革和市场的到来改变了社会的价值评判体系,与之相应的则是工人与劳动地位的位移与沉坠。这是社会语境的转换导致的关于劳动价值的范式转移③。同样的劳动,社会主义时期的劳动是工人主体性的体现,是关乎道德与尊严的"价值的源泉";而在市场经济体制时代,劳动则仅仅是资本价值增值的砝码。同时,"劳动"本身丧失了神圣的意义,不再成为"劳动者自我肯定与自我实现"的象征,而是成为劳动者获取生活物质、进行消费的手段。④

这抑或更是一个政治经济学层面的问题。在鲍德里亚的研究中,他倒转了生产与消费的关系,认为消费也是一种社会关系的生产机制,"通过物,一个分层的社会出现了"。⑤ 这句话意味着,位于意义生产的链条终端的"物",构成了消费社会中进行阶层区隔与社会分化的指标与符号——金钱、消费、"物"是经济资本的体现,这些都可以转化为相应的象征资本(身份、尊严)。在改革开放之前,由于物质资料的匮乏与社会评价制度,这一经济资本/象征资本之间的

---

① 潘毅著,任焰译:《中国女工——新兴打工者主体的形成》,九州出版社,2011,第12页。

② 蔡翔:《革命/叙述:中国社会主义文学—文化想象》,北京大学出版社,2010,第284—285、223页;同时参考张闳《欲望号街车:流行文化符号批判》,中国人民大学出版社,2012,第112页。

③ 参见〔美〕托马斯·库恩著,金吾伦、胡新和译《科学革命的结构》北京大学出版社,2012。

④ 刘岩:《价值生产与再造穷人——以工人阶级的身份变迁为线索》,载《中国图书评论》2012年第4期,第36页。

⑤ 转引自刘岩《价值生产与再造穷人——以工人阶级的身份变迁为线索》,载《中国图书评论》2012年第4期,第35页。

转化是被阻断的，而当社会进入市场经济体系，经济资本构成了象征资本的基础，"能够消费和拥有昂贵的物"成为评价一个人是否具有身份和地位的象征。① 在这一过程中，工人主体失去了原有的尊严感和身份认同。

回到"主旋律"大厂小说的文本，我们不难发现市场和消费社会对工人生活世界造成的冲击。在"主旋律"大厂小说中，"贫穷"是一个普遍的现象。因为大厂的凋敝，厂里常常拖欠且发不出工人的工资，于是，靠工资吃饭的工人们不仅面临着下岗的威胁，而且还常常经受着贫穷的困扰。"人穷志短"，人是可以被生活压垮的；而与贫穷相伴而生的则是工人主体尊严的丧失。例如《学会微笑》中女工刘小水的一段心理活动描写：

> 街上的生活，还有那些声音那些颜色都是很烧眼的。她已经很久没有进过大商场了，她是不敢看，不敢看那些摆在柜台里的东西。东西真好，真艳，也真贵，她害怕那些东西。她觉得那些东西能吃人，那些东西会把人活吃了。

"物"竟然能"把人活吃了"，这无疑体现了消费社会对人的异化作用。这样的"物"与其说是人对物的占用，不如说是物对人的剥夺——"创造欲望和匮乏是市场经济的艺术"②，消费社会是以"物"的丰盈为表征的，这里的"物"不仅是主体消费的客观对象，

---

① 刘岩：《价值生产与再造穷人——以工人阶级的身份变迁为线索》，载《中国图书评论》2012 年第 4 期，第 36 页。参照〔英〕齐格蒙特·鲍曼著，仇子明、李兰译《工作、消费、新穷人》吉林出版集团有限责任公司，2010。

② 潘毅著，任焰译：《中国女工——新兴打工者主体的形成》，九州出版社，2011，第 13 页。

还生产了主体的尊严与身份；而当主体无法进行消费，就会变得匮乏和失落。① 而在另外一个情节中，"物"的消费与工人的尊严感的关系更为显著。刘小水在市场街上瞥了一眼衣服，就被一个卖衣服的姑娘拉住了，那个姑娘一直游说刘小水买下，但刘小水实在是没钱买。小姑娘以为她嫌贵，就一直把价格往下降，刘小水被弄得很羞愧。"她的脸火烧火燎的，她恨不得有个地缝钻进去！……她掉泪了，她眼里的泪一下全涌了出来，她用力地甩掉那姑娘，哭着跑了，她走一路哭了一路。"在这里，刘小水当然不能被理解为一个爱慕虚荣的形象。作为一个年轻的女人，她对衣服的爱好无可厚非。但问题的核心在于"物"生产了主体对它的占有欲，主体因为买不起"物"而感到羞愧。可望不可得，"物"成为区隔阶层的标准，"买不起"成为主体身份坠落与尊严感丧失的原因。

而在《女工》中，女工金妹的经历则更具有象征意味。金妹是个勤恳老实的女工，下岗后不久就患上了病，历经周折进了医院检查，最后确诊为子宫癌。在昂贵的药费和红包面前，家中父子好不容易借贷、卖血将她送上手术台，却医治无效死去。在其中有一个岔出的小情节是：金妹的丈夫有一个女同学住在医院同栋楼的十层的高干病房，这个女同学的丈夫是市府教卫办副主任，之前关照金妹，说有什么不方便就去找她。有天，金妹被医院索要的红包钱搅得心里憋闷，觉得自己连累了丈夫，病急乱投医乘电梯上十楼去找这位女同学。女同学虽然微笑着接待了她，但透出些许矜持，搪塞

---

① 学者周小仪认为，"商品市场成为人们获得其身份与地位的地方"。商品不仅具有使用价值和交换价值，更具有符号价值。商品"它构造主体；或者说它提供一个主体的位置，让消费者去占据从而变成某种特定的人。消费过程实际上就是一个主体的就位过程，即人们在社会中获取某种地位的过程"。参见周小仪《唯美主义与消费文化》，北京大学出版社，2002，第139—140页。

了金妹一番。金妹顾自下楼去，"回到病房里，方觉五楼与十楼是天上人间"。与同病室一聊起，病友告知她："十楼住一天多少钱你知道吗？三百元，她住就是一个月。当然喽，哪个医务工作者敢对她搞不正之风？"① 这样的诘问既是对金妹的，又是对读者的。市场化改革之后，医院也变得势利无比，庞大的医药费和红包对金妹这样的家庭无疑是一个沉重的负担。而对于金妹丈夫的女同学这样的身份的人，则"只是有点高血压"，就住进了高干病房。这是一个权力和金钱组成的差序社会。金妹一家的穷困与女同学之间，尽管在同栋楼住院，却已然有了"五楼"和"十楼"的天壤之别。没有救命的钱，就会遭受医务人员的白眼，变成"乡下的糊涂蛋，不明白事理"。市场化的医院和"物"构成的消费社会一样，成为一种新意识形态——它宰制和规训着居于其间的每个个体，把社会重新阶层化。

确实，随着20世纪90年代市场机制的引入，劳动丧失了原本崇高的地位，工人也丧失了主体的尊严，与之相伴的则是身份的沉坠与下滑。工人身份的"去政治化"和"去历史化"，直接导致的是工人主体在现实社会中的"底层化"。与"底层化"的工人相反，诸多"成功人士"② 则是"主旋律"大厂小说中出现的新的人物系列。在这一系列人物形象的塑造中，"新意识形态"形构了市场经济条件下的成功者的主体神话。

值得注意的是，这一主体在小说中是由"下海的工人"来充当的。在"主旋律"大厂小说中，"体制内"和"体制外"俨然构成了两个世界，这一充满张力的叙事结构贯穿在所有的大厂小说中。

---

① 李肇正：《城市生活》，上海文艺出版社，2005，第32—33页。
② 王晓明主编《在新意识形态的笼罩下——90年代的文化与文学分析》，江苏人民出版社，2000，第16—17页。

而"成功人士"与"工人"则构成了另一个对照组。在《大厂》中，有这样一个看似闲笔的日常生活场景。车间主任乔亮向党委书记贺玉梅抱怨道："现在没人好好干活，连工人阶层都不叫改成了工薪阶层，厂长变成老板，都成了打工的和资本家的关系，还有什么主人翁精神？"随后，厂里总工程师袁成杰的妹妹袁雪雪在街上偶遇了他们，向她打招呼，贺玉梅回头下车，只见：

> 袁雪雪穿得很洋气，骑着一辆大摩托车……袁雪雪是袁家杰的妹妹，原来是厂里的车工，嫌累，前几年辞了职，跟男人去开饭馆了。听人说她钱都挣海了，还花了几十万元买了一套商品房呢，有人去过，说里边装修得跟宫殿似的。
>
> ……乔亮笑道：现在谁出去干都比在厂里傻干强。要不袁总也要走呢。

从两人的对话中，我们不难看出市场已然构成了召唤机制，催促着工人主动投入其中，并允诺了丰盛的回报。而市场的搅动也导致工人们的"身在曹营心在汉"，因为整个社会的环境已经改变了，留在厂里只是"傻干"。当工人阶层变成了工薪阶层，原有的社会主义经济机制就改变了性质，工人们"主人翁"的精神也就荡然无存，而种种"成功人士"则成为工人艳羡和崇拜的目标，抑或现实秩序中的成功者。无独有偶，《学会微笑》的女工刘小水拥有了自己的小摊，《年底》中的销售科长魏东久尽管道德有亏但因业务能力强当上了副厂长……"主旋律"大厂小说在此暗示，只有适应市场机制的人才能成功。

20 世纪 90 年代是一个变动的年代，随着市场机制的引入，这个社会也面临着社会阶层的洗牌。主体的失落与语境的转换是同时的。

价值的替换、劳动的"去神圣化"无一不冲击着普通工人的生活。这是劳动乌托邦向市场乌托邦转换的过程，也是意识形态的变化和价值替换的过程，更是工人主体不断失落与溃散的过程。在这样的语境下，劳动本身的价值替换成交换价值，进而投入市场进行售卖，消费重新区隔了人群。从劳动乌托邦到市场乌托邦，工人主体的贫穷和苦难只是表面的现象，更重要的是他们身份的被剥夺和尊严的被侮辱。而在"主旋律"大厂小说中，这一失落的主体却又被重构，成为新意识形态询唤的目标：重拾滑落的主体身份，重构新的面向市场的新主体。

三 尊严的恢复：如何重构工人主体

在关于"主旋律"小说的研究中，刘复生认为：这些作品"以'现实主义'的方法、情节剧的结构，对历史、现实加以'总体化'、秩序化，给'转型期'的人们以心理的安定感、稳定感"。[①]因此，"主旋律"小说中的现实秩序与文本秩序之间是镜像关系。通过引导读者进入文本，"主旋律"小说将现实矛盾转移到小说中并加以想象性解决，"它在'想象界'消除或抚慰了现实矛盾带来的个体伤痛……使读者心中被压抑的情绪获得宣泄"。[②]在"主旋律"大厂小说中，主流意识形态采取了同样的叙事策略，不仅展示了"失落的主体"所经受的创伤，还在文本中治愈和康复了这些创伤；同时，它还在新的语境中将工人主体重构为新的面向市场的主体。

将"失落的主体"塑造为"重构的主体"，"主旋律"大厂小说

---

① 刘复生：《历史的浮桥——世纪之交"主旋律"小说研究》，河南大学出版社，2005，第35页。

② 刘复生：《历史的浮桥——世纪之交"主旋律"小说研究》，河南大学出版社，2005，第35页。

所采取的路径主要有以下三点。首先，摆脱对旧体制的依赖，通过"个体化"重获尊严。我们已然知晓，社会主义体制中的"单位"，是一个特殊的"亚社会状态"，具有封闭性和地方性；单位不仅是一个生产空间，同时还是生活空间。单位有特殊的规则和制度，这些制度统括了工人的衣食住行，是非常全面的管理体系。单位给予了工人主体以安全、稳定的生活世界；同时工人也对单位具有强烈的依赖性和身份认同感。[①] 当改革开放冲击单位体制，大厂陷入困境，原有的管理体系也就失效了，工厂的冗员和福利制度也成为新自由主义思潮攻击的目标。在工厂改制和减员增效的同时，工人也被迫下岗，失去了原有的稳定的生活和社会保障。更深入地说，这是一个不断将工人"个体化"的过程——打破集体性的社会主义生产机制，让工人成为拥有劳动力的个体，使"劳动"成为个人再生产的资源。确实，市场化的过程是一个"脱域"[②] 的过程，是将原有的社会关系网络打碎，使个人"原子化"的过程。那么，工人主体是如何从单位的个体转化为市场中的个体的呢？在此过程中，他们有怎样的心理变化？

《学会微笑》强调了"个体化"对重构主体和重获尊严的重要性。临近结尾处，女工刘小水的公公沈师傅突然去世了，就站在电影院门前的自己卖汽水的小摊前。公公之前是老工人，一直有"国营工人"的自豪感，但之后"当医药费不能报销，他的病迟迟不见

---

① 学者蔡翔认为，社会主义时期的单位承担了社会功能甚至家庭功能，而在这种模式"对职工的凝聚力和感召力是很强的，工人和工厂之间建立了一种亲密的类似于血缘的关系"。参见蔡翔《革命/叙述：中国社会主义文学—文化想象》，北京大学出版社，2010，第371—372 页。

② 脱域，意指"社会关系从彼此互动的地域性关联中，从通过对不确定的时间的无限穿越而被重构的关联中'脱离'出来"。安东尼·吉登斯著，田禾译：《现代性的后果》，译林出版社，2000，第 18 页。

好转的时候"，他就再也不说自己是国营的了；同时，他还努力赚钱去还自己看病借的钱。在公公去世后，十点钟时，公公厂里的厂长和主席来了，问刘小水和她丈夫家里有什么要求，刘小水却默默地说："没啥要求。""厂长愣了"，他没想到这个之前去他家多次、缠着他报销医药费的刘小水现在居然没有要求。在现场，他又假意劝了几次，没想到刘小水的态度坚决："不用救济。我们不用救济""不要你做主"。从这些对话中我们可以看出刘小水的"拒绝"态度。与之前缠着厂长报销医药费不同，此时的刘小水已不再为了钱而卑躬屈膝，反而变得坚定和强韧。刘小水放弃了单位的接济，不仅代表了她对旧体制的失望，还意味着她已经从生活的苦难中站起来，重新获得了主体性和尊严。而这种主体不是从旧体制中分娩出来的，而是建构在"个体化"的"不用"和"不要"上。由此，我们也就不难理解小说最后刘小水自己开小摊卖梅豆角的举动了，她的自食其力是建立在"个体化"之后重构的主体中的。

其次，回归家庭伦理，修复主体在公共领域里遭受的创伤。在改革时期，一方面是强大的市场力量加速了中国个体生活的孤立化；另一方面是关系、家庭、性别、年龄、婚姻状况作为社会力量的重新出现[1]。"个体化"是市场在资本和权力运作下诉诸工人主体的要求，这是无可避免的过程。但从"单位"这一集体性名词中放逐之后，个体却不需要直接面对市场的冲击，而能够从社会中小的集群里获取安全感——这就是"家庭"。在"主旋律"大厂小说中，家庭伦理不仅是重要的因素，而且在某些小说中构成了首要的情节。通过亲情的描写，通过夫妻的守望相助、相互扶持，主体的创伤得以治愈，并且在家庭的温暖中重获新生。这是主体认同从集体转向

---

[1]　潘毅著，任焰译：《中国女工——新兴打工者主体的形成》，九州出版社，2011，第9页。

家庭的过程，家庭作为社会的组成部分，缓解了下岗对工人造成的巨大冲击，成为主体与社会之间的缓冲地带，从而减少了社会矛盾的发生。

这一方式在《女工》中表现得尤为强烈。屋漏偏逢连夜雨，金妹下岗之后不久就患上了子宫癌，这笔巨大的医药费无疑是一笔巨大的费用，这也给原本就不宽裕的家庭带来了重负。金妹的丈夫裘老师只是中学教师，金妹的病无疑是他不能承受之重。"世上的事最令人悲哀的，莫过于眼巴巴地看着最亲爱的人无奈地走向死亡"①，为了把金妹送上手术台，裘老师放下了自尊，到处求人借钱治病，父子俩竟然在卖血的时候碰面了……《女工》中绝大多数的篇幅都在铺陈家庭中夫妻与母子之间的真情，各种细节感人至深。但是，与此同时，我们不能忽略的是小说中对社会不公正、领导贪污腐败的批判：《女工》临结尾处，金妹在弥留之际一直盼望着厂里的领导来看她，还留下"精业厂一定能好起来"的遗言；但此刻的厂长和书记却在舞厅跳舞。病房冰冷空寂的死亡场面与舞厅流光溢彩的欢乐场面被作者逼真地再现，声音、画面如同电影蒙太奇般交叉剪辑，构成了文本形式上的反讽和对照。家庭伦理剧与社会批判性是《女工》文本的两个面向，但作者无疑是宽厚的，他用大量的篇幅叙述家庭亲情的内容，将批判性寓于伦理剧情节之中，于是社会矛盾与主体建构之间加入了家庭伦理的缓冲区域，批判性变得冲淡和隐喻，而主体的创伤得以缓解。

最后，接续社会主义时期"劳动"的精神，适应市场的运行环境。从社会主义体制到市场体制，这是一个创痛与新生的故事，也必然是一个主体进行自我心理调适的过程。"主旋律"大厂小说描写

---

① 李肇正：《城市生活》，上海文艺出版社，2005，第21页。

了改革时代的不同阶层、不同身份的个体对改革震荡的反应，其中有老工人们的心有不甘，有普通工人的无可奈何，更有领导阶层的危机和焦虑。在小说中，作家将这些现象一一呈现，并且将外在的混乱化为秩序，提供了解决的方案：转变观念，依靠市场，重振大厂昔日荣光。

在《车间主任》中，厂长张一平更提出"重振北重雄风"的口号，力排众议，与北江公司签订生产合同，适应市场的体制。车间主任段启明是中层干部，他"以坚忍不拔的毅力和任劳任怨的忘我精神，率领全车间几百名工人攻克了一个又一个难关，完成了一项又一项艰巨繁重的生产任务，化解了一系列纠缠不清的矛盾和纠葛，成为一名企业改革的基层领导者和具体实践者"。① 在这段话中，原来的社会主义的工人主体被转换成了"企业改革"的主体，段启明更成为主动实践改革的先锋。张一平与段启明，他们都意识到市场的作用，不再恋栈旧体制而是迅速适应市场机制。小说中有一段颇具症候性的话：

> 张一平："生产报表每天就摆在我桌子上，我怎么就不知道？负重前行，北重必须超负荷运转！市场经济了，你光想着北重，就没想想还有南重、东重什么的，都在竞争。只有完成这个大活，才能赢来今后的市场。要不，就等于咱把以后的市场拱手让给别人了。在谈判桌上，我用脑子跟人家竞争，在车间里，咱的工人要用力气跟人家竞争。你现在看机器嗡嗡转，一旦没了市场，想转都转不起来了。那时候，哭都找不着

---

① "内容提要"，载张宏森《车间主任》，山东文艺出版社，1997。

地方!"①

随后，段启明就和张一平立了军令状，保证在一个月内完成这个超常规、超负荷的大活。而在随后车间的动员会上，段启明提及："咱北重为啥今天让人一摆还能摆到桌面上？就凭着老一辈传下来的那口志气、那把力气！咱要长不住这口志气、拿不住这把力气，咱就等于眼睁睁看着别人掀了北重这张桌子！②"围绕着合同，在厂长的劝导下，段启明转变了观念，因为只有在市场和车间内同时树立竞争意识，才能救活工厂，摆脱大厂面临的困境。值得注意的是段启明动员工人的方式：把社会主义生产的军令状和老一辈的精神遗产结合起来鼓舞工人的斗志。由此，社会主义时期的记忆与市场经济体制下的商业竞争耦合了，主体跨越了两个时代的浮桥，成为市场体制下新的主体。

从社会主义经济体制时期到市场经济体制时期，不仅是时间的断裂，更是主体适应语境的变换、在社会中重新确立自己的位置、重新进行心理建设的过程。对主流意识形态而言，改革带来的社会内部结构调整和阶层变动必然会带来不稳定因素，导致文化领导权和控制的松动。由此，工人主体的身份认同与主流意识形态的文化领导权之间产生了缝隙。而将旧工人询唤为市场机制下的新的工人主体，则是重建工人主体尊严和主流意识形态调整文化领导权的策略，这一过程产生的效果是双向的。通过"主旋律"大厂小说的叙事策略，主流意识形态使工人主体在个体、家庭和市场中重新获取生活世界的稳定感，从而将"失落的主体"转化

---

① 张宏森：《车间主任》，山东文艺出版社，1997，第 165 页。
② 张宏森：《车间主任》，山东文艺出版社，1997，第 178 页。

为"重构的主体"。

"艺术对象创造出懂得艺术和能够欣赏美的大众——任何其他产品也都是这样。因此，生产不仅为主体生产对象，而且也为对象生产主体。"① 艺术与主体的关系是互动的、辩证的，在这个意义上，不仅艺术模仿生活，生活也模仿艺术。在"主旋律"大厂小说中，主流意识形态通过文本编码和叙事策略的运作，构造了改革时代的"世俗神话"，并且在文本中重获文化领导权，为中国改革的现代性愿景和合法性基础进行了有力的论证。

从"劳动乌托邦"到"市场乌托邦"，从"失落的主体"到"重构的主体"，从改革的宏大话语到工人主体的生活世界，"主旋律"大厂小说在现实秩序与文本秩序、意识形态与工人主体之间构造了一个想象性的关系。小说文本的虚实相间的属性成为主流意识形态运作的最佳场域。作家的写作成为一种编码行为，在暴露创伤和治愈创伤的过程中，"主旋律"大厂小说超克了危机、焦虑和苦难，成为国民情感的炼金术。而工人主体跨越了断裂的时间，重建了尊严和身份认同，重构为新的、面向市场的主体。

第四节　想象底层与再现底层——从"主旋律"大厂小说到底层文学

一　底层的故事：对象、背景与命名

在 21 世纪以来的当代文学中，"底层文学"无疑是最重要的创

---

① 〔德〕马克思：《政治经济学批判》导言，《马克思恩格斯选集》（第 2 卷），中共中央马克思恩格斯列宁斯大林著作编译局，人民出版社，1972，第 95 页。

作潮流与文学现象之一。随着当代中国社会的结构性转型，"底层"问题逐渐浮出历史地表，成为作家创作的题材来源。该类作品不仅在创作数量上蔚为大观，还占据了当代文学话语论争的核心地带。事实上，"底层文学"已经进入了文学史的视野，成为"新世纪文学"的重要代表——例如，在贺绍俊与巫晓燕合著的《中国当代文学图志》中，"底层文学"就放在"新世纪文学"板块中单列一节。这也意味着，我们对"底层文学"的研究不能仅仅局限于一种文学评论式的趋势研究，更要在宏观的文学史脉络中进行把握。

但是，"底层文学"并非横空出世，而是有着深厚的文学史根源。虽然"底层文学"的热潮发生在 21 世纪初年，但对于底层问题的关注早在 20 世纪 90 年代中期就已经出现。当我们回溯文学史、对"底层文学"的前世今生做一个谱系学考察时，就会发现与"底层文学"最为"家族相似"的，就是"主旋律"大厂小说。在"主旋律"大厂小说与底层文学之间，有着传承与扬弃的过程[1]。

让我们通过对上述两个概念的辨析来展开论述。回到"底层文学"的原点，我们首先要追问的是：何谓"底层"？底层文学描述的对象是什么？《中国当代文学图志》认为，在逐步兴起的"底层写作"中，"被叙说的底层主要集中在几类人身上：以农民、进城务工者、下岗工人为代表的城市失业人群以及城市边缘群体"[2]。从中可以看出底层主要由农村与城市两部分的下层民众组成，底层文学表现的正是这些被侮辱与被损害者的群像。而"主旋律"大厂小说

---

[1]　值得注意的是张宁的观点，他认为大厂小说也属于底层文学，但是，"《大厂》本身由于其浓厚的'主旋律'色彩，并没有被当作底层文学"。见张宁《命名的故事："底层"，还是"新左翼"？——大陆新世纪文学新潮的内在困境》，《文史哲》2009 年第 6 期，第 20 页。

[2]　贺绍俊、巫晓燕：《中国当代文学图志》，春风文艺出版社，2009，第 310 页。

所表现的城市下岗工人的问题正处于底层文学的题材范围之内，是城市题材的一部分。两者在描写的对象上没有本质性的差别，都是关于改革中出现的问题，都和城市的工厂和工人下岗问题有关。

尽管两者表现的对象相同，却并不代表两个概念之间可以互换。在这里，两个概念的差异主要体现在概念所描述的时代背景上。例如，"主旋律"大厂小说的代表作谈歌的《大厂》刊载在《人民文学》1996 年第 1 期，而底层文学的代表作曹征路的《那儿》则发表于《当代》2004 年第 5 期。这两个代表作品发表的时间正好对应着中国改革发展的不同阶段，也代表着城市企业改制的不同阶段。20世纪 90 年代中期的国企"甩包袱"的攻坚战导致了大量工人下岗，于是出现了"主旋律"大厂文学（以及"现实主义冲击波"）；而到 2004 年时，由于在国有企业进一步改制中出现了以管理层收购的方式转移国有资产的问题，于是此时的文学界又重新投入社会议题的探讨，底层文学的热潮也从此兴盛起来。[①]

由此，作品—时代—概念之间构成了三位一体的结构——作品在特定的时间段中产生，随后概念对作品和文学现象进行命名。我们虽然无意把文学作品看成历史的对应物，但不可否认的是文学与历史之间的对话互动关系。中国现当代文学的"现实主义"是一个根深蒂固的传统，无论是"主旋律"大厂小说，还是底层文学，作家的书写不但具有审美意义，而且具有社会意义；不但是一种美学形式上的创造，而且还具有政治向度和伦理承担。在这个意义上，当我们论及"主旋律"大厂小说抑或底层文学时，就绝不能仅仅把它们指认为所谓的"纯文学"，而是将作品"重新语境化"，将作品

---

① 张慧瑜：《影像书写——大众文化的社会观察（2008～2012）》，生活·读书·新知三联书店，2012，第 206—207 页。

还原到历史之中，才能通过文本与场域的互相指涉来重构作品的意义世界。从"主旋律"大厂小说到底层文学，当我们勘探这两个概念在时间上的流转变化时，实际上也是借由对作品的解读来重新绘制中国改革的路线图。

二 苦难的延长线："主旋律"大厂小说与底层文学的比较

有论者认为，21世纪中国"底层文学"的重要意义在于它记录了"工人阶级的'底层化'"这样一个历史过程。① 实际上，这一过程早在20世纪90年代就已经发生，"主旋律"大厂小说即直接回应了当时企业改制与工人下岗问题。从"主旋律"大厂小说到底层文学，这是工人问题在当代文学中的两次显影，是另一重意义上的"原画复现"。值得注意的是，这两次看似重复的文学现象中，有同又有异，而正是在这同异之间，体现了改革进程和中国社会结构转型的潜在信息。

"主旋律"大厂小说与底层文学之间的相同之处自不待说，由于对工人下岗题材的书写，两者在当代文学史中已经构成了一个"小传统"。这个传统在纵向的时间脉络上可以打通左翼叙事、工业题材、社会主义文化记忆等；在横向的空间脉络上则触及"三农"问题、城市问题、发展主义。换言之，两者共同处理的正是改革时代的中国经验。两者不仅在内容上，而且在叙事策略与形式表征上都有相通之处。

"主旋律"大厂小说与底层文学之间的相异之处主要体现在以下

① 〔美〕钟雪萍著，王晴、黄蕾译：《〈那儿〉与当代中国的"底层文学"》，《杭州师范大学学报》（社会科学版）2012年第4期，第51页。

几个方面。首先，两者的叙事视点不同。"主旋律"大厂小说关注的是改革者和改革的必要性，而底层文学关注的则是"被改革者"的命运和改革的方式①。由此，尽管两者的书写对工厂各个阶层的人物都有所着墨，也处理了大量诸如领导与工人的矛盾，但随着叙事视点和中心人物的不同，两者呈现的情感倾向和叙事姿态也有所不同。

"主旋律"大厂小说中，站在叙事剧场前台的多半是领导人物，当工厂受到市场浪潮的冲击，领导们也为了工厂的存亡而忙得焦头烂额，四处救火。《大厂》及其《大厂续编》中红旗厂的厂长吕建国即是这样的人物。同样地，即使该类故事的中心人物是普通工人，作者在叙事中也多体现的是他们爱厂为家，与领导"分享艰难"，不给领导添麻烦的"正能量"，如《女工》中羊毛衫厂仓库女工金妹。而《车间主任》中的车间主任段启明是中层干部，他起到了沟通上下、维持稳定的作用：一方面是向领导争取权益；另一方面是安抚工人的情绪。因此，在"主旋律"大厂小说中，总体的叙事视点是"俯视"的，带有意识形态抚慰功能，整体的叙事还是从领导阶层的视线出发的，重心围绕企业改制展开。而到了底层文学这里，叙事视角就明显偏重于下层生活，对于底层的苦难着墨甚多，对个体悲剧的铺陈中所呈现的情感强度也更大。曹征路的名篇《那儿》，主要写一位工人出身的工会主席朱卫国，他受骗参与了管理层抛弃工人的卖厂行为，醒悟后多次上访捍卫工人利益，最终功败垂成、以自杀告终。这是一个"下克上"的故事，小说描写朱卫国一次次试图阻止工厂被变卖却又一次次失败的经历，灌注了作者对这位"不合时宜的英雄"的敬意。这也体现了底层文学与"主旋律"大厂小说

---

① 李云雷：《底层写作的误区与新"左翼文艺"的可能性——以〈那儿〉为中心的思考》，《海南师范学院学报》2006 年第 1 期，第 78 页。

的不同之处：前者的视点是从下往上的，后者是从上往下的。两者在叙事视点上的分殊取决于各自在改革坐标系中不同的身份和位置。

其次，两者对现实的批判强度不同。作为一种现实主义的写作，"主旋律"大厂小说与底层文学都具有批判精神，对改革过程中出现的丑恶现象与种种弊端进行了不同程度的揭露。但底层文学的批判性无疑更为强烈，并且直指问题的核心。例如，在"主旋律"大厂小说中就不乏对内部管理层贪污腐败的暴露。例如《大厂》中的厂长吕建国虽然为工厂殚精竭虑，但为了订单也会放任手下不择手段，最终其办公室主任老郭带着河南大客户郑主任嫖娼被公安局逮住了。这一颇为荒诞的场景出现在小说开头处，并在结尾时才得以解决。到了底层文学的《那儿》中，主人公朱卫国所反抗的则是"卖厂"过程中以权谋私，将国有资产廉价转卖给私人的行为。就叙事效果而言，《那儿》所暴露的问题无疑更为"沉郁顿挫"，也更为核心和重要，相比起来《大厂》中的"暴露"则变成一种喜剧化的笑料。

值得注意的是，李云雷认为，从《那儿》中可以看出"社会主义历史及其赋予的阶级意识，作为一种保护性力量在今天的重要性，而小说对社会主义思想的重新阐发、对下层人民悲惨生活现状的揭示，可以看作'左翼文学传统'在今天的延续"①。实际上，在"主旋律"大厂小说中，对社会主义历史记忆的处理同样具有某种象征意味。张宏森的《车间主任》就呈现了大量关于毛泽东时代的意象和精神意绪。可见"对社会主义思想的重新阐发"是工人题材小说的传统。但之所以认为直到《那儿》的出现才复苏了社会主义思想，乃是因为《那儿》文本中呈现的批判性更强，并且将思想转化为实

① 李云雷：《底层写作的误区与新"左翼文艺"的可能性——以〈那儿〉为中心的思考》，《海南师范学院学报》2006年第1期，第78页。

践（虽然朱卫国是失败者）。而"主旋律"大厂小说中，社会主义的历史记忆只呈现为一种怀旧情绪，一种消融在工厂日常生活的微观细节（例如作为背景的毛泽东雕像），并未体现出诸如《那儿》的行动性和实践性。《那儿》的主要情节是朱卫国不屈不挠地上访，是"有人要出卖咱们工人阶级"的反抗意识，由此对现实的批判力度和叙事能量也更大。

　　最后，两者对苦难的表现力度不同。"主旋律"大厂小说与底层文学都呈现了大量底层生活的场景，使底层人民生活的苦难与绝望成为"可见"的事实，呈现在读者面前。这是两者共同的题材和写作的取向。但值得注意的是，这两者在再现苦难的同时又在文本呈现了超克"苦难"的方法——缝合式的叙事，一个类似于"大团圆"的结局。

　　陈晓明曾提出"美学脱身术"这一概念，认为在底层文学中，"作品总是能通过一个细节来改变主题，促使主题变异"。在他看来，由于作家缺乏意识形态资源的支持，所以只能在作品中采取将情节突转的方法，使人民性发生变异。由此，"那些底层民众苦难生活的表现并没有全面深化，那些社会对立和矛盾也总是被化解"[1]。就上述叙事效果而言，"主旋律"大厂小说与底层文学分享了同样的"美学脱身术"。例如，《学习微笑》中"先抑后扬"结构——小说前面的情节都在述说女工刘小水举步维艰和不得不依靠工厂救济的生活困局，但在结尾处却突然自谋生路，发现了生活的出路，这顿时让前面情节中苦难的铺陈变得轻逸起来。然而，这里的"脱身术"不仅是美学的，亦是政治的，它在一个圆满的叙事编码中完成了对

---

[1]　陈晓明：《"人民性"与美学的脱身术——对当前小说艺术倾向的分析》，《文学评论》2005 年第 2 期，第 117—118 页。

社会问题的"想象性解决"。无独有偶,曹征路《那儿》的结尾同样有情节飞速地突转——朱卫国的死亡逆转了故事,工人们拿回了房契,工厂停止了售卖,腐败的官员被捕。这是叙事的缝合,也使得朱卫国死得其所。

但比较"主旋律"大厂小说与底层文学在这方面的处理,依然可以看出一些表现力度上的差异。美学脱身术和叙事的缝合,两者兼而有之,但"主旋律"大厂小说的"逃逸"方式更具有政治意味,不但缓解了前面情节的压抑感,而且具有意识形态的抚慰功能。而到了底层文学这里,"逃逸"的情节虽然还是存在,但并没有影响到整个叙事的效果,反而更具有悲剧性——这些所谓的"圆满的结果"是朱卫国用生命换来的——这类同于鲁迅在《药》中为夏瑜坟上加上的花圈,一种微凉的薄奠。这抑或是作者曹征路在美学上对和谐与平衡的追求。然而,《那儿》整体氛围的"沉郁",却反而使这一情节的突转具有了政治上的"反讽"意味——要是唯有个体的死亡才能昭示社会的公正,那么朱卫国之前所有的反抗行为岂不全都变得徒劳?这与第一人称叙述者的设定中那"玩世不恭的口吻"①,以及之前朱卫国那不合时宜的行为构成了一个对照组。这就意味着,《那儿》的突转与"主旋律"大厂小说的突转不同,这里的突转没有消解苦难,而是保留创口,由此也凸显了作品对苦难的表现力度。

从20世纪90年代到21世纪初,是"漫长的90年代"——在这期间,"改革"的基调并未改变,但在各种国际国内形势的变幻中,中国社会已经发生了巨大的结构性转型。在20世纪90年代潜

---

① 〔美〕钟雪萍著,王晴、黄蕾译:《〈那儿〉与当代中国的"底层文学"》,《杭州师范大学学报》(社会科学版)2012年第4期,第50页。

伏的社会危机（如贫富差距拉大与阶层固化问题）到 21 世纪初已经逐渐显露出来。从社会主义经济体制到市场经济体制的企业改革，虽然从 20 世纪 80 年代就已经开始，但至今仍有遗留问题尚未解决。工人下岗这个看似 20 世纪世纪的问题，其实留下了许多创口和记忆，也留下了许多经验和教训。通过比较"主旋律"大厂小说与底层文学，我们更能理解从 20 世纪 90 年代到 21 世纪初的这些年中，在看似波澜不惊的生活表面之下中国社会的时代精神和情感结构所发生的微妙变化。

三 被挪用的底层：议程设置与他者的伦理

在蔡翔《何谓文学本身》中，他将阶层分化之后出现的"穷人"视为"沉默的大多数"，并认为如何在文学中再现这"沉默的大多数"是一个重要的议题。他写道：

> 正是这个沉默的大多数的产生或者存在，才促使我们反省现代性、反省资本化的过程，因此关注这个沉默的大多数，实际上是让我们更深地切入现实，寻找问题所在，以及一种新的乌托邦可能，而不仅仅是简单地持一种道义的立场。任何一种对底层人民的同情甚或怜悯，不过是旧式人道主义的翻版，在今天，毫无新意可言，因此，如何使"被压迫者"的知识成为可能，并且进入文学的叙述范畴，就成为一个相当重要的问题。①

诚哉斯言，正是"沉默的大多数"促使我们反思：当代中国社会发展的危机与症结何在？市场社会的运作机制出了什么问题？同

---

① 蔡翔：《何谓文学本身》，《当代作家评论》2002 年第 6 期，第 38 页。

时，他们"逼视的眼神"也把知识人与底层的关系问题重新提出：知识人在文学中对底层的表述，到底是想象，还是再现？对于知识人而言，简单的人道主义立场抑或只是一个"手势"，一个道德的站队和表态，并不能从根本上解决"发声"的问题——当我们在谈论底层、书写底层时，知识人的声音能代表底层的声音吗？或者恰如蔡翔的提问：如何使"被压迫者"的知识成为可能？

这重重的追问迫使我们回到思考的原点：代表/再现（representation）①。我们还记得萨义德在《东方学》的卷首题词中所援引的马克思在《路易·波拿巴的雾月十八日》的金句："他们无法表述自己，他们必须被人表述。"知识人与底层之间，永远存在着代表与被代表的关系。不可见的底层经由知识人的代表，经由文学的再现，才能成为"可见"。而当知识人进行底层书写时，又可能由于政治与美学的原因导致其再现的底层生活发生变形。由此，知识人这"替代的声音"反而遮蔽和压抑了底层的声音，使得底层更加不可见——那么，底层能说话吗？

回到"主旋律"大厂小说与底层文学的讨论中。当两者都在处理"如何书写底层"的问题，也就同时存在"想象底层和再现底层"的困境。但是，在某种意义上，这两种文学思潮所呈现的底层又都是变形的底层。

我们业已知晓，"底层文学"其实是一个被命名和被召唤出来的文学现象②。而在这一命名之后，又构成了一个生产性的装置，促使更多的知识人和写作者投入其中，分一杯羹。促使众多写作者投入

---

① 单德兴：《代表/再现知识分子：萨义德之个案研究》，《华文文学》2011 年第 5 期。
② "选刊价值导向的努力在新世纪的一个显著成绩就是催生出了'底层叙事'的创作热潮"。参见罗执廷《文选运作与当代文学生产：以文学选刊与小说发展为中心》，暨南大学出版社，2012，第 127 页。

底层文学写作潮流的原因，主要有以下两个方面：一方面，随着中国社会市场化的发展，知识人逐渐失去了原有的经济优势，在社会等级中有阶层下移的危机，由此也带来了严重的身份焦虑。这使他们产生了"被剥夺感与对未来的不确定感"，[①] 由此与底层人民有了休戚与共的感觉。另一方面，底层文学也是一种文学与美学的突围。20 世纪 90 年代的各种"纯文学"思潮将文学的历史能动性已经消耗殆尽，出于对这种思潮的反动，21 世纪初的底层文学正好拯救了纯文学的"贫血症"，不仅具有天然的道德优势，还摆脱了写作的题材危机。从这两方面而言，我们不难看出，底层文学中的所谓"底层"不遑说是作家自己的化身。他们借由对底层的想象和书写转移自身的身份焦虑与美学危机。

　　而在"主旋律"大厂小说中，"底层"同样是被挪用的对象。主流意识形态虽然在大厂小说中呈现出了一些底层的苦难，但迅速地被各种叙事策略所消解了。由此，"主旋律"大厂小说是一个分裂的艺术形式：将"呈现问题"与"解决问题"整合在同一个文本框架内。改革中出现的问题复杂而暧昧，但在意识形态的"看不见的手"中，在各种叙事技法的操作下，这些问题在文本内部就被"想象性地解决"。苦难在文本所呈现的乌托邦中变得轻飘了起来，底层的真实变得更加"不可见"了。主流意识形态借由叙事构造了自身的乌托邦想象，将读者从下坠的现实中托举起来。而"主旋律"大厂小说则充当了"现实秩序的黏合剂，主流意识形态的合谋者"[②]的角色。

---

① 刘复生：《纯文学的迷思与底层写作的陷阱》，《江汉大学学报》（人文科学版）2006 年 10 月，第 32 页。

② 刘复生：《纯文学的迷思与底层写作的陷阱》，《江汉大学学报》（人文科学版）2006 年 10 月，第 34 页。

因此，不管是"主旋律"大厂小说，还是底层文学，它们所再现的"沉默的大多数"都是被各种话语挪用的对象。在真实的底层生活与文学所呈现的底层镜像之间，这微妙的落差也促使我们重新思考：隔着"文学"这台摄影装置看"沉默的大多数"，底层是可见的吗？这台摄影装置可以是主流意识形态，也可以是作家主体，他们都暗中起到了"议程设置"的功能：我们只能看到"它"想让我们看到的。传播学中的"议程设置"（agenda-setting）理论认为：大众对某个公共话题的关注程度受到官方与传媒的影响，"一个议题在媒介议程上的位置对其在公共议程上的显著性具有决定性作用"①。"主旋律"大厂小说与底层文学正是在文学场域内被主导话语走向的权力掌控者所催生出的文学风潮。与此同时，议程设置中的话语领导者也主宰了受众对问题的解读方式，因为在特殊的编码方式中，事件的意义只能经由单一的解码路径来理解。由此，"沉默的大多数"只能在有限的阐释范围内被解读。

关于"沉默的大多数"的书写，在文本外部是被体制与文学界催生的；而在文本内部，关于底层的书写也被种种的形式和美学设限，例如被广泛讨论的纯文学/底层文学的问题。无论是"主旋律"大厂小说，还是底层文学，"沉默的大多数"始终是被遮蔽和被压抑的所在。近年来，由于批评界对底层文学的提倡，底层文学在蓬勃发展的同时也出现了许多问题，如刻意书写苦难，把苦难奇观化、欲望化、题材化的情况屡见不鲜，已经引起了众多的批评声音。确实，无论是底层文学还是"主旋律"大厂小说，"沉默的大多数"绝不能只是"一个表现领域或题材的限定"，而应该是一种"文学

---

① 〔美〕James W. Dearing、Everett M. Rogers 著，倪建平译：《传播概念 Agenda-Setting》，复旦大学出版社，2009，第129页。

的态度"①。

更进一步说，关于底层的书写绝对不能只是一种题材，一种道德姿态——不应该是一种道德精英的"遥远的目光"，而必须是一种沉潜和虔敬的目光。"主旋律"大厂小说和底层文学的某些作品中所出现的题材化的、抽象化的底层，不仅没有表现底层，反倒是诋毁底层。他们再现的底层不是当代中国经验中的底层，而是他们想象中的底层；他们书写的底层没有让读者看到真实的底层，反而让我们看到他们自己站在什么身份和位置上说话。事实上，真正的底层是不可见的，但文学必须在一种历史的、批判的目光下进行捕捉。当我们代表/再现，我们必须更谨慎地使用这僭越的权力。因为在历史与文学之间，在真实与虚构之间，所有关于底层的书写所必须遵循的乃是"他者的伦理"，底层自身的伦理。

---

① 刘复生：《纯文学的迷思与底层写作的陷阱》，《江汉大学学报》（人文科学版）2006 年 10 月，第 34 页。

第四章

权力想象的文学表征

—— 反腐小说研究

第一节　腐败与清洁的辩证法

自改革开放以来，中国的现代化建设和经济发展获得了巨大的成就，但腐败却是一个久治不愈的痼疾，影响着中国社会的持续进步。在通常意义上，腐败可以被定义为"滥用公共权力谋取私利"，主要指的是官员们通过使用公共权力为私人谋取利益①。腐败损害了民众对政府的信任，也威胁着社会秩序的稳定。为了防止腐败现象，执政党中国共产党和政府采取了一系列的举措，通过"反腐倡廉"来建立一个"清洁"的政治文化，从而培育一个健康的政治生态。由此，"反腐"贯穿了中国改革的始终。

反腐小说正是在这样的社会、历史与文化的语境中产生。反腐小说，顾名思义是以反腐败作为题材进行创作的小说。根据学者唐欣的研究，反腐小说的诞生最早可以追溯到1995年陆天明出版的长

---

① 任建明等：《中国新时期反腐败历程》，党建读物出版社，2015，第6—7页。

篇小说《苍天在上》，这部小说以揭露省部级官员的腐败现象引起广泛关注。随后，陆天明、周梅森和张平等作家创作了一系列以"反腐"为题材的作品，构成了 20 世纪末到 21 世纪初的中国文坛一种重要的文学类型。同时，由于这些作品成为畅销书以及改编成电视剧，产生了巨大的社会反响，因此也构成了一个特殊的文学/文化现象。[①]

不过，当代文学史对"反腐小说"这一概念有着另外的定义。值得注意的是和反腐小说相关但并不重合的几个概念，如"官场小说"、"新改革小说"和"新乡土小说"等。官场小说是比反腐小说更大的一个概念，它表现的领域更加广阔，可以把后者囊括其中。而隶属于官场小说的，除了反腐小说这类有着鲜明道德立场和价值判断的作品之外，还有另外一些"作者的价值判断并非特别鲜明，小说也并未触及腐败问题，而是着力书写主人公囿于官场之中的特定生存状态与心灵轨迹"的作品[②]。至于"新改革小说"和"新乡土小说"，虽然它们的局部也触及"反腐"的相关内容，但我们并不把它们作为反腐小说看待。因为在反腐小说中，"反腐"必须是小说的基本主题和中心线索，也是小说贯穿性的关注点和基本的叙述动力来源[③]。根据上述概念的差异和分殊，我们可以看出"反腐小说"的几个特点：其一是明确的道德指向；其二是把反腐作为创作的核心内容进行处理。

至于把这些作品命名为"主旋律"反腐小说则是其来有自。"小说中具有对社会严峻现实的深切审视与崇高诉求，从而被纳入主

---

① 唐欣：《权力镜像——近二十年官场小说研究》，社会科学文献出版社，2006，第 15 页。
② 唐欣：《权力镜像——近二十年官场小说研究》，社会科学文献出版社，2006，第 18 页。
③ 刘复生：《历史的浮桥——世纪之交"主旋律"小说研究》，河南大学出版社，2005，第 119 页。

流意识形态的文化规划。"① 换言之，反腐小说是在主流意识形态对"反腐倡廉"的呼唤中应运而生，它既在主流意识形态的框架内对腐败问题进行揭示和批判，又受到主流意识形态的各种限制和规约。就此而言，反腐小说无疑应该放置在"主旋律"的前缀中进行考察。

"权力导致腐败，绝对权力导致绝对腐败"，英国思想史学家阿克顿勋爵（Lord John Dalberg – Acton）如是说。如果权力不受束缚，就必将带来权力的失控和社会秩序的混乱。为了防止腐败的滋生，一方面，需要"加强对权力运行的制约和监督，把权力关进制度的笼子里"②；另一方面，需要通过反腐败的方式对腐败问题进行有效的遏制，从而进行权力的治理。但是，就更高的层面而言，反腐败问题又不仅仅是一个政府机构内部的自我审查和自我净化，而是涉及更加重要的文化领导权与政治合法性的问题，也就是政府与群众的关系问题。有论者已经谈及，"对于公共权力而言，在其'集散地'——官场，一旦缺乏必要有力的公共权力监督机制，腐败行为极易发生。而反腐败则是一种政府行为，并体现出民意归向"。③ 在此基础上，我们需要进一步追问的是：如何在"政府行为"中体现"民意归向"？如何将"民意归向"归置在"政府行为"之下？

让我们把视线从政治领域转移到文学领域。在"主旋律"反腐小说中，通过各种叙事策略的应用，"政府行为"与"民意归向"之间达到了一种微妙的动态平衡。在"主旋律"反腐小说中，带有批判色彩的民意得到了安抚、释放和管理，从而被重新引导至主流意识形态所设定的阀域之内。在刘复生看来，"主旋律"反腐小说作

---

① 唐欣：《权力镜像——近二十年官场小说研究》，社会科学文献出版社，2006，第15页。
② 习近平：《在中国共产党第十八届中央纪律检查委员会第二次全体会议的讲话》（2013年1月22日）。
③ 唐欣：《权力镜像——近二十年官场小说研究》，社会科学文献出版社，2006，第18页。

为一种文学类型，是"主旋律"收编与整合"反腐小说"的结果。"主流意识形态以容纳和安抚的方式来削弱其反抗性和颠覆性，批判性的'反腐败'小说家则获得了写作的合法性，同时也获取接受'招安'而带来的现实利益。"① 但是，毫无疑问，这种"微妙的动态平衡"只是一种理想状态，在"主旋律"反腐小说的文本内部实际上是一个多方博弈的场域——各种话语互相角逐、增益或抵消，从而使"主旋律"反腐小说的文本意义充满了复杂性、暧昧性和矛盾性。

毫无疑问，"反腐倡廉"凸显了腐败与清洁的辩证法。在《洁净与危险》一书中，英国人类学家玛丽·道格拉斯（Mary Douglas）认为，洁净的对立面是肮脏。肮脏是不能置于分类系统中的东西，是系统的冗余物；对于一个社会而言，肮脏是对社会正常秩序的违背，会带来危险和恐惧。而清除肮脏，则是恢复秩序正常运作的手段②。对于中国来说，腐败问题的存在，既是一种"病的隐喻"，又是一种我们需要清除的肮脏。我们的改革要继续前行，就必须建立一个健康的政治文化，也就必须清除腐败这一内嵌于权力机构中的顽疾。"主旋律"反腐小说再现了现实社会中的"反腐"经验，它通过叙事实践对腐败做出"清除肮脏"的行为。在文学这一象征与符号的领域内，"主旋律"反腐小说对现实社会提供了一种意识形态的幻象，为中国社会的"腐败"问题提供了一种"想象性的解决"，从而完成了权力秩序的自我恢复、更新与再生产。

---

① 刘复生：《历史的浮桥——世纪之交"主旋律"小说研究》，河南大学出版社，2005，第120页。
② 〔英〕玛丽·道格拉斯著，黄剑波等译：《洁净与危险》，民族出版社，2008。

第二节 "主旋律" 反腐小说中的叙事
模式与意识形态

"主旋律" 反腐小说是一个充满了内在张力的概念。它一方面受到主流意识形态的限制；另一方面又带有挑战主流意识形态的批判性维度。"'反腐败'小说借助主流意识形态的掩护表达对现实秩序的批判，主流意识形态则随时警惕着来自'不安分'的草莽义军的颠覆性。"① 在"主旋律"与"反腐小说"之间、在主流意识形态与批判性维度之间，具有此消彼长，同时又交相为用的互动关系。

正因如此，"主旋律"反腐小说的创作变得格外艰难：对于作家们而言，它既是"戴着镣铐的舞蹈"，又是"走钢丝的写作"。在"主旋律"反腐小说中，文学与政治、形式与内容、叙事模式与意识形态之间产生了丰富的对话。毋庸置疑，"主旋律"反腐小说是充满了症候性的文学/文化文本。而我们要追问的问题则是：作家们以怎样的叙事模式来与主流意识形态进行有效的对话，小说的故事又以怎样的方式对多重且彼此矛盾的话语结构进行无缝缝合？

一 当英雄遭遇"庸俗政治学"

在某种意义上，"主旋律"反腐小说中故事的讲述类似于"侦探小说"的叙事框架。正如刘复生所归纳出的"主旋律"反腐小说三种基本叙事模式或情节套路：第一类，市长或市委书记为正面主人公，他发现市属某部门、大型国有企业存在腐败问题而进行深度

---

① 刘复生：《历史的浮桥——世纪之交"主旋律"小说研究》，河南大学出版社，2005，第120页。

追踪调查；第二类，以市法院院长、检察院检察长等为主角，他从很小的案子入手发现了腐败巨大的官场网络；第三类，以公安部门的警察局长、刑警队长、缉私队长等为主角，以刑事、走私案件为切入口，引出一系列腐败问题的发现①。在以上三种叙事模式中，虽然各个作者的创作风格不同，处理题材的方式也大相径庭，却都遵循了大体相似的叙事模式：正面主人翁从一个案件入手，从而迈进这个事件的重重迷局中，紧接着很多人来阻碍他继续探寻真相，但主角坚持不懈，最终发现了犯罪者及其网络。值得注意的是，终极的大反派多半是他的上级，而主角最终的胜利必须依靠层级更高的领导的到来才能完成。

值得注意的是，无论"主旋律"反腐小说使用的是何种叙事模式，都有一个英雄作为正面主人公，他们充满了正义感和道德勇气，去揭开黑幕，与腐败进行斗争。在陆天明的《大雪无痕》中，这个英雄是侦查员方雨林。这个故事在东北某市发生，在郊外的西班牙式别墅，松江市东钢股票案知情人市委张秘书被人枪杀，侦察员方雨林多方侦查后断定，此案与市领导周密有重要牵连。于是，他展开了自己的侦查活动。方雨林对丁洁颇有好感，但丁洁与周密接触频繁，此时的周密已被方雨林列为重要嫌疑人。最后，中纪委介入要案调查，冯祥龙涉案被捕，周密也最终落网。方雨林是一个标准的肃贪英雄形象。他虽然只是一个普通的侦查员，但是心热如火、疾恶如仇，单纯、率真而执着。在追踪贪污犯的过程中，他不畏权力，为了调查这个案子，他与丁洁以及家人的关系一度十分紧张。在调查过程中，他受到了重重的阻力和破坏，甚至离开自己最热爱

---

① 刘复生：《历史的浮桥——世纪之交"主旋律"小说研究》，河南大学出版社，2005，第137 页。

的工作，但是他依然无怨无悔，以私人身份继续调查。如果没有坚忍的个性，犯罪分子肯定会脱逃法外。

周梅森的《国家公诉》中的英雄是女检察长叶子菁。小说从一场娱乐城的纵火案揭开长山市官场的百丑图，展示了这个案件背后种种的权钱交易和利益纠葛，让人触目惊心。周梅森着重塑造了长山市人民检察院检察长叶子菁这样一个追求法律和正义的女英雄形象。办案过程阻力重重，叶子菁在无意中还卷入了不同利益集团之间的斗争。面对上级和同事带来的种种压力，她却不屈不挠地将案件追查到底。她不惧权贵追查真相，既对法律忠诚，又对自己的内心忠诚。但是，在长山的官场中，叶子菁这样正直的干部还是不多见的。更多的是趋炎附势、萧规曹随的官员。在市里的一次通气会上，前市长、现省委常委、常务副省长王长恭（腐败分子）的话一下子就把众位官员镇住了，"王长恭的庸俗政治学迎合了在座干部们明哲保身的心理，原则和正义便不复存在了"。① 面对此情此景，作为王长恭的反对派的市人大常委会主任陈汉接和市委书记唐朝阳则陷入了"前所未有的孤立之中"。而这种面对上级的讲话大家万马齐喑，面对自己的讲话大家群起而攻之的景象，叶子菁又经历过多少个回合啊。由此，我们不禁要感叹她坚持的不易，那是要靠足够强大的信念才能够支撑的。

但这种英雄却未必是高大全的英雄，而是鲜活的立体的有缺憾的英雄，是在"庸俗政治学"的包围中的英雄。张平小说《抉择》中的市长李高成就是这样的形象。在小说的一开篇，李高成就面临了中阳纺织厂纺织工人的请愿活动。在六年前，他是该纺织厂的老厂长，他在位时曾经为纺织厂创造了一个黄金时代，而现在纺织厂

---

① 周梅森：《国家公诉》，江苏文艺出版社，2014，第287页。

在风雷滚滚的改革大潮中即将倒闭。此前，他一直坚信中阳纺织厂的领导班子没有问题，但是，群众的血泪控诉使他产生了怀疑。随后，经过他多次的"微服私访"，才发现不但纺织厂现任领导存在严重的腐败问题，甚至连自己的妻子吴爱珍也被卷入其中，脱不了干系。更让他震惊的是，这一腐败网络的最终节点竟是他的顶头上司、对他有恩的省委常务副书记严阵。在他知道这些真相之后，吴爱珍则用家庭亲情和世俗主义的官场潜规则来"教育"和软化他，让他保持沉默。

《抉择》具有一个高度戏剧化的结构，中间充满了剧烈的个人与个人、个人与世界的冲突和张力。值得注意的是，李高成的反腐的终点，那最大的敌人正是和自己命攸关并且最为亲近之人。这无疑是一个巨大的反讽：

> 这些天来，我一直在想，营垒内的敌人，确实要比营垒外的敌人凶险可怕一百倍！我们反腐败为什么会这么难，就因为这些腐败分子其实就在我们身边，他们本身都是领导，他们甚至占据着反腐败的位置，直接掌握这反腐败的权力的枪在他们手里拿着，他们绝不会把枪口对准自己。①

于是，李高成遇到生死抉择——到底是保全自己家庭的利益和对上级的忠诚？还是坚决反腐，保护国家的利益？他的选择则是即使牺牲自己的家庭利益也要继续反腐。他摒弃那些甜蜜蜜的欺骗和谎言，而毅然决然地刮骨疗伤。从谎言到真相是一个觉悟的过程，而李高成的英雄气概在于一种自我牺牲。作者将具体的个人投入真

---

① 张平：《抉择》，人民文学出版社，2004，第370页。

实的政治环境，使得李高成的自我冲突和其后的英雄主义行为显得更加具有悲剧感和崇高感。

对于处在权力游戏里的个人来说，虽然最后正义战胜了邪恶，但处在权力格局中的个人却不免付出巨大的代价。在周梅森的《国家公诉》中，长山市委书记唐朝阳虽然挫败了贪腐的前市长、现省委常委王长恭，但自己也被撤职不得不离开长山，可谓损失惨重：

> 送走唐朝阳以后，叶子菁心情一直不太好受，总觉得唐朝阳的撤职离去有些不合理，不公道，可到底哪里有问题，叶子菁却又说不出来。叶子菁由此明白了什么叫有苦难言。坚持原则太难了，孤臣太难当了！然而，也正因为有了这么一批忠于国家、忠于人民的孤臣，这个民族才有了脊梁，这个国家才有了希望。①

这是一个颇具意味的段落。女检察长叶子菁一方面感叹"反腐"的难言之隐；另一方面又强调要做"孤臣"，要为国家坚持原则。"苟利国家生死以，岂因祸福避趋之。"② 作者在这里重申了一种慷慨激昂的理想主义情结——只要为了国家，即使在"反腐"中牺牲个人利益也要在所不惜。只有这样的人，才能从笼罩在官场中的不良风气中突围而出，打破"庸俗政治学"的魔咒，才能成为时代的英雄。

陆天明在《苍天在上》的"后记"中写道："我的感觉告诉我，中国的确还活着另一种人，他们活着努力着牺牲着付出着。他们的

---

① 周梅森：《国家公诉》，江苏文艺出版社，2014，第326页。
② 周梅森：《国家公诉》，江苏文艺出版社，2014，第325页。

与众不同，就在于他们是一群有信念的人。"① 在前述几个故事中，不管是方雨林、叶子菁，还是李高成，虽然他们所处的位置不同，但都是有信念的人，他们本来可以安心过好自己的生活，不必东奔西走去揭开官场的黑幕。但是，他们心中的正义感不允许自己对政治背后的黑幕睁只眼闭只眼，只能用鸡蛋碰石头，拼上自己的性命也要把真相揭示出来。这是和那些秉承着"庸俗政治学"的官员们所不同的人。这才是真正的英雄本色。

值得注意的是，和一般的文学作品不同，"主旋律"反腐小说中塑造的正面人物与反面人物之间的对照格外鲜明，正面主角那正气凛然、愈挫愈勇的英雄形象也格外鼓舞人心。正是在正与邪之间的大斗法、在善与恶之间的天人交战中，正面主角那有血有肉的英雄形象才被特别地凸显出来。"就这样，具有超凡魅力和强力的英雄人物力挽世风日下的'腐败'逆流，重新拯救了正义的秩序，以这种方式，'反腐败'小说解决了现实的矛盾，给焦虑中的公众提供了心理上的抚慰和安全感。"② 这些英雄形象，是正义与尊严的象征。通过故事的跌宕起伏和最终的想象性解决，个体对腐败以及产生这种腐败的制度的不满被转移到对英雄形象的赞叹和感喟中。于是，"主旋律"反腐小说事实上起到了某种宣泄和抚慰的作用。

二　从现实危机到秩序重建

无论是什么故事，"开端"总是最重要的。"开端"奠定了叙事的基调，也决定了叙事的视点和立场。"开端"首先是一个突兀的停顿，然后是迅速的开启。"开端"是叙事者的手势，他在川流不息的

---

① 陆天明：《苍天在上》，作家出版社 2013 年版，第 334 页。
② 刘复生：《历史的浮桥——世纪之交"主旋律"小说研究》，河南大学出版社，2005，第 130 页。

时间中寻找一个位置和定点——然后，时间开始了，故事也开始了。"开端"奠定了叙事的基调，也决定了叙事的视点和立场。在萨义德（Edward Said）看来，"开端就是意义产生意图的第一步"。他说到，"在每种情况下，指定一个'开端'都是用于得出、阐明或界定一个'在后'的时间、地点或行为的。一言以蔽之，指定一个开端，通常也就包含了继之而起的意图"。① 就此而言，"开端"不仅具有文本层面上的叙事学意义，还具有深度象征上的意识形态意涵。

在叙事模式上，"主旋律"反腐小说的"开端"总是会发生巨大的现实的危机，被作品表征为一些重要的事件或案件，于是主人公就去深入调查这些事情，随后的情节就以环环相扣的方式，以一种快节奏的方式迅速展开。正是这些事件拉开了"腐败"那个黑暗世界的序幕，使得后面的情节铺天盖地地席卷而来。同时主人公会受到重重的阻碍，而他却坚持自己的立场，不懈地与"无物之阵"的敌人战斗，一直到最后揪出腐败分子。就此而言，"主旋律"反腐小说的开头部分其实颇有通俗文学的意味，它通过制造各种悬念来吸引读者的注意力，同时也打响了反腐的第一枪。

陆天明的《苍天在上》的开端部分是黄江北临危受命去当章台市的代理市长，而十天前前"劳模"女市长被发现非正常死亡。周梅森的《绝对权力》的开端是，刚刚从飞机上下来的镜州市委书记齐全盛就接到女市长赵芬芳打来的电话，被告知蓝天科技聘任的总经理田健受贿三十万元被检察院立案的事情。这些小说都以突发性的事件作为开端，凸显了一种山雨欲来风满楼的紧张感和危机感。陆天明的《大雪无痕》的开端更加戏剧化：

① 〔美〕萨义德：《开端：意图与方法》，生活·读书·新知三联书店，2014，第21页。

　　事后，丁洁记得非常清楚，12 月 18 日下午，她亲自驾驶那辆大奥迪车，送父亲去来凤山庄参加那个高级别的聚会，应该说，当时一切正常，无论怎么回想，也找不到任何迹象表明那天会出事。丁洁的父亲刚从大军区司令员的位置上退下来，决定定居省城。是日晚，热情而又懂事的省市主要领导为尽地主之谊，特地在著名而又非常幽静的来凤山庄组织了一个小型聚会，为这位劳苦功高的大军区离休司令员接风。……18 日下午，只有两件事让她稍感意外。一件事是气象台预报没有大雪，但一时间偏偏下起了大雪。这雪还下得很凶猛，大片大片的雪花儿像无数个毛茸茸的小精灵，张牙舞爪地在风中你推我搡，肆无忌惮地旋转啸叫，扯动了整个破碎的天空，极灰暗地往下坠落。但，雪大，风大，天色昏暗，能见度低，这在关外，在冬季，在北国这片千里沃土上，应该说是一件寻常事，并非表明一定要出事。除了交通警察，任何人都会同意这种说法。另一件事不仅让她感到意外，还给她平添了几分不痛快，那就是在通往来凤山庄的山道上，突然间又见到了方雨林。①

　　小说是从丁洁的视角写起的，这个女性将和侦查员方雨林以及腐败官员周密之间发生一段纠缠不清的三角恋关系。从丁洁这个权力的旁观者开始写，带有一种抽离的意味。但在开端部分，作者其实已然为读者渲染了一种诡秘的气氛：丁洁那关于"会出事"的隐约的预感，以及突然遭遇的故人方雨林。这些都暗含着故事的伏笔与线索。果不其然，聚会开始前一个小时，别墅后的小树林里突然传来三声枪响，待警卫人员急忙赶到，发现市政府秘书处的张秘书

---

　　① 陆天明：《大雪无痕》，长江文艺出版社，2014，第 1 页。

被人杀害在树林后的一个旧房子里。而其后驱动整个故事讲述的，除了这个来凤山庄谋杀案之外，还包括与此相关的"5·25"、东钢股票两个重要的案件。

在张平的《抉择》中，"开端"则被设置为一个问题大暴露、大揭发的环节。凌晨四点，市长李高成接到中阳纺织集团公司工人要闹事的消息，于是稍作安排之后，就匆匆忙忙赶去工厂安抚工人。当他到达工厂后，就迅速地组织了与工人直接对话的会议。正是在对话的会议上，纺织厂的种种问题被群众揭发了出来。值得注意的是，这里的群众是具有代表性的，中间既有曾经的干部、中纺建厂以来的第一任党总支书记丁晋存，又有六十七岁的老工人马得成，还有老总工程师张华彬，他们反映的问题包括经济问题、作风问题、组织问题、公司保安处的问题、散播谣言的问题等，其中最核心的问题直接指向公司上层的集体腐败。在《抉择》中，张平使用了大量的篇幅去铺陈群众的这些控诉，也对李高成的心理活动进行了充分的展开。从前一天的凌晨四点到第二天的凌晨一点回家，李高成的办公紧张得持续了一整天，而小说的这一部分的详尽描写将近总篇幅的 1/6。

"主旋律"反腐小说的故事之所以这样讲述，其实与作者的叙事策略有关。在小说的开端就造成风声鹤唳的效果，一方面是造成悬念以催动故事的叙事马达，以一种快节奏的方式展开故事的全部线索；另一方面则是为英雄的出场制造气氛，烘托英雄的光辉形象。"危难场景中现身，是作品推出这些英雄人物的惯用手法，也是读者大众的一种阅读期待，因为英雄本身就意味着'能够赋予心灵的与社会的秩序'，从而成功化解现实难题，抚慰读者的紧张焦灼的心理。"[①]"主旋

---

① 唐欣：《权力镜像——近二十年官场小说研究》，社会科学文献出版社，2006，第 252 页。

律"反腐小说中执拗坚强的反腐英雄正是想象性解决此类问题的最佳载体。反腐英雄的出场意味着一种卡里斯玛式（Charisma）的人物的出现，他们排忧解难，以超强的意志去和黑暗势力战斗，直到现实危机的解决。这些英雄的作用以一种拯救世界的方式满足了大众的期待。这种"拯救"不仅仅是文本阅读层面的，亦是意识形态层面的。

反腐英雄对现实危机的解决，是为了秩序重建。如此，"主旋律"反腐小说在总体结构上而言是一个封闭式的结构。这也就意味着小说开端所呈现的问题会在小说结尾处得到完满的解决。有趣的是，这些小说的结尾往往暗示了"前途是光明的，道路是曲折的"这类的辩证法。结尾处的处理，一方面说明腐败分子最终得到了严惩；另一方面又强调英雄为了反腐败做出的牺牲。这样的设定，无疑对应的是对"庸俗社会学"的回应和对英雄形象的再确认——由此说明了英雄反腐行为本身壮士断腕式的艰难。例如，陆天明的《苍天在上》中：

> 由于黄江北主动承担了煞车管事件中他应负的那一部分责任，田某人想乘机搅浑水、蒙混过关的企图被粉碎。中央和省委得以集中精力处理田的问题，很快查实了他挪用一百七十万元公款炒股，又直接插手煞车管事件，是酿成这一惨祸的元凶，为此，把他移交司法部门处理。这起案子成为新中国成立以来省部级干部中涉及金额最大、渎职最严重的一起案子而轰动全国。①

---

① 陆天明：《苍天在上》，作家出版社，2013，第330—331页。

　　章台市代理市长黄江北最终处理了腐败分子,虽然是以抵押上自己的官位作为代价。由此观之,反腐英雄联结了开端的现实危机和结尾的秩序重建,并以自我牺牲的方式对腐败做了最坚决的表态。而民众不会忘记这样的反腐英雄,正如《苍天在上》最末尾的段落中章台各阶层百姓写给中央工作组的信:恳求中央领导出面,让有关部门从轻发落他们的黄市长。

　　在生产出"主旋律"反腐小说的 20 世纪末到 21 世纪初,中国改革出现了诸多的社会问题,如工人下岗、国有资产转移、贫富不均等。这些社会问题的出现是"合法性危机",是一种"代表性断裂"①的表征,也是对主流意识形态的挑战。所谓的"合法性危机",指的是"合法性系统无法在贯彻来自经济系统的控制命令时把大众忠诚维持在必要的水平上"②。对于主流意识形态而言,如何在市场改革这一巨大的经济、政治与文化的震撼中维持"大众忠诚",则是一个艰难的任务。整合和收编来自大众的批评性意见是必要的举措。前述世纪之交出现的社会问题在不同程度上在"主旋律"反腐小说中有所折射。而最饱受民众批评的腐败问题自然是反腐小说中首要解决的问题。"主旋律"反腐小说则是将这些批评性的意见进行"想象性解决"的文艺方案。

三　走钢丝的写作与意识形态的阀域

　　"主旋律"反腐小说在叙事上表现为一种"自反性",即一种显见的自我矛盾和自我解构。究其本质,这种叙事自反性来自两种话语体系的拉扯:一方面是主流意识形态的规约和设限;另一方面是

---

① 汪晖:《代表性断裂与"后政党政治"》,《开放时代》2014 年第 2 期。
② 〔德〕尤尔根·哈贝马斯著,刘北成等译:《合法化危机》,上海人民出版社,2000,第 65 页。

作家自身的现实主义批判和道德勇气。由此观之，"主旋律"反腐小说毋宁说是一种妥协的结果与耦合的产物。然而，这种妥协和耦合同时又是不稳定的，随时可能会在文本内部坍塌和崩坏，"'反腐'小说在'主旋律'创作中比较特殊，相对于其他题材，它的批判性维度显得异常突出。它虽然在'构架'上起到了维护现实秩序合法性的意识形态功能，但这种'积极'功能却被从文本'肌质'中奔溢而出的现实批判性所中和、抵消"。换言之，"主旋律"反腐小说自身内置的"批评性维度"可能会胀破文本所承载的意识形态框架，成为旁逸斜出之物，并走向自身的反面。在这个意义上，"主旋律"反腐小说无疑是"走钢丝的写作"。然而，"主旋律"反腐小说必须在意识形态的阀域内，也必须在叙事的"钢丝"上保持平衡。

这种"在叙事的钢丝上保持平衡"，首先是将反腐的主导力量放置在体制的内部。这种方式首先体现在反腐英雄的双重身份上：他们首先是政府内部的有正义感的官员；其次最广泛地接受了老百姓的批评声音。换言之，"反腐"小说意味着自己对自己的清洁，而腐败与反腐败的战争其实是自己与自己的战斗，这就淡化了矛盾，转移了冲突的焦点。张平的《抉择》中的市长李高成形象就是一个典型的案例，这是一个官场上的哈姆雷特，不断地在自我冲突和自我调适之中，而他的这种内心挣扎乃是来自双重立场的天人交战：

> 当时自己在中纺公司那么多的干部职工面前，曾做出了那样信誓旦旦的保证和许诺，自己当时的情绪是多么地激昂和热烈！然而等到一转过身来，当那些自己当初提拔起来的手下再次恭恭敬敬地坐到自己面前时，那些保证和许诺，那些激昂和热烈似乎一下子全都变调了、变冷了。面对着你过去的部下，尽管你是那样地毫不留情、冷面如铁，但在你的内心深处，一

种昔日的同事情结仍是那样地牢固和难以分离。……

他不知道自己的判断反差为什么会这么大，今天见了这个，情绪一下子就变得如此冲动和激越；明天见到那个，思想立刻又会来个一百八十度的大转弯。①

《抉择》是一个对心理描写特别精致、细腻的作品。从上述段落我们就可以看出李高成的自我矛盾。他既会被中纺公司干部职工的群起激昂而感动，又不忍或不愿意相信自己曾经的战友和最亲近的部下会参与腐败。就此而言，他其实处在腐败官员和老百姓之间左右为难的中间地带。在故事的发展中，伴随着腐败问题揭露的过程，则是李高成从"不自知的犯罪庇护者"到"幡然醒悟的自知者"的自我觉醒。从另一个角度上看，这样的自我觉醒者的战斗又异常得符合意识形态的控制。类似于李高成的状况，实际上使叙事变成了英雄自己心理的冲突，从而把反腐与腐败的直接冲突转移到了"自我的内面"，从而使更为社会性或制度性问题的思考缺席，从而转移了本质性的矛盾。

"将反腐的主导力量放置在体制的内部"的更为突出的表现是更高权力力量的出场。在"主旋律"反腐小说的叙事模式中，反腐英雄所遭遇的重重阻力，往往来自自己的直接领导，而辅助反腐英雄获得最终胜利的权力则来自更高一级的领导，这无疑具有亚里士多德《诗学》中"降神器"的作用。伴随着更高级别领导的到来，阻碍反腐的荆棘迎刃而解。例如，在周梅森的《国家公诉》中，作为腐败分子的前市长、现省委常委、常务副省长的王长恭是在长山市一手遮天的人物，在案件的侦查中，他不止一次

---

① 张平：《抉择》，人民文学出版社，2004，第109—110页。

地使用手上的权力来压制女检察长叶子菁，阻挠她的继续探案。而中纪委的到来却使这个腐败分子迅速地落入法网。这一巨变可谓迅雷不及掩耳：

> 嗣后发生的事情让江正流目瞪口呆：原以为王长恭树大根深，不会被这件事轻易搞倒，可没想到，仅仅三天之后，王长恭就被采取措施了。据省城传出的消息说，对王长恭采取措施那天，省委正在开常委会，讨论长山南部破产煤矿和全省类似困难群体的解困问题。王长恭还提出了一个重要方案：在长山矿务集团股份制改造过程中，拿出一部分股份划入社保基金，得到了省委书记赵培钧和与会常委们的高度重视。常委会结束后，赵培钧很客气地将王长恭请到了自己的办公室，王长恭还以为赵培钧要和他继续商量社保基金持股的事，不料，进门就看到了中纪委的一位领导同志，一下子傻了眼。①

中纪委的到来打破了王长恭的嚣张气焰，也在更高层级上肯定了叶子菁之前工作的正确性。而中纪委的出现亦说明了故事即将进入高潮，漫长的反腐工作进入尽头。这是最后的压倒性的胜利，而这种胜利的来临最重要的因素就是党与政府的明察秋毫和正确领导。通过更高权力的到来，正义必将凯旋，腐败必将被驱逐。"这种情节设计是'反腐败'小说的主要标志，它强调了党所代表的正义秩序的本质，以及它对'腐败'的非本质部分的祛除机制。有限度地展示'腐败'，然后靠党自身的力量'反'之而成功，才是真正的'反腐败'小说，这种写作惯例是区分小说是否属于

---

① 周梅森：《国家公诉》，江苏文艺出版社，2014，第302页。

'主旋律'的根本性特征。"① 也就是说，在"主旋律"反腐小说中，腐败只是统治集团中一小撮人的"非本质"的行为，而正义则是主导力量。通过反腐的行为，腐败被物理性地消灭，而政权重新变得清洁。

"在叙事的钢丝上保持平衡"的另一个方式，是将批评性的声音包裹在主流意识形态的内部。例如，在陆天明的《大雪无痕》中，和侦查员方雨林平行的，还有另外的一条线索，那就是廖红宇。她是东钢案的举报人，在副市长周密的推荐下，去到九天集团冯祥龙的企业中就职，她被派往仓储基地，暗中掌握了冯祥龙侵吞国有资产的证据，她连夜写信举报，不料遭冯手下砍杀，得到苏大夫暗中相救，决定进京告状。廖红宇有显著的民间社会的英雄气质，她受到了腐败分子的压制，屡次上访受挫仍百折不挠。廖红宇坚忍、耿介，她多次上访又多次受挫，但她仍是认准一个理，从不向黑暗势力低头。她以自己的道德勇气和共产党员的责任感，揭发30万股股票去路不明的问题。从这个角色的行为逻辑来看，无疑具有鲜明的反叛性。她的行为采取反体制的方式，通过合法的渠道与腐败问题进行斗争。无疑使得这个人物所代表的批判声音被收拢在主流意识形态的话语构架之内。

而根据刘复生的发现，更为奇特的"将批评性的声音包裹在主流意识形态的内部"的方式是借助反面人物的口吻传达作家本人的批判性思考。"有许多对体制弊病的判断不方便由小说叙事人给出，于是转移到反面人物的自述中进行，对于这种分明'不对'乃至反动的言论，小说随之通过正面人物和小说叙事人的反拨加以通斥，

---

① 刘复生：《历史的浮桥——世纪之交"主旋律"小说研究》，河南大学出版社，2005，第138页。

但借这种方式的掩护，作者也大胆地表达了对体制问题的思考。"①
正面人物的对抗，实际上模拟了主流意识形态与非主流意识形态在
象征与符号层面的博弈。在"主旋律"反腐小说中，作家既要进行
批评性的论述，又要重申意识形态的合法性，于是只好把批判性的
内容进行巧妙的转换，从而将其压抑在正面话语的底部进行发声。
在这个意义上，批评性的声音虽然是一种文本内部的异质性存在，
但未尝又不是一种巧妙性的自我隐藏式的写作方式。

　　通过上面的分析我们可以看出，在"主旋律"反腐小说中，主
流意识形态依然对批判性内容具有控制能力。一方面，主流意识形
态树立起"正能量"的旗帜，将反腐英雄的身份和更高层级的权力
放置在自我的阵营之中，垄断了"反腐"的权力来源和道义来源。
另一方面，主流意识形态又将批评性的声音包裹在自身的内容中，
从而在收编批评性的意见之后同时将批评性的声音进行了反拨性的
解释。就此看来，在这种"走钢丝的写作"之中，作家与主流意识
形态之间达成了"无声的契约"，而主流意识形态本身也从一种单一
的宰制性力量变得多元化和复杂化了。

　　根据葛兰西的文化领导权理论，"统治者/统治阶级的思想要在
社会中取得最广泛的接受，获得多数人由衷的拥戴和认同，就意味
着它不可能是铁板一块的系统和表述，它必须以某种方式吸纳、包
容被统治阶级的文化、表述于其中"。② 在"主旋律"反腐小说中，
其浓厚的意识形态性和批评性构成了复杂的对话关系，如何将批评
性的维度囊括在主流意识形态之中，这本身就成为一个重要的问题。

---

① 刘复生：《历史的浮桥——世纪之交"主旋律"小说研究》，河南大学出版社，2005，第
　　144 页。
② 戴锦华：《电影理论与批评》，北京大学出版社，2007，第 234 页。

与此同时，这种"吸纳和包容"本身意味着主流意识形态的管理方式有所变更。

在腐败与反腐败之间，是关于合法性危机、文化领导权和"代表性断裂"等一系列问题的表征。对此而言，反腐已经成为我们政治文化和政治生活中最重要的一个部分。"主旋律"反腐小说是再现现实政治的重要手段，也具有浓厚的意识形态意味："'反腐'小说的意识形态使命在于：通过对'腐败'现象及其根源的有限度的展示和揭示，以想象的方式切除'腐败'的部分，恢复完美的现实秩序。"[1] 在正义与腐败之间、在真实与想象之间，"主旋律"反腐小说以文学的方式不仅与现实对话也与政治对话，由此看来，"主旋律"反腐小说无疑代表了一种公共性和"再政治化"的文学路向。

第三节　政治文化的伦理重构

通过比较"官场小说"与"反腐小说"，我们就可以明显地看出"反腐小说"对伦理问题的格外关注。较之其他官场小说所谓的客观和中立，"反腐小说"的道德判断和价值立场异常鲜明，主要表现在"对腐败行为痛快淋漓的暴露与批判，以及对浩然正气毫无保留的呼唤与颂扬"。[2] 这无疑是"反腐小说"在作品风格和主题思想上的特殊之处。

然而，这在"主旋律"小说创作中并不鲜见。在刘复生看来，"这种将主流意识形态与一般伦理观念相联系的方法是'主旋律'作品通用的手法"。至于这种手法被广泛使用的原因，一方面是可以

---

[1]　刘复生：《历史的浮桥——世纪之交"主旋律"小说研究》，河南大学出版社，2005，第124页。

[2]　唐欣：《权力镜像——近二十年官场小说研究》，社会科学文献出版社，2006，第18页。

为"硬"的主流意识形态加上一层"软"的包装或糖衣，从而使"高调"的内容获得柔和的形式；另一方面则是将社会常识、道德合法性转接到主流意识形态中去，充实主流意识形态的伦理基础，建构更广泛意义上的合法性①。换言之，在"主旋律"反腐小说中，"主流意识形态"与"一般伦理"之间是耦合的。这无疑是一种特殊的、带有症候性的文本形态和文本构造，也必将带来复杂性和无法调和的矛盾性，而我们的阐释则是"再解读"式的。

一 官僚与民众：重建"代表性"和"血肉联系"

作为改革时代所出现的新问题，"代表性断裂"成为中国共产党和中国政府面对的现实危机。在《代表性断裂与"后政党政治"》一文中，汪晖认为："代表性断裂"，首先，是当代世界的普遍政治危机，其核心是政党政治的危机；其次，代表性危机又是中国社会主义体制危机的政治后果，其核心是阶级政治的衰落；最后，现代中国革命中的理论辩论和群众路线既是中国代表性政治的历史前提，又包含了超越这种代表制的要素②。这意味着，要解决"代表性危机"，就必须重新建立与民众的联结，恢复"与群众的血肉联系"。

官僚的腐败问题无疑加剧了"代表性危机"，并且使得这种治理阶层和被治理阶层之间的断裂变得可见化。"腐败"，增加了民众对官僚的不信任感，也带来了严重的合法性危机。在张平的《抉择》中，市长李高成就在心中感叹道：

> 如今社会已经不是前几年了，领导随便一句话，就会地动

---

① 刘复生：《历史的浮桥——世纪之交"主旋律"小说研究》，河南大学出版社，2005，第130页。

② 参见汪晖：《代表性断裂与"后政党政治"》，《开放时代》2014年第2期。

山摇、震得山响。现在即便是一份一份的红头文件不断地在下发，即便是三令五申，正言厉色，讲了一遍又一遍，下边的老百姓也没有什么人在心底里真的把它当作一回事。一粒老鼠屎坏了一锅汤，一件腐败的事情，就足以伤透千千万万老百姓的心。虽然是年年讲月月讲，时时刻刻，大会小会都在讲，要花大力气，下大决心，要严刑峻法、大刀阔斧地惩治腐败、端正党风，绝不姑息、绝不迁就。但到头来一切好像还是老样子，满地的老虎还在跑，漫天的苍蝇仍在飞。捉了一只，又跑出一只；捂住一片，又飞出一片。老这么下去，谁还会把你的文件当成一回事，谁还会把你的会议当成一回事，谁还会把你领导的话当成一回事。①

由于官僚腐败的泛滥和反复，领导的行政指令逐渐失效，民众不再信任政府，国家的公信力受到极大的损伤。"历史的经验告诉我们：基层建设是我们的立国之基，与基层人民群众的血肉联系是我们党的执政之本，基层是中国政治的最大舞台。"② 国家的组织能力、治理能力和动员能力是中国共产党执政的基础，当官僚脱离民众，并且飘浮在社会上层时，这无疑意味着代表性危机的出现，是一个非常危险的信号。

那么，如何化解"代表性危机"？如何重建"代表性"和"血肉联系"？在"主旋律"反腐小说中，主流意识形态与"人民伦理"的结合可谓是化解"代表性危机"的重要手段。周梅森的《国家公诉》中，这种重建是通过塑造优秀的基层干部完成的。长山矿务集

---

① 张平：《抉择》，人民文学出版社 2004 年版，第 7 页。
② 韩毓海：《五百年来谁著史：1500 年以来的中国与世界》，九州出版社，2011，第 11 页。

团分管破产工作的党委副书记黄国秀就是这样的人物。在长山市委书记唐朝阳的拜访中，唐朝阳抚着黄国秀的肩头动情地说："国秀，实话告诉你，我对你已经观察了好长时间了，你这个同志心里有老百姓，和老百姓有割不断的血肉联系，难得啊！坦率地说，像你这种好干部已经不多见了！现在我们有些同志太会当官了，整天在看上面的脸色，就是看不到人民的疾苦，这样下去怎么得了啊！"而黄国秀激动地说："唐书记，你说得太好了！人民是我们各级领导干部的衣食父母，是我们党和国家赖以扎根的大地，大地动摇了，我们党和国家就危险了！"① 黄国秀虽然当着"破产书记"，但是他并没有从这个位置上得到任何好处，反而承担着巨大的责任。他既要向上级争取煤矿困难群体的低保，又要阻止工人到省委、省政府门前进行群访。黄国秀具有双重身份，他既是党委副书记，是煤矿的管理者；但是他又时刻站在底层的角度，为工人说话。在官僚与民众的天平上，他显然更偏重于民众的立场。

黄国秀的案例说明：在改革开放的历史流变中，官僚与民众逐渐形成了两种不同的伦理。"在公共权力的建构及其运行过程中，官场伦理的兴起，使得人民伦理面临严峻的考验。"② 正是在这种逐渐世俗化、利益化的"官场伦理"中，党和国家的干部失去了与人民群众的血肉联系，而成为"精致的利己主义者"，成为腐败分子。对于主流意识形态而言，要反对这种政府体制内部的顽疾，就必须挪用和借助"人民伦理"来制衡和规约"官场伦理"。于是，"人民伦理"变成了一种有力的对抗性的"武器"，成为个人从"官场伦理"中突围的重要手段，以至于"以重新宣扬人民伦理来修复失范的

---

① 周梅森：《国家公诉》，江苏文艺出版社，2014，第242—243页。
② 唐欣：《权力镜像——近二十年官场小说研究》，社会科学文献出版社，2006，第203页。

'公共生活的伦理生态',是主流话语的迫切需要"。①

然而,《国家公诉》中更为巧妙的设置是女检察长叶子菁与黄国秀的夫妻关系。这是一对琴瑟和谐的夫妻,这个家庭的各种日常生活的场景勾勒出了他们的亲密关系。在叶子菁办理的"八·一三"大火案中,由于涉及黄国秀麾下的南二矿原矿工查铁柱、周培成等人,叶子菁向黄国秀详细地咨询了情况,才做出是"失火"而非"放火"的判断。在小说"第十二章　沉重的责任"中,叶子菁甚至陪同黄国秀连夜下矿,去调查矿区的实际情况。因此,叶子菁是一个"目光向下"的好官员,正是她所遵循的"人民伦理"给她带来了道德勇气和精神力量,她才敢于对抗王长恭那咄咄逼人、锋芒毕露的嚣张气焰。

同样地,主流意识形态与"人民伦理"的结合还在周梅森的《绝对权力》的快结尾处得到了强调。那是镜州城里一个沉浸在节日气氛中的夜晚,城市在尽情地狂欢:

> "这是属于人民的节日",郑秉义站在市委大楼观景台上评价说,"说到底,我们中国共产党人的一切奋斗牺牲都是为了人民的利益,就是总书记反复向全党强调的,代表最广大人民群众的根本利益!除了最广大人民群众的根本利益,作为我们这个政党来说没有自己的利益。"把目光从太阳广场上缓缓收回来,看着刘重天、齐全盛和身边的其他干部,继续说,口气渐渐严厉起来,"但是,我们的六千万党员呢?是不是都认同了我们党的这个性质啊?我看不见得!赵芬芳、白可树、林一达这些腐败分子就不认同嘛!他们从来就没有代表过最广大人民群众的根本利

---

① 唐欣:《权力镜像——近二十年官场小说研究》,社会科学文献出版社,2006,第203页。

益，他们代表的是他们的一己私利！他们不是人民的公仆，而是
人民的老爷！"①

　　从这个段落中，我们可以看出某些端倪：主流意识形态试图重
新构造一种新的群众路线，也试图重新构造一种"代表性"——代
表最广大人民群众的根本利益。"群众路线，从群众中来到群众中
去，'为了谁'与'怎么为'的文化政治，涉及的是政党与群众、
社会的关系问题。"② 在中国共产党的这个群众路线和"代表性"
中，腐败者是不可能被认同的，他们代表的只是"官场伦理"，也就
是个人的既得利益，而不是"人民伦理"。就此而言，《绝对权力》
毋宁说给化解"代表性危机"提供了一种新的方法和可能性。

　　在某种意义上说，"代表性"、"人民伦理"和"反腐"处在同
一个问题的延长线上。腐败问题的猖獗来自"代表性危机"、来自
"人民伦理"的缺席，而反腐正好是"代表性"和"人民伦理"的
重建，是一种重新恢复"与人民血肉联系"的方式。恰如习近平总
书记所说，"腐败问题对我们党的伤害最大，严惩腐败分子是党心民
心所向，党内决不允许有腐败分子藏身之地。这是保持党同人民群
众血肉联系的必然要求，也是巩固党的执政基础和执政地位的必然
要求"。③ 在"主旋律"反腐小说中，反腐意味着在符号—象征层面
上对腐败问题的一个想象性的解决，但这未必不是对"代表性危机"
的一个最好的回应。

---

① 周梅森：《绝对权力》，江苏文艺出版社，2014，第 335 页。
② 汪晖：《代表性断裂与"后政党政治"》，《开放时代》2014 年第 2 期，第 76 页。
③ 习近平：《在第十八届中央纪律检查委员会第三次全体会议上的讲话》（2014 年 1 月
　 14 日）。

二　法理与伦理：在法治理想与反腐英雄之间

在"主旋律"反腐小说中，"对司法权力正义性的强调，对司法或警界英雄的塑造也是为了重建大众对现实秩序正义性与稳定性的信赖"。[①] 但吊诡的是，在"司法权力正义性"与"英雄的塑造"之间，却有着十分暧昧的灰色地带——那就是，"在很多小说中，我们可以清晰地感觉到，在正与邪之间的生死较量中，与其说是法律获得了胜利，还不如说是人格、意志、操守、信念获得了胜利"。因此，"这就使'反腐败''主旋律'作品具有了宽泛的道德主义色彩，法的尊严与人的尊严紧密地联系起来，取得了同一性"[②]。换言之，这就意味着即使在法治色彩浓厚的"主旋律"反腐小说中也不免出现卡里斯玛式的英雄人物，这就构成了对法治理想本身的反讽。

周梅森的《国家公诉》是一部以公检法系统作为主要书写对象的小说。在这部小说中，女检察长叶子菁在谈及执法环境和法治理想时，就说道："理想总还要有的嘛，作为检察官，起码要有依法治国的理想嘛！我说依法治国是理想，也就是承认现实中依法治国的障碍和干扰还很多，这不又是现实主义者了吗？"在"主旋律"反腐小说内，以权代法的现象是十分明显的，行政命令的干预往往会导致案件的调查受到莫名其妙的阻碍和困难，被无限期地延宕。这在《国家公诉》中就十分明显，在前市长王长恭的威逼利诱之下，叶子菁对"八·一三"大火的调查陷入僵局而不得脱身。若非她身上的倔强和执拗，该案的调查完全可能被放弃：

---

① 刘复生：《历史的浮桥——世纪之交"主旋律"小说研究》，河南大学出版社，2005，第129 页。
② 刘复生：《历史的浮桥——世纪之交"主旋律"小说研究》，河南大学出版社，2005，第129 页。

　　王秘书长劝道："叶检，领导们的意思你该看明白了，我看还是听招呼吧！"

　　又是听招呼！她叶子菁能听这种招呼吗？她要听的只能是法律和事实的招呼啊，无论如何也不能用查铁柱和周培成这两个失业矿工的血染自己的红顶子啊，如果她听了这种践踏法律和正义的错误招呼，就会成为国家和人民的罪人……

　　一股热血涌上头顶，叶子菁揣着一颗忐忑不安的心，再次走进了会议室。①

　　此处值得留意的是叶子菁的"不听招呼"。她的"不听招呼"与"听法律和事实的招呼"之间构成了冲突。叶子菁选择的无疑是后者。但当我们细读这段文字时，又会发现在本质上她听从的，其实是伦理的召唤。在她身上，"法的尊严"与"人的尊严"构成了互为映衬的关系。究其本质，其实是她个人的尊严感促使她承担法律的尊严。

　　无独有偶，在张平的《抉择》中，市长李高成所纠结的，其实也是"法的尊严"与"人的尊严"的问题，是人的道德感的问题，是"人是有可能死于愧疚的"，是人怎样"与自己和解"的问题。这些问题在他那里，会显得更为痛苦和深刻。李高成兜兜转转，在经过多番调查之后，蓦然发现自己的妻子和内侄居然就是自己要抓的腐败分子。同时，反腐的根源就在于自身：

　　而如果这个专为富人效力的服务的地方还是他这个市长的

_____

① 周梅森：《国家公诉》，江苏文艺出版社，2014，第142页。

内侄在经营的话，那么，你这个市长当得可就太可悲、太可恶、太阴险、太虚伪了！

几乎可以这么说，国有企业的亏损和不景气，最直接的原因就是因为你的存在！

如果这是在欺骗的话，你就是骗子的后台。如果这是在犯罪的话，你就是犯罪的帮凶！

你说你根本不知道这回事，那则更是你的失职。谁都会认为你所说的这些都是骗人的谎话、鬼话！连杨诚都有些不相信你说的话，老百姓要是知道了又有谁会相信你。①

这重重的自我诘问和自我剖析使得李高成的内心被展露在读者的面前。李高成那最为痛彻的觉悟在于："你的消逝意味着它们的存在，而它们的强壮则意味着你的灭亡。是你用你的肌体培养了一群你自己的掘墓人，它们正在用你自己提供给它们的能量一步步地将你击败，将你埋葬！"② 这未尝不是一个自噬其身的寓言，而他的妻子吴爱珍亦早已经提醒过他，若继续追查案件只会引火烧身。毋庸置疑，李高成是一个纯良的"好人"，而他的过错只是在于他置身于一个腐败的网络而不自知。在剧情的种种发现和陡转中，他会突然发现自己处在一个"无物之阵"中，到处都是可见或不可见的敌人，而自己正是与各种权力和利益的"共谋结构"中不可或缺的节点。若是将反腐进行到底，那么自己也必须壮士断腕、同归于尽。

但是我们的英雄却依然坚持下来了，这种坚持源自其崇高的道德感和自我牺牲。他们在层层的黑幕之中突围而出，用自己的毅力

---

① 张平：《抉择》，人民文学出版社，2004，第168页。
② 张平：《抉择》，人民文学出版社，2004，第179页。

扭转乾坤，给予民众以"清洁"的政治乌托邦想象。"就这样，具有超凡魅力和强力的英雄人物力挽世风日下的'腐败'逆流，重新拯救了正义的秩序，以这种方式，'反腐败'小说解决了现实的矛盾，给焦虑中的公众提供了心理上的抚慰和安全感。"① 然而，这种抚慰和安全感却是暂时的，因为反腐英雄的出现虽然能在短时间内快速解决现实的危机，但未必是长久之计。恰如唐欣所持续追问的，"仅寄希望于某位卡里斯玛人物，轻则滑向'个人英雄主义'，重则可能导致'能人腐败'，而社会的现代性则将停留于未完成阶段"。"而以具有更高权力的卡里斯玛人物运用权力使腐败分子落马服法，这是权力自身所实行的监督，因此是一种典型的'人治'套路，虽然在短期的社会革弊兴利中会有成效，但由于它并不是以现代理性为依托的'法治'模式来治理社会，因此从长远发展而言，将会更深地陷入封建主义的窠臼。"②

恰如其言，类似于李高成的自我觉悟模式具有不可复制性，仅仅依靠个人的道德力量去进行"反腐"具有暂时性。使用反腐英雄的叙事模式其实并没有从根本上解决腐败的问题，因为腐败的根源在于社会性和制度性的因素，是内在于政治结构之中的顽疾。个人伦理固然可以打击一次的腐败，但并不能保证持久性地打击腐败。在"主旋律"反腐小说中，反腐英雄的出现固然可以产生短暂性的危机的化解，但并不能合理地、持久地解决腐败问题。由此看来，"主旋律"反腐小说中的"法理"与"伦理"其实是一种辩证关系：一方面，"法理"是中国现代性的终点和目标，被放置在一个远景的

① 刘复生：《历史的浮桥——世纪之交"主旋律"小说研究》，河南大学出版社，2005，第130页。
② 唐欣：《权力镜像——近二十年官场小说研究》，社会科学文献出版社，2006，第93—94页。

位置；另一方面，"伦理"可以处理现实存在的危机和问题，但这种"伦理"依然要挪用"法理"关于公平与正义的许诺。

究其根本，这种"法理"与"伦理"的交相为用其实来自20世纪80年代新启蒙主义关于法治理想的失效和20世纪90年代新意识形态中对法治理想的重申。"20世纪90年代中后期开始，伴随市场经济发展出现的各种社会问题，法律身上的玫瑰色逐渐消退，法律自身也遭遇严峻的挑战。司法或法治题材的'反腐败'创作正是对这一危机的应对。它试图在想象的领域重建正在受到侵蚀的法治自身的合法性。同时，在一个象征的层面上，将法律'矫正'的正义转变为对社会现实问题的根本解决。"① 解决上述问题的方式，正是在原本应当讲述"法理"的文本中讲述"伦理"，从而借助道德感的力量来处理现实中遇到的法治问题。而这种方法的使用，既可以消解民众关于腐败问题的焦虑，又巩固了"正义必将到来"的法治想象。这无疑是在文本层面落实主流意识形态幻象的最佳方式。

三 个人与国家：忏悔、教化与公民伦理

在"主旋律"反腐小说中，强烈的道德感的存在不仅是关于官僚与民众、法理与伦理，更重要的是关于个人与国家。在这里，我们所指称的个人主要是被腐败所侵蚀的官员们。恰如周梅森在《国家公诉》中借叶子菁之口所做的解释："腐败是为了私人利益而滥用公共权力。""腐败一般包括三个要素：一，腐败的主体只能是享有和使用公共权力的人；二，这些人滥用了公共权力；三，他们是为了谋取个人私利。由此可见，腐败的本质就是公共权力的异化和滥

---

① 刘复生：《"反腐败"小说的表意模式与叙事成规》，《文学评论》2005年第2期，第105页。

用，其基本表现形式就是贪污受贿和侵权渎职。"① 从这个定义来看，腐败问题其实主要涉及"私人利益"与"公共权力"的问题，换句话说，就是个人如何处理与国家的关系。

不可否认，在腐败分子那里，个人的私利是远胜于国家的。在周梅森的《绝对权力》中，腐败分子女市长赵芬芳念兹在兹的只是自己的私利。她在自杀之前打电话给儿子钱勇，而钱勇根本就不在乎母亲的感受，只顾着自己的事情。面对此情此景，赵芬芳不免失望，但是她依然无怨无悔：

> 对儿子的期望也成了泡影，赵芬芳开始怀疑自己这一生不遗余力地奋斗到底值不值？为政治奋斗，眼看要当上市委书记了，却又无可奈何地栽进了致命的政治深渊。为儿子奋斗，却培养了这么一个只会花钱的纨绔子弟——仅收受外商五十四万美元这一件事，就足以判她的死刑了，她冒了这么大的风险，换来的除了伤心失望，还是伤心失望，天理不公啊……
>
> 然而，毕竟是自己的儿子，自己身上掉下的肉，哪怕是个白痴，这五十四万美元也足够他活过未来的余生了，作为一个舐犊的母亲，她尽心了，尽职了，到九泉之下也无愧无悔了。②

这固然是一个母亲的温情，但内里却隐藏着对国家和事业的无情。这样的腐败分子无疑是道德低下者。而在张平的《抉择》中，李高成却有着如同鲁迅《这也是生活》中所写的"无尽的远方，无数的人们，都与我有关"的责任感，他挂念着人民，"数以万计的工

---

① 周梅森：《国家公诉》，江苏文艺出版社，2014，第226页。
② 周梅森：《绝对权力》，江苏文艺出版社，2014，第322—323页。

人们在啼饥号寒，而我们却在斤斤计较着个人的荣辱得失、仕途升迁。久而久之，我们还有什么领导能力，又还能去领导谁？"① 也唯有这样的官员，才会毅然决然地投入到反腐的战斗中去，才会为国家的利益放弃个人的生活。

在"反腐败"小说中，通常会在腐败分子落马之后安排一个"忏悔"的情节。例如，在陆天明的《大雪无痕》中，周密的结局就充满了隐喻意味：

> 第一次预审周密的那天，他头上的伤还没有好，依然包扎着雪白的绷带。他明显地消瘦了。他拒绝回答任何问题。他只是在凝视，凝视着拘留所外那一片皑皑白雪，以及把他和这片皑皑白雪隔离开的那些"物障"。比如说：高墙，电网，哨兵。和哨兵在一起的警犬，更远处的白禅林和近处这一幢幢既保护他不受严寒袭击，又明令他不再享有自由的砖砌拘室。②

那窗外皑皑白雪是"清洁"的象征，而周密的目光被"物障"所遮蔽，他再也回不去了。周密是一个复杂的政府官员形象。作者对这个人物做了很多人性化的解释，以使其细节更为充实，也对其走向腐败的心理做了详细的分析。周密向自己心仪的女性丁洁讲述过自己童年时代在桦县东沟村艰难的生活、少年在城里衣不保暖食不果腹地勤奋学习。其后他的一生顺风顺水，考上大学，又成为大学教授，走上政坛，成为炙手可热的政界新星。但他的私人生活又是不幸福的，他长期过着近乎苛刻的自律主义生活，导致个性内向

① 张平：《抉择》，人民文学出版社，2004，第149页。
② 陆天明：《大雪无痕》，长江文艺出版社，2014，第326页。

甚至有些变态，夫妻感情不佳。这既是一个个人奋斗的励志故事，同时也是一个精致的利己主义者的养成故事。在他的人生履历表中，没有公共伦理的位置，而只是专属于个人的历史。而对"主旋律"反腐小说做出如此人性化的解释是有原因的："在这里，'腐败'转化为人性的腐败与灵魂的扭曲，'腐败'分子被处理成非正常的个体，处于疯狂状态与非理性状态，是'鬼迷心窍'……这种将腐败进行人性化解释的方式掩饰了腐败产生的重要的制度性根源和深层社会原因。"① 腐败分子的个人历史回顾被放置在单一而非普遍的解释模式中进行，从而把社会结构性的内容排除在外，这无疑是"主旋律"反腐小说特有的一种叙事模式。

从另外一个方面讲，"主旋律"反腐小说的道德化表征又包含浓厚的"劝善"和"教化"意味。这些小说似乎告诉我们，无论是在法理层面还是伦理层面，个人都应该将国家的利益放在首位，而不是为谋取个人的私利而不择手段。值得注意的还有"主旋律"反腐小说的封闭式结构，这些腐败分子的结局无疑是被正面人物所揭发，最后不得善终。这似乎呼应了如同明清"三言二拍"通俗小说中"善恶到头终有报"的天道轮回思想和小说传统。结合前述"忏悔"情节，无疑凸显了伦理叙事的巨大力量。

这种强调"教化"功能的伦理叙事在"主旋律"反腐小说中还有更为明显的表征，那就是在结尾处的"启示"情节。在这种叙事段落中，小说作者往往会借作品中人物之口总结陈词，对前述反腐的种种遭际做形而上的提升。例如，在周梅森的《国家公诉》的结尾处，就是女检察长叶子菁在法庭上慷慨激昂的一段陈述：

① 刘复生：《历史的浮桥——世纪之交"主旋律"小说研究》，河南大学出版社，2005，第135—136页。

将被告人王长恭和负有不同领导职责的各级国家公务员比作国家机器上的螺丝钉，无疑是一种狭义的政治比喻。现在我想说一个广义的概念，为了表达和论述的方便，我想把我们国家和社会也比作一部庞大的隆隆运转的机器，把在座旁听的市民代表和"八·一三"大火的受害者家属，以及法庭外的每一位普通公民比作螺丝钉，谈谈你的社会责任和道义责任。你是个普通公民，无权无势，你必然会为法律将要给予王长恭的严惩鼓掌欢呼。对此我毫不怀疑，并且深深感谢来自你们的正义的掌声。不过，我也想问一问，公民同志，当你义愤地诅咒腐败时，向腐败现象和腐败势力妥协了没有？你有没有为达到自己某些也许是正当的目的去请客送礼？你是不是助长了腐败陋习的横行？你在这个人民当家做主的法治国家里尽到一个正直公民的道义责任没有？你有没有想过：正是你面对陋习的一次次妥协，一次次忍让，正是你善良而无奈的无限宽容，造就了一个国家、一个社会的腐败土壤和氛围！最终给了那些大大小小的王长恭们以掠夺这个国家、吞噬你们血肉的机会！公民同志们，挺起你主人的胸膛，时不时地问一问自己：我这颗最普通的螺丝钉松动了没有？！①

在这段话中，个人与国家的关系被凸显出来，叶子菁使用"国家机器上的螺丝钉"的比喻，不仅指出在国家机构中作为官僚的责任，也将其推广到普通的老百姓身上，提醒我们作为普通人的伦理承担。她告知我们："反腐"不是高头讲章或者权力的游戏，而是潜伏在我

---

① 周梅森：《国家公诉》，江苏文艺出版社，2014，第343页。

们的日常生活之中。"反腐"既可以是一种正义与邪恶之间的博弈，又可以是一种最为微观的行为，它诉诸生活中必须担负的道义与责任。

恰如学者唐欣所说，"叙事伦理是在讲述现代个体的生命故事中，通过叙事提出关于生命的种种问题，从而'营构具体的道德意识和伦理诉求'。也就是说，叙事伦理是以具体价值观念为脉络的，它具有寓言层面的道德感，并通过深沉的伦理询唤，相应地在读者中间产生一定的意识形态后果"。① 在一般状态下，伦理叙事具有隐身性和匿名化的特征，也是一种文化潜意识。但是，伦理本身也是意识形态，也是一种价值导向，它是主体能够进行的询唤。在"主旋律"反腐小说中，伦理问题作为一种潜在的叙事要素，发挥着重要的意识形态作用。

美国学者苏珊·斯坦福·弗里德曼（Susan Stanford Friedman）认为，"叙事是面向文化的窗口，也是文化的镜子、建构者和征兆。文化叙事以故事的形式将社会秩序的规范、价值和意识形态进行编码和加密，这就是弗雷德里克·詹明信所谓'作为社会象征行为的叙事'之中暗含的'政治无意识'"。② "主旋律"反腐小说是对政府反腐败的再现（representation），它的讲述可谓一种"作为社会象征行为的叙事"，是蕴含着暧昧而复杂的"政治无意识"，需要我们进行解码。

作为"主旋律"小说中政治色彩最为浓厚的反腐小说，其强烈的批判性与高昂的道德评判是相得益彰的。腐败与反腐败，不仅构成了政治意义上的敌我关系，还构成了道德意义上的善恶两极。在

---

① 唐欣：《权力镜像——近二十年官场小说研究》，社会科学文献出版社，2006，第177页。
② 〔美〕苏珊·斯坦福·弗里德曼著，陈丽译：《图绘：女性主义与文化交往地理学》，译林出版社，2014，第9页。

周梅森的《国家公诉》中：

> 高尚是高尚者的墓志铭，卑鄙是卑鄙者的通行证，这话说
> 得真不错。事实证明，作为前任市委书记的陈汉杰和作为撤职
> 市委书记的唐朝阳，已经用他们的正确抉择和道德操守为自己
> 写下了高尚的政治墓志铭；而像王长恭这种毫无道德感的政客，
> 则用自身的卑鄙获取了前往地狱的通行证，对这个政客的公审
> 已成定局。①

正义者获得了最终的胜利，腐败者被钉死在历史的耻辱架上。如同摩尼教的光明与黑暗的两分法一般，正义与邪恶之间并没有中间地带。这种强烈的道德感构成了小说书写重要的情感基调。从表层上看，这种道德感是由作家的使命感和正义感所驱使的。在文本中，我们可以读出作家"压在纸背的心情"："在这每一部作品里都触摸到一颗极其真诚的滚烫的心。每一部里，都有一种呐喊。"②

然而，如果从深层上看，我们又不得不注意到，这种道德感其实是在主流意识形态的阈域之内的道德感。总体而言，无论是"身处于主流意识形态之中的作家"，还是"身处于意识形态之外的作家"③，都不可避免地受到主流意识形态的影响。"有限度地展示'腐败'，然后靠党的力量'反'之而成功，才是真正的'反腐败'小说……依靠党的力量'反腐败'，或者说'坚持共产党对反腐败

---

① 周梅森：《国家公诉》，江苏文艺出版社，2014，第325—326页。
② 陆天明：《苍天在上》，作家出版社，2013，第333页。
③ 刘复生：《历史的浮桥——世纪之交"主旋律"小说研究》，河南大学出版社，2005，第30、32页。

斗争的绝对领导'一直是国家'反腐败'工作的指导性原则，其深刻的政治意义是不难理解的。这条原则也自然应该成为'主旋律'小说意识形态表达的原则。"[①] 在"主旋律"反腐小说所编码的"政治无意识"中，作者们是在坚持党的绝对领导的前提下进行创作的，因此他们的道德勇气事实上来自中国共产党自身对自身的道德诉求，是在党所允许的范畴之内做出的道德指控——而这些被指控的对象，正是那些在之前的故事中被有限度地展示的并且需要被清除出去的"腐败"。

[①] 刘复生：《历史的浮桥——世纪之交"主旋律"小说研究》，河南大学出版社，2005，第138—139页。

| 结　语 |

　　通过本书以上的描述与分析，我们大体可以对 1990 年代末期尤其是 21 世纪以来的"主旋律"文学的创作状况有所了解。不过，也应看到，"主旋律"作品也遇到了一个创作上的瓶颈期。除了创作上的模式化现象还需要进一步打破之外，在反映社会的深广度或者说思想能力上还有待进一步提高。当然，某些优秀作品也显示了这种提高的趋向。但是，面对当下时代提供的可能性，我们还是有理由给"主旋律"文学提出更高的期望与要求。

　　我们认为，未来的"主旋律"文学应具备对社会现实的更有力的切入能力，它应该具有对各种时代问题，尤其是当代全球背景下的时代危机的应对勇气和把握它们的思想与艺术的能力。"主旋律"文学应大胆地去表现当代的复杂的现实——当然不是为了简单化地揭露和道义式地批判，而是去正面地提出问题，并以文学的想象对这一时代问题做出艺术的表现，为人们寻求现实的制度性的解决方法提供新鲜的启示（在这一点上张宏森著的《大法官》对司法公正的呼唤，周梅森著的《绝对权力》对权力制约机制的思考值得肯定）。总体而言，"主旋律"作家还缺少足够的思想上与精神上的准备，对当代中国现实还研究得不够，对当代的包括社会学、经济学在内的社会科学、人文学界的思想成果吸收得不够——应看到，这对于以深刻反映当代现实的"主旋律"作家是多么必要（尽管具备了这种知识与思想上的准备未必就会搞创作，那还需要艺术上的准备）。最重要的，当代作家应具有一种强烈的社会责任心和真正的建设性心态，这是"主旋律"作家的最重要的要求，如果一些作家投身"主旋律"写作只是为了换取来自体制的实际的或象征性的利益，他们只能败坏"主旋律"文学。

　　历史正在给"主旋律"文学的发展提供新的机遇。中华民族正在恢复或建立对中国社会道路和中国文化的自信心，对现实政治秩序的认同度也有了前所未有的提升与增强。在这个历史前提之下，今后的"主旋律"创作要有新的方向。它应超越一般的主流意识形态书写的层面，在文化政治的意义上通过对中国社会生活的叙述开发出中国文化的普适性价值，它应该对中国正在展开的历史有一种文化上的深刻肯定（在这一点上，《亮剑》是值得批评的，它所提出的"亮剑精神"不过是重复了西方现代性的强力逻辑而已，虽然它同时也具有反抗不合理秩序的积极意义）。这也应是"主旋律"工程的新的政策性方向，借助体制优势和大文学的创作格局（包括小说、影视剧、诗歌等），推动"主旋律"的创作转型，已经成为一个当代中国文化的历史任务。事实上，国家已经具有了这种战略意识，在党的十七大报告中，已经提出了推动社会主义文化大发展大繁荣，提高文化软实力的构想。在此基础上，"主旋律"文学应该把握住历史机遇，以具有强大情感效能的各类文学艺术形式，传达、塑造新的时代共识与文化同识，凝聚民族精神力量，为探索合理、公正的中国道路做出贡献，如果"主旋律"文学能产生出对中国乃至世界现实与未来的新的想象力，则功莫大焉。应看到，当下的一些"主旋律"作品已经开始闪现这种想象力了，比如《贞观长歌》

对中国唐代处理多民族关系的政治智慧的书写，已经在客观上具有了对当代以民族国家为基础的国际政治关系的批判性反思的意味，虽然表现得还远远不够，也并不自觉。

在这方面，"主旋律"文学大有可为，我们也理应向它提出更高的要求和期望。

自"主旋律"产生以来，人们对它有一些偏见，尤其是来自所谓"纯文学界"的偏见。应该承认，这和"主旋律"文学的某些狭隘性和先天弱点有关。但是，也应看到，随着"主旋律"文学的发展，它的优秀部分已经在思想与艺术性上不逊于"纯文学"，在公众阅读方面更是远远超过"纯文学"。但是，"主旋律"文学绝不能以赢得某种合法的文学身份而沾沾自喜，它应以更高远的自我期许全面超越自己观念上与意识形态上的狭隘性（往往是自我画地为牢），也超越"纯文学"的视野（以启蒙主义为思想基础的20世纪80年代式的"纯文学"的神话在总体上已经破产），创造出一种以真正的当下中国为对象和方法的，具有中国气派的文学——试想"十七年"时期的文学不就是那个时代的"主旋律"文学吗？但以《创业史》《红旗谱》为代表的文学作品却创造出了一种全新性质的对中国历史与现实及人性的新想象。当代的"主旋律"文学为何就不能有这种艺术抱负呢？

如果真正有了这种目标，那么，"主旋律"文学将和"主旋律"之外的有同样历史文化视野的优秀中国作家一道，尝试着去创造出中国人对当下中国和当代世界的想象和对未来的想象。或许那时，是否表达了中国的"主旋律"，将成为判断所有中国文学的一个内在的尺度，它将成为真正的中国文学的某种标志。当然，那时，"主旋律"的称号也将不再重要——而这将是"主旋律"文学的最大历史荣耀。

陈晓明：《中国当代文学主潮》，北京大学出版社，2009。

蔡翔：《革命/叙述：中国社会主义文学—文化想象》，北京大学出版社，2010。

陈旭光、苏涛主编：《电影课上 经典华语片导读》，北京大学出版社，2012。

杜小真、张宁编译：《德里达中国讲演录》，中央编译出版社，2003。

戴锦华：《隐形书写——90年代中国文化研究》，江苏人民出版社，1999。

戴锦华：《电影批评》，北京大学出版社，2004。

戴锦华：《电影理论与批评》，北京大学出版社，2007。

董之林：《追忆燃情岁月——五十年代小说艺术类型论》，河南人民出版社，2001。

范伯群、汤哲声、孔庆东合著：《20世纪中国通俗文学史》，高等教育出版社，2006。

葛兆光：《思想史研究课堂讲录》，生活·读书·新知三联书店，2005。

葛兆光：《宅兹中国——重建有关"中国"的历史论述》，中华书局，2011。

洪子诚：《问题与方法：中国当代文学史研究讲稿》，北京大学出版社，2010。

洪子诚：《中国当代文学史》，北京大学出版社，2007。

韩毓海：《五百年来谁著史：1500 年以来的中国与世界》，九州出版社，2010。

韩毓海：《天下：江山走笔》，中国海关出版社，2006。

贺绍俊、巫晓燕：《中国当代文学图志》，春风文艺出版社，2009。

黄应全：《西方马克思主义艺术观研究》，北京大学出版社，2009。

旷新年：《把文学还给文学史》，复旦大学出版社，2012。

刘复生：《历史的浮桥——世纪之交"主旋律"小说研究》，河南大学出版社，2005。

刘禾著、宋伟杰等译：《跨语际实践：文学、民族文化与被译介的现代性（中国 1900 – 1937）》，生活·读书·新知三联书店，2002。

李杨：《50—70 年代文学经典再解读》，山东教育出版社，2003。

李明：《后马克思主义意识形态理论研究》，人民出版社，2011。

罗执廷：《文选运作与当代文学生产：以文学选刊与小说发展为中心》，暨南大学出版社，2012。

林淇瀁：《书写与拼图——台湾文学传播现象研究》，麦田出版机构，2001。

潘毅著、任焰译：《中国女工——新兴打工者主体的形成》，九州出版社，2011。

任建明等：《中国新时期反腐败历程》，党建读物出版社，2015。

孙晓忠编《方法与个案：文化研究演讲集》，上海书店出版社，2009。

陶东风主编《当代中国文艺思潮与文化热点》，北京大学出版社，2008。

唐小兵：《英雄与凡人的时代——解读 20 世纪》，上海文艺出版社，2001。

唐欣：《权力镜像——近二十年官场小说研究》，社会科学文献出版社，2006。

王德威：《想象中国的方法：历史·小说·叙事》，生活·读书·新知三联书店，2003。

王德威：《历史与怪兽：历史、暴力、叙事》，麦田出版机构，2004。

王晓明主编《在新意识形态的笼罩下——90 年代的文化与文学分析》，江苏人民出版社，2000。

汪晖：《现代中国思想的兴起》，生活·读书·新知三联书店，2008。

汪晖：《亚洲视野：中国历史的叙述》，牛津大学出版社，2010。

汪晖：《死火重温》，人民文学出版社，2000。

汪晖：《去政治化的政治——短 20 世纪的终结与 90 年代》，生活·读书·新知三联书店，2008。

王明珂：《英雄祖先与弟兄民族》，中华书局，2009。

巫鸿著、郑岩等译：《礼仪中的美术：巫鸿中国古代美术史文编》，生活·读书·新知三联书店，2005。

巫鸿著、肖铁译：《废墟的故事：中国美术和视觉文化中的"在场"与"缺席"》，上海人民出版社，2012。

武桂杰：《霍尔与文化研究》，中央编译出版社，2009。

许倬云：《我者与他者：中国历史上的内外分际》，生活·读书·新知三联书店，2010。

张少康：《中国文学理论批评史教程》，北京大学出版社，1999。

周凡主编《后马克思主义》，中央编译出版社，2007 年。

张旭东：《全球化时代的文化认同：西方普遍主义话语的历史批判》，北京大学出版社，2006。

张慧瑜：《影像书写——大众文化的社会观察（2008～2012）》，生活·读书·新知三联书店，2012。

张闳：《欲望号街车：流行文化符号批判》，中国人民大学出版，2012。

周小仪：《唯美主义与消费文化》，北京大学出版社，2002。

〔英〕安东尼·吉登斯著、田禾译：《现代性的后果》，译林出版社，2000。

〔英〕爱德华·莫迪默、罗伯特·法恩主编，刘泓、黄海慧译：《人民·民族·国家——族性与民族主义的含义》，中央民族大学出版社，2009。

〔美〕爱德华·W·萨义德著、章乐天译：《开端：意图与方法》，生活·读书·新知三联书店，2014。

〔德〕阿伦特编，张旭东、王斑译：《启迪：本雅明文选》，生活·读书·新知三联书店，2008。

〔美〕杜赞奇著、王宪明等译：《从民族国家拯救历史：民族主义话语与中国现代史研究》，江苏人民出版社，2008。

〔美〕道格拉斯·凯尔纳著、丁宁译：《媒体文化：介于现代与后现代之间的文化研究认同性与政治》，商务印书馆，2004。

〔西〕胡安·诺格著、徐鹤林、朱伦译：《民族主义与领土》，中央民族大学出版社，2009。

〔美〕海登·怀特著、陈永国、张万娟译：《后现代历史叙事学》，中国社会科学出版社，2003。

〔法〕加斯东·巴什拉著、龚卓军、王静慧译：《空间诗学》，张老师出版机构，2003。

〔美〕柯文著、林同奇译：《在中国发现历史：中国中心观在美国的兴起》，中华书局，2002。

〔美〕莫里斯·迈斯纳：《毛泽东的中国及其发展》，张瑛等译，社会科学文献出版社，1992。

〔美〕莫里斯·迈斯纳著、张宁、陈铭康等译：《马克思主义、毛泽东主义与乌托邦主义》，中国人民大学出版社，2005。

〔英〕玛丽·道格拉斯著、黄剑波等译：《洁净与危险》，民族出版社，2008。

〔新加坡〕马凯硕：《新亚洲半球：势不可当的全球权力东移》，当代中国出版社，2010。

〔德〕马克思：《政治经济学批判》，《马克思恩格斯选集》（第2卷），中共中央马克思恩格斯列宁斯大林著作编译局，人民出版社，1972。

〔捷〕米兰·昆德拉：《相遇》，上海译文出版社，2010。

〔捷〕斯拉沃热·齐泽克著、季广茂译：《意识形态的崇高客体》，中央编译出版社，2002。

〔英〕特德.C.卢埃林著、朱伦译：《政治人类学导论》，中央民族大学出版社，2009。

〔美〕罗蒂著、黄宗英译：《筑就我们的国家：20世纪美国左派思想》，生活·读书·新知三联书店三联书店，2006。

〔美〕利昂·P·巴拉达特著、张慧芝、张露璐译：《意识形态：起源和影响》，世界图书出版公司，2010。

〔英〕齐格蒙特·鲍曼著、仇子明、李兰译：《工作、消费、新穷人》吉林出版集团有限责任公司，2010。

〔美〕史景迁著、廖世奇、彭小樵译：《文化类同与文化利用：世界文化总体对话中的中国形象》，北京大学出版社，1997。

〔美〕苏珊·斯坦福·弗里德曼著、陈丽译：《图绘：女性主义与文化交往地理学》，译林出版社，2014。

〔美〕托马斯·库恩著、金吾伦、胡新和译：《科学革命的结构》，北京大学出版社，2012。

〔德〕韦伯著、康乐、简惠美译：《韦伯作品集Ⅲ：支配社会学》，广西师范大学出版社，2004。

〔美〕约瑟夫·S·奈著、门洪华译：《硬实力与软实力》，北京大学出版社，2005。

〔德〕尤尔根·哈贝马斯著、刘北成等译：《合法化危机》，上海人民出版社，2000。

〔美〕宇文所安著、郑学勤译：《追忆：中国古典文学中的往事再现》，2004。

〔法〕雅克·德里达著、何一译：《马克思的幽灵》，中国人民大学出版社，1999。

〔法〕雅克·德里达著、夏可君编、胡继华译：《〈友爱政治学〉及其他》，吉林人民出版社，2006。

本书的写作始于 2010 年，经过漫长的延宕，终于在 2016 年完成。这是我始料未及的。

我对"主旋律"文学的研究，最早开始于 2002 年，是和导师洪子诚教授商量后确定的博士论文选题。这在当时的当代文学研究领域还是具有某种开创性的，无论从研究对象和研究方法上，都不同于主流的当代文学研究，这当然也引起了一些师友的质疑，比如，"主旋律"文学这种不具备"文学性"的创作有没有研究价值？运用的理论资源多是文化研究，涉及政治、社会学等多个领域，似乎没有注重"文学本身"，等等。现在这些疑问估计都不再成其为问题了吧。博士论文后来修订后于 2005 年以《历史的浮桥——世纪之交"主旋律"小说研究》为名，纳入"文艺风云书系"，在河南大学出版社出版。

在写作博士论文的过程中，我越来越意识到"主旋律"文学意义重大，它决不仅仅只是一个新的学术增长点，一个有待深入研究和认真对待的创作类型，更重要的是，由于它和国家体制、社会主流意识形态以及文学（文化）市场之间较为直接和错综复杂的纠缠关系，它天然地成为我们把握这个时代思想文化地形图的索引，某种意义上，它和所谓的"纯文学"互为表里，互相镶嵌，既互相争辩和竞争，又分享着共同的生产逻辑，从而相互倚重，并共同支撑了新时代的文化和意识形态再生产的格局。从这个意义上说，"主旋律"文学其实是 1990 年代中后期以后中国文艺的核心结构性力量。当然，如果从更宽泛的意义上来理解，它的前史将更为漫长。这样一种构想实际上试图以"主旋律"为入口，重新书写当代文学史的总体面貌。这也是我在《历史的浮桥》最后《开放性的结语："主旋律"的泛化》所提示的未来研究方向。

相对于这个目标来说，《历史的浮桥》就太轻薄了。于是我打算继续推进下去。2009 年和汪荣一起申请了国家社科基金，也是想给自己一个压力。但是，因为学术兴趣的转移，加之事务性的牵扯，一直未到沉浸到良好的研究状态，只好让年轻力壮的汪荣博士承担了大部分研究任务，幸好汪荣刻苦勤奋，才思敏捷，终于在结题大限之前完成了课题的研究。需要特别注明的是，本书除绪论、第二章、结论、后记部分是我执笔以外，其余章节均由汪荣完成。作为课题的主持人我要郑重声明，本书的主要贡献在于汪荣，如果有什么学术价值的话主要应归功于他，当然责任则由我来负。在统稿时，我每每为汪荣博士的才华赞叹，也不时产生一种失落，自己当初原本是想认真研究一番，完成主体写作任务的。惭愧。

2017 年 8 月于海口

图书在版编目（CIP）数据

询唤与协商 : "主旋律"文学的创作现状与发展走
向 / 刘复生，汪荣著. —— 北京 : 社会科学文献出版社，
2017.9

ISBN 978 - 7 - 5201 - 1189 - 8

Ⅰ. ①询⋯ Ⅱ. ①刘⋯ ②汪⋯ Ⅲ. ①小说创作 - 文
学创作研究 - 中国 - 当代 Ⅳ. ①I207.42

中国版本图书馆 CIP 数据核字（2017）第 190915 号

询唤与协商

———"主旋律"文学的创作现状与发展走向

著　　者 / 刘复生　汪　荣

出 版 人 / 谢寿光
项目统筹 / 高　雁
责任编辑 / 王玉山

出　　版 / 社会科学文献出版社·经济与管理分社 (010) 59367226
　　　　　　地址：北京市北三环中路甲 29 号院华龙大厦　邮编：100029
　　　　　　网址：www. ssap. com. cn
发　　行 / 市场营销中心 (010) 59367081　59367018
印　　装 / 三河市尚艺印装有限公司

规　　格 / 开　本：787mm × 1092mm　1/16
　　　　　　印　张：14　字　数：175 千字
版　　次 / 2017 年 9 月第 1 版　2017 年 9 月第 1 次印刷
书　　号 / ISBN 978 - 7 - 5201 - 1189 - 8
定　　价 / 75.00 元

本书如有印装质量问题，请与读者服务中心（010 - 59367028）联系